藥香蜜醫

3

完

榛苓 著

風文創 960

目錄

第八十九章

荒野裡，那一道道疼呼聲漸漸遠去，前方點點燈光，一閃一閃，猶如天邊的星辰。尤其是橋上那道俊挺的身影，如秋風裡的暖陽一般。

韓啟飛快跑到褚璜跟前，將秦念接回自己懷裡，再往他家疾奔而去。

片刻後，韓啟房中的榻上，韓醫工坐在榻邊，溫聲道：「念兒只是被藥迷住，沒什麼大礙，明兒藥性就散了。」又看褚璜。「幸虧褚璜及時趕到，救下念兒，不然就出大事了。」

褚璜的目光凝在秦念昏睡的臉上，此刻拳頭還握得緊緊的，唇角可見斑斑血跡。

這時，韓醫工才注意到褚璜唇角的血跡，心中大駭。「你把康震咬死了？」他聽韓啟說過，褚璜差點咬死康岩的事。

韓啟也想知道答案。

褚璜把目光移到韓醫工臉上，緊繃的神情稍稍鬆懈下來，搖搖頭，又摸了下耳朵。

韓醫工鬆口氣。「只咬傷了耳朵是吧？」

褚璜點頭。

韓啟卻蹙眉冷道：「康震那般可惡之人，死不足惜。」

韓醫工微嘆一聲。「雖說康震死不足惜，但要是褚璜咬死他，卻是說不清的。」

這件事可大可小。

往小了說，倘若康震被褚璜咬死，村民們見秦念差點受辱，許是會大事化小，覺得康震死有餘辜。但如果往大了說，褚璜本就是野人出身，他咬死人，往後怕是沒人敢與他結交，對他的未來極為不利。再來，這事傳出去，秦念的聲譽會嚴重受損，對秦念也沒有好處。

這些事，韓啟也能想得到。

幸好，韓啟帶秦念回家，碰到村民時，只說她是摔下馬受傷，並未多說，所以秦念在韓啟屋裡將養兩日，並未有人覺得不對勁。

不過，這日秦氏帶話來，說康震兩天沒回去，楊氏急得在屋裡哭呢。

秦念差點被康震迷姦之事，並未讓秦氏知曉，秦氏也以為女兒是腿受了傷。而秦念沒回家休養，是害怕康震會回來。不去味園，是怕工人們到後院來問東問西。

當秦念知道康震兩日沒回來時，心中暗道，褚璜那一口咬下去，康震怕是懼了褚璜，或許就會離開白米村，不再回來。前世康震離開村子後，便上山當山匪，這一世也不知道康震會如何。

畢竟秦念是歷經兩世的人，即便受了康震的驚嚇，但相較於前世被康震掐死而言，這世受的驚還真不算什麼。

她在韓啟屋裡休息兩天後，便回味園了。

至於那夜褚璜為何會救下秦念，是因褚璜在秦念動身前往鎮上後，不甘心待在屋子裡，便偷偷地跟在秦念後面，但後來跟丟了，就在山道邊等著秦念，才救了秦念一命。

這也是秦念福大命大，該被褚璜解了這道劫數。

一晃眼便入了冬，整個白米村被皚皚白雪覆蓋著。

這日，秦氏將之前為秦念做的鹿皮襖從箱底下翻出來，送去味園。

「念兒，從春至冬，這一年來經歷這麼多事，日子總算一天一天好過了起來。」

秦氏這話雖說得好，但語氣頗為傷感，秦念便知道，秦氏是想哥哥了。

「娘，前些日子為您和繼父選冬襖時，我也幫哥哥買了幾身，這幾天打算送去莊園。」

秦氏聽著這話，稍稍寬心了些，輕拭眼角的淚水。「半年未見妳哥哥，也不知道他怎麼樣了？」

秦念安撫道：「娘，您放心，哥哥雖未能馬上如願成為歐陽莊主的弟子，但他在莊園有吃有住，過得還不錯。」

秦氏頷首，哽咽一聲，又抹起眼淚。「嗯嗯，娘知道，娘只是有點想妳哥了。」

秦念見狀，便將這事放在心上。

現在不是玫瑰的花期，近幾個月，秦念都沒有去玫瑰莊園，但會安排李二叔送些當季的膏糖和一些藥食過去。

既然母親這般思念哥哥，她打算明日就去玫瑰莊園，問問哥哥的情況。

翌日，秦念帶著楮璜來到玫瑰莊園，守門的家奴替她開了大門。

待在閨房的歐陽千紫正無聊，聽丫鬟說秦念來了，興奮得簡直要跳起來，猛地起身，提起裙襬就往屋外跑。

看到秦念時，歐陽千紫立刻上前擁住她。「妳這死丫頭，怎麼幾個月都不過來？」

秦念心想，歐陽千紫的話雖說得不中聽，但顯然是將她當朋友了，於是笑道：「我一個鄉下丫頭，怎能無事就跑來煩妳？」

歐陽千紫嘟起粉唇。「什麼鄉下丫頭，妳比城裡那些貴女要好玩多了。」

好玩？秦念聽著這個詞，覺得有趣，想來歐陽千紫是太無聊了，整日待在莊園裡，不能出莊園的大門。

之前有一回，秦念要回白米村時，歐陽千紫向歐陽莊主鬧著，說也要去白米村玩，被歐陽莊主和莊主夫人嚴詞拒絕，還說什麼絕不能讓歐陽千紫出莊園的大門，歐陽千紫還為這事大發脾氣。

秦念一直覺得奇怪，歐陽莊主功夫了得，手底下又有那麼多徒弟和護院，派幾個人保護歐陽千紫不就成了，為何不讓她出莊園的大門呢？

「千紫小姐，我帶了些新做的藥食點心來給妳嚐嚐。」

歐陽千紫身邊的丫鬟聽了，忙接過褚璜手上的包袱。

這時，歐陽千紫也注意到褚璜了，笑問：「秦念，他是誰呀？看起來與妳長得不像，應該不是弟弟吧？」如果是弟弟，那也就是秦正元的弟弟了。

秦念介紹道：「他叫褚璜，是味園宅子的小主人。」

歐陽千紫眉頭微蹙。「味園那座宅子，不是已絕了戶的褚家的嗎？」

褚璜聞言，低下頭，臉色也沈了下來。

歐陽千紫立時覺得自己說錯了話，忙道：「不，我……我是說……」

秦念知道歐陽千紫有點尷尬，忙道：「這位是褚大人遺留在世的兒子，當年出事時，他爺爺奶奶把他藏在後山，躲過一劫。」

這件事情，現在拿出來說，其實也沒有什麼了。一來，這是前朝的事情，朝代更替之時，新朝皇帝還為褚家平反；二來，秦念亦曾與褚璜說起此事，為的就是讓褚璜不必對自己的身世介懷。

至於歐陽千紫怎麼會知道褚家的事，想必是因為歐陽莊主與京城貴人相熟，十分清楚朝堂的動靜。

歐陽千紫看著褚璜，嘆了一聲。「真是個可憐孩子，幸好你還活著，不至於讓褚家斷了血脈。」又湊到秦念耳邊，低聲道：「等會兒把褚璜的事好好說給我聽，也讓我樂一樂。」

秦念尷尬地笑了聲，點點頭。

須臾後，她一臉鄭重地道：「千紫小姐，我這趟過來，是想來求件事情。」

歐陽千紫納悶。「何事？」

秦念道：「我娘有半年未曾見過我哥，思念得很，昨日還哭了。我心中不忍，想求莊主放我哥回家，與我母親團聚幾日。」

「好哇！」歐陽千紫突然一臉興奮，轉而又沈下臉。「不過，這件事，我沒辦法幫妳說情，妳得自己去跟我爹爹說。」

秦念突然發現，歐陽莊主雖將歐陽千紫寵得無法無天，但有些事情還是有界限的，比方剛剛所說的不能出莊園，還有不能與莊園的花工有任何牽扯。她看得出來，歐陽千紫應該是對哥哥有意思，結果哥哥反被她連累，調去了北邊的莊子。

於是，歐陽千紫回了閨房，秦念與褚璜則被丫鬟帶去求見歐陽莊主。

此刻，歐陽莊主正在莊園的練武場教弟子們武術。

當秦念遠遠地走到開闊的練武場時，看著那一排排列隊整齊的青衫少年，便想，兵書上所說的操練軍隊，怕也不過如此吧。

秦念曾聽羅禧良提過，歐陽莊主教出來的弟子，好些都被舉薦進京，有些成了王侯將相的門客，有些甚至入宮當御林軍，有些本就是京城裡的權貴子弟，從莊園出來後，皆能有所作為。

要是哥哥也能在這裡習武，成為歐陽莊主的弟子，那該多好啊！

趁著歐陽莊主休息的時候，丫鬟帶秦念去了茶室，求見歐陽莊主。

歐陽莊主對秦念這個鄉下小丫頭向來是非常客氣的，沒有半分推託，便請秦念進去，還讓秦念與他對坐。

秦念接過歐陽莊主親手烹製的茶湯，輕抿一口後，恭敬地道：「莊主，今日念兒過來，是想求莊主一件事。」

歐陽莊主溫和地笑。「念兒姑娘請說。」暗中觀察秦念品茶的姿態，竟與貴門女子一般講究，像是受過教導，看來許是出身大戶人家，落了難才到山裡來的，以後應該去查查秦念的身世才是。

秦念便把母親思念哥哥的事告訴歐陽莊主。「不知莊主能否讓我哥回家省親幾日？」

歐陽莊主頷首。「回家探望親人，自然是可以的。」遂吩咐身旁的小廝，讓他帶秦正元過來。

秦念聽罷，忙問道：「我哥現在就在這裡嗎？」

歐陽莊主道：「妳哥在莊園半年多來，做事本分踏實，比旁人還要勤奮。前幾日負責管他的管事向我提及，說可以提拔他，我便準了他過來，替大掌櫃打下手。」

秦念驚喜，起身向歐陽莊主施禮。「念兒多謝莊主提拔哥哥！」

歐陽莊主伸手讓她起來，笑道：「念兒姑娘請坐。我提拔妳哥，並非看妳的面子，而是他的確有些才能。」

秦念驚訝，在她的印象裡，哥哥性子木訥，有時可以說是愚鈍，不想到了這裡，反倒被誇讚有些才能了。

莫非哥哥後知後覺，腦子開了竅？

第九十章

不一會兒，秦正元進了茶室，低頭拱手向歐陽莊主行過禮後，才把目光落在秦念身上，開心地走近妹妹。

「念兒，妳怎麼來了？」

秦念對他笑了笑，先沒說話，只是看向歐陽莊主。

歐陽莊主瞧兄妹倆一見面便如此親近，覺得場面格外溫馨感人，笑笑道：「秦正元，今日准你回家省親三日，三日後再回來做工。」

秦正元天天都在思念母親，這會兒聽說歐陽莊主願意讓他回家，簡直興奮得要跳起來，但他壓抑住自己的激動，略帶笑容地拱手謝過歐陽莊主。

歐陽莊主還吩咐手底下的人，給足秦正元這半年來的工錢，還另外賞了不少東西，又安排馬車，讓秦正元駕車帶著獎賞回家。

秦念是與褚壙同騎一匹馬來的，離開莊園時，秦念便讓褚壙坐馬車，她騎馬慢慢跟著。

茫茫白雪之間，車輪印壓出長長的泥線，馬蹄踏得雪水四濺。

天寒地凍，三個小人兒心裡卻是暖洋洋的，如同頭頂上剛出的暖陽。

「哥哥，看你在莊園吃得不差呀！長結實了，還比我高出了大半個頭。」秦念笑呵呵地打趣正在趕馬的哥哥。

秦正元露出一口白牙，清俊臉龐在暖陽下，顯得格外有光澤。「念兒，女大十八變，妳又變漂亮了。」

「哈哈哈……」

「啊！」

歡笑聲中忽然冒出一道清亮的驚呼，將兩匹馬兒嚇得差點失魂，要朝前狂奔而去。

秦念和秦正元忙使力拉住馬，齊齊回頭，雪地裡一抹豔紅，秦念認出正是歐陽千紫今日所穿的衣裝。

「不好，是千紫小姐！」

秦念忙跳下馬，朝歐陽千紫跑去。

秦正元也將馬拉緊，與褚璜一起靠過去。

「千紫小姐，妳沒事吧？」秦念扶起摔在雪地裡的歐陽千紫。

歐陽千紫撫著額頭，一張被凍得粉撲撲的臉蛋擰成一團，扭頭看向秦正元，痛呼出聲。「哎喲！秦正元，你這個渾蛋，趕馬也不趕穩當些，害我的額頭磕到車底板。」

秦念仔細一看，歐陽千紫白皙光潔的額頭上腫起一個大包，定是十分疼了。

秦正元一臉驚恐地跑到歐陽千紫面前。「妳怎麼會在這裡？」

秦念見哥哥的表情帶著一絲嫌棄，說話也不恭敬，但好歹人家是莊主的女兒呀！

此時，歐陽千紫的眼睛裡完全沒有秦念，自始至終，目光都落在秦正元的臉上，嘟起唇，顯得格外可愛又可憐。

「我藏在馬車底下呀。我想離開莊園，去你們村子玩。」

秦正元一副頭疼又抓狂的模樣。「我們村子有什麼好玩的，不過一個破村子而已。」說罷，一把拉住歐陽千紫，將她往馬車上帶。「走，我送妳回莊園。」

歐陽千紫想掙開自己的胳膊，但秦正元的手像鐵鉗一樣扣住她。

「放開我，我不回莊園，我要去你們家。」

「不行，妳要是不回莊園，莊主一定會殺了我的。」

「我就是不回去。你要是不帶我去你們家，我回莊園後就不吃不喝，餓死算了。」

「只要妳回莊園，餓不餓死，與我不相干。」

「秦正元，你……」歐陽千紫被秦正元無情的話傷到了，氣得要跺腳，但不過一會兒便緩過來，忽地將胳膊一抬，嘴湊上秦正元的手背，用力一咬。

秦正元痛呼出聲，無奈鬆了手。

歐陽千紫得了自由，忙朝秦念的馬跑去，待跑到馬旁後，便拉起韁繩，一腳跨上馬。

駕！她重重一抽馬鞭，馬兒往前面跑去。

「不好，哥，我們快上馬車。」

秦念沒想到歐陽千紫的性子如此倔強，連忙拉起呆愣的哥哥，朝馬車跑。

褚璝動作快，先他們幾步上馬，待兄妹倆坐穩，立時一抽馬鞭，去追歐陽千紫。

這條山道只有一條路，直通白米村，等到褚璝趕著馬車回到村裡，歐陽千紫已經下馬，正被一眾男女老少圍著問東問西。

「姑娘，妳騎的馬兒是念兒的，妳是念兒的朋友嗎？」

「姑娘，看妳穿得這麼貴氣，是從哪裡來的呀？」

有村民看到褚璝趕著一輛馬車回來，忙喊道：「念兒回來了！」

秦念在馬車還未停穩時，便從車上跳下來。

秦正元當真氣極，一下車，就準備朝歐陽千紫衝過去，秦念忙拉住他。

「哥，既然千紫小姐已經到了白米村，你就不要再趕她回去。待會兒我讓李二叔去莊園，將此事說清楚便是。」

秦正元看著妹妹，知道她向來有主意，便點了點頭。

秦念走到歐陽千紫面前，對村民們介紹。「這位是玫瑰莊園莊主的女兒，千紫小姐。」

「原來是歐陽莊主的女兒，難得如此貴小姐會來我們這小山村。」

「念兒真是有人緣呀，居然能與歐陽莊主的千金交好。」

秦念向村民們招呼過後，拉著歐陽千紫往家裡走。

這會兒，母親正期盼著她帶哥哥回來呢，怕是想不到，她不僅帶回哥哥，還帶來一位傾慕哥哥的千金小姐。

秦氏的確想不到家裡會來貴客，見到歐陽千紫時，竟緊張得手足無措，全然忘記自己年少時的身分，比歐陽千紫還要高上好大一截呢。

倒是秦正元，對歐陽千紫顯得不太友善。

「千紫小姐，我們家破舊了些，妳可別介意。」秦念幫著母親招呼歐陽千紫。

歐陽千紫倒是一改在莊園的嬌小姐脾性，變得格外乖巧大方，笑道：「無妨，我覺得這裡挺好，小家小院，反倒溫馨。」

秦正元似乎對這番話感到有些意外，愣愣瞧著歐陽千紫，被秦念一巴掌拍在肩上。

「哥，還不快點把歐陽莊主送給你的東西從馬車上拿下來。」

秦正元忙點頭。「嗯，我這就去。」

這會兒，褚璜正在搬車上的東西，有許多點心吃食，都是莊園的廚子做的。還有二十來斤鮮豬肉、二十來斤鮮牛肉，以及各類冬日裡見不到的新鮮蔬果。

秦氏看到這些，心道兒子定是得了莊主歡心才有這麼多賞賜，打從心裡替兒子高興。

隔壁的楊氏知道這邊有貴客光臨，也走到門口，想跨進院子，卻被褚璜上前攔住了。

這會兒，康有田不在家，秦氏正在廚房裡忙，楊氏探頭探腦想知道來了什麼貴客，卻只能見著院子裡那片豔紅的裙襬，心道定是個可心的姑娘家。又見秦正元在屋裡跟院子跑上跑下，看著長得高大了許多，不由想起孫女康琴和孫子康震，心頭一哽。

「也不知道琴兒和震兒他們怎麼樣了？如今是死是活，也沒個信來。唉，真是要愁死人。」她喃喃說著，嗚嗚哭回了自個兒屋子。

秦氏早聽到了婆婆的聲音，卻不敢出來，怕婆婆進院子鬧笑話，於是對秦念道：「近些時日，康家奶奶的身子越發不好，可能是康琴和康震都離了家，也沒信來，心裡孤苦。娘割些豬肉和牛肉，妳拿去送給她吧。」

秦念聽了，二話不說便應下，還幫著母親分豬肉和牛肉，又挑揀了些蔬果，一併裝進竹籃裡，用布蓋上，去了楊氏那邊。

她並非善心大發，而是覺得楊氏這個人固然可恨，但如今孤苦伶仃，每日心情沈鬱地念叨著孫女，擔心孫兒安危，也算是得了報應。她這般做，就當是幫母親盡了兒媳的孝心吧。

這會兒正當午時，山裡人家多半不吃午飯，但秦氏知道，有錢人家一日吃三頓，於是在廚房裡準備飯食，就著歐陽莊主送給兒子的肉菜，做了頓豐盛的午飯。

吃完飯，秦正元說要送歐陽千紫回莊園，歐陽千紫卻抱著秦氏的手不肯走。

秦念見歐陽千紫完全把母親當成婆婆的樣子，就覺得好笑，卻不違和。但歐陽千紫身分不同一般，她不能因此便打趣歐陽千紫和哥哥，更不敢在母親面前多說什麼，以免外人覺得她和哥哥想攀附權貴。

秦正元和歐陽千紫猶在鬧著，追打著去了後院，秦念見哥哥像是認了真，便拉住他。

「哥，要不這樣，等會兒我跟李二叔說，讓他請示莊主，莊主若答應千紫小姐三日後隨你回莊園，便讓千紫小姐在家裡住三日。若莊主不答應，我再讓李二叔送千紫小姐回去。」

歐陽千紫高興地道：「行！念兒如此安排下去便是，我爹爹一定會答應的。」話雖如此，她也不是很肯定，回去少不得要挨頓罵，但她已經做好了要挨罵，甚至挨打的準備。

秦正元皺著眉頭想了想，點點頭。

方才，秦念便讓褚環去跟李二叔說了，讓李二叔到她家來一趟，這時人剛好到了。

秦念將歐陽千紫的事情好好交代給李二叔，請他務必將話帶到。

李二叔直接騎馬去了玫瑰莊園，秦氏則推著兒子，讓他帶歐陽千紫到村裡四處轉轉。

秦念去了韓啟家，韓醫工卻說，韓啟上山了。

「這大雪天的，啟哥哥上山幹麼呀？」

秦念好奇，但轉念一想，大概是要避開歐陽千紫。韓啟兒時去過玫瑰莊園，那時歐陽千紫已經三、四歲，會認人了。他來白米村避世，怕是不好讓歐陽莊主知道吧。

秦念想到這裡，突然發覺，韓啟與歐陽千紫的臉竟有幾分相像，有個想法在腦海間隱隱浮現……

第九十一章

傍晚時，李二叔從玫瑰莊園回來，與他一同來的還有兩個人，秦念都認識，是沐青和關九，是歐陽莊主安排來保護歐陽千紫的。

從沐青的話語中可知，歐陽莊主因歐陽千紫擅自離家出走之事大發雷霆，但後來怒氣平息，似乎也能理解女兒是在莊園裡關得太久了，於是沒再責怪歐陽千紫，只交代沐青和關九，一定要將歐陽千紫保護好。

因為歐陽千紫的到來，白米村這三日過得可熱鬧了，到門前來瞧熱鬧的人來了一批又一批，並看出了歐陽千紫喜歡秦正元，都說秦正元好福氣，竟能得歐陽莊主家的千金喜愛，往後怕是要當上門女婿。

秦念不小心聽到這些話，便想起前世時，哥哥就是當了上門女婿，女方還是白米村的人，心道哥哥這世定要有骨氣些，不要當什麼上門女婿，哪怕是歐陽家的也不行。

三日以來，韓啟沒有出現在歐陽千紫面前，秦念也刻意不讓歐陽千紫去韓家。

這天午後，秦念送哥哥和歐陽千紫到村口的橋邊。

秦正元負責趕車，歐陽千紫坐在車內，而沐青和關九則騎著他們的大馬，在一旁守護。

但秦念不知道的是，就在他們出發沒有多久，便出事了。

之前康震埋伏的那片山林，突然冒出十幾位黑衣人，功夫了得，沐青和關九為了護住歐陽千紫，拚力與他們纏鬥，但最終因他們人多，沐青和關九皆受重傷。

他們的三匹馬兒都被那些刺客射傷，秦正元無奈之下，只得將歐陽千紫拉下馬車，帶著她往莊園的方向逃。

幸而秦正元跟著韓啟練過些功夫，後來在莊園閒時也在練功，再憑著他那股子蠻勁，還能對付兩招。

不過，那三位刺客都是頂厲害的殺手，而秦正元年紀小，又不是從小習武，與刺客們比起，簡直太弱了。

就在秦正元和歐陽千紫被三位刺客圍住之時，咻的一道破空聲響起，一支利箭射向對秦正元舉刀的刺客胸膛，刺客倒地。

歐陽千紫看向飛身而來的白影，驚喜道：「是爹爹。」

正是歐陽莊主獨身前來，他幾招幾式之下，便將剩餘兩位刺客擊殺，接著又來幾位刺客，歐陽莊主皆是快劍斬殺，不留餘地。

待到風平浪靜，秦正元好奇地問：「莊主，你為何不留活口，盤問他們是為何而來？」

歐陽莊主看著秦正元，目光中帶著些讚許。「不必問，我知道。」

歐陽千紫卻是好奇，上前拉住歐陽莊主的手，問道：「爹爹，那他們是為何而來？」

歐陽莊主蹙眉看著女兒，低聲道：「為妳而來。」

歐陽千紫擰緊眉心，更好奇了。

「先回莊園吧！」歐陽莊主將染血的寶劍對秦正元一扔。「把劍擦乾淨。」說罷，拉著女兒的手，往他的馬走去。

秦正元抱著歐陽莊主的寶劍，有些呆愣。

歐陽莊主走幾步，又回頭，目光停在秦正元臉上，再移至秦正元手中的劍。「你到我莊園來，不就是為了成為我的徒弟？我的劍，都是由我的徒弟來保養的。」

秦正元更聽不懂了，傻傻地杵在原地。

歐陽千紫一聽便明白，鬆開歐陽莊主的手，忙跑到秦正元面前，一把拉住他的胳膊，笑起來。

「還不走，我爹收你當徒弟了！」

秦正元聞言，臉上立時露出興奮的笑容。

十日後，沐青轉告了秦念，秦正元被歐陽莊主收為徒弟的消息。

沐青簡單說了那日的驚險，只說是碰到山匪，並未說是刺客。

但聰明的秦念一看，便覺得不對勁。

沐青是何等高手，而山匪不過是些莽夫，哪敵得過沐青。可她瞧見沐青臉上多了一道疤痕，手臂還用一條長長的布帶掛著，怕是受了骨傷，才包成這樣。

但她不敢多問，回想起那日，便覺得後怕，又認為哥哥是大難不死必有後福。

這不，哥哥的福緣已然開始，因為哥哥成功地成為了歐陽莊主的徒弟。

兩個月後，便是過年。

康有利為了省路費，託回鄉的鄉民帶了信來，說不回家。

而康岩為了前程功名，更是在書館發憤讀書，也不回來。

臘月二十八這日，秦念不僅發了味園工人的工錢，還給紅包，讓村裡的每家每戶都置辦了年貨。

年貨統一採買，按人頭，一人可得五斤豬肉、五斤羊肉、五斤牛肉，再加上五斤白麵、二斤糖。另外，還有味園自製的藥食點心，可以用來消膩解熱。這人頭的數法，連剛出生的嬰孩都算在裡面，所以家裡人口多的，可得好多年貨。

白米村可謂是過了一個富足年。

不過，到了大年三十那日，楊氏便有些尷尬了。

自康震失蹤之後，楊氏再不敢在秦念面前作怪，對兒媳秦氏，也不敢像以前那般頤指氣使。因以前謀算秦念，處處為難她，現下楊氏孤苦一人，不好說要與秦念同桌吃飯。

因此，秦氏也覺得為難，深知女兒不願與婆婆共桌吃飯，所以每逢婆婆到家裡吃飯，她便讓秦念去味園，以免鬧得不開心。

但大過年的，該怎麼安排呢？

秦念早已想過此事，所以幫母親準備飯菜時，說她打算中午帶著褚璜去陪韓醫工吃飯，待到晚上再回家吃。

平日，他們是一日兩頓，現下日子好過了，過年便是一日三頓。

秦氏聽罷，心裡一陣落寞，大過年的，女兒還得在別人家吃飯，但也只能如此了。幸好韓醫工是女兒的師父，去陪師父過年，也是天經地義。

就在秦念要帶著褚璜出門之時，正撞見一人牽著一匹大黑馬走近，是秦正元回來了。她歡喜地朝屋裡大喊一聲。「娘，哥回來了。」

秦氏聽罷，立時丟下手上的活，跑了出來。

這會兒，秦正元剛把馬拴在屋前那棵銀杏樹下，秦念幫著將馬背上的東西往家裡搬。

秦氏見兒子與先前穿著不一樣，上回回家，他穿的是一身泥灰色粗布短襖，這回是藍色的棉袍，顯得格外俊朗，氣度也長了不少。此刻，他意氣風發地站在這破院門前，實在是有些格格不入。

秦正元徒手提著兩大筐蓋著布的重物，像是沒提一樣輕鬆，看起來臂力長了不少。

秦念在一旁看得高興，秀拳捶在哥哥臂膀上，笑道：「哥，你長壯實了啊！」

秦正元樂呵呵地看著秦念。「可不是。每日辰時未到便練功，要往竹缸倒下百桶水。」

秦念咋舌。「哥，你覺得苦嗎？」

秦正元癟癟嘴。「苦，哪會不苦。」

秦念又問：「除了練武，還做些什麼？」

秦正元回答。「每日練武三個時辰，讀書二個時辰，還得交一篇文章。另外，還有詩作和畫作，可擇一學習。」語氣一頓。「幸好娘教過我認字，韓啟又給我兵法書看，我才不至於與他人差太多。」

秦念高興地說：「你這般苦學，比起去縣城書館上課的人，學得還多呢！」

以前哥哥雖識字，但不及她這般愛讀書，這下可好，在莊園每日都得讀書。

俗話說，讀萬卷書猶如行萬里路，讀書會使人聰明。

這會兒她可以從哥哥的談吐神情中看出，如今的哥哥，已然不是從前那個憨笨的人了。現在的哥哥眼神發亮，不復見從前的自卑和膽怯。

第九十二章

因為哥哥回來，秦念覺得自己帶著褚瓚去韓醫工那裡吃年夜飯，心裡會坦然一些，便與母親和繼父說了聲，扯著褚瓚的手，跑去了韓家。

到了韓家，秦念向師父作揖，說了一大堆拜年的吉祥話。韓醫工聽得笑咪咪，叫她和褚瓚趕緊去廚房看看。

「定是啟哥哥在做什麼好吃的了。」

秦念知道，每回韓醫工這樣說，都是韓啟在做好吃的。

她跑進廚房，見韓啟手上白呼呼，揉了麵團，又從中捏一小塊出來搓圓，再用棗木擀麵杖壓扁，放在手心。

接下來，他從案桌上大陶碗裡，舀出一小勺肉泥，放在小麵皮上，再沿邊包合起來。

「啟哥哥，你這是做什麼呀？」

秦念伏身聞了下大陶碗裡的肉泥，像是羊肉，但應是用黃酒去過味，又加了蔥薑，沒了羊肉的那股羶氣。

韓啟把做出來的東西遞到秦念眼前，笑問：「念兒，妳看這形狀像不像耳朵？」

秦念抿唇點頭。「像極了。」

韓啟把手中之物擱到旁邊，接著做下一個，道：「這東西叫嬌耳（注），相傳是張仲景發明的。」

秦念讀完張仲景的《傷寒論》，對裡面的醫理、藥方得心應手，此時聽得張仲景的大名，心頭一喜。

「竟是張神醫發明的。」隨即又好奇地擰眉。「這嬌耳怎不曾在《傷寒論》裡見過？」

韓啟笑道：「這是民間傳下來的，說當年張神醫在冬日施藥，時常見到百姓凍爛了耳朵，便做了這道祛寒嬌耳湯，用的肉餡正是羊肉，再加上祛寒藥材，百姓吃過後，氣血通暢，身體發熱。

「這道湯，當時百姓們從冬至那日吃到除夕，爛耳者也康復了，後來就仿照張神醫的做法，開始在冬至到過年吃嬌耳湯。我這裡做的嬌耳並未用到藥材，但吃了之後，也可以祛寒生熱。」

褚瓚看著好奇，伸出手，也想試試。

秦念一笑，敲他手背。「洗手去。」

褚瓚轉身，忙到院子裡的井邊淨手，不一會兒回來，便學著韓啟的法子，包起嬌耳。

秦念則燒灶備湯，癡癡看著韓啟仔仔細細地包嬌耳。她最喜歡看韓啟認真做菜的樣子，這畫面讓她覺得十分溫馨，就像個小家庭一樣。與韓啟組成一個小家庭，是她這輩子最大的夢想。

年夜飯是在院子裡吃的，不僅有豐盛的羊肉嬌耳湯，院中還置了燒烤架，一隻剖洗乾淨的全羊架在上面，已然烤出陣陣濃郁的焦香。

冬去春來，春去夏至，一晃半年有餘。

這半年來，秦念的味園藥食坊生意日漸紅火，後山新蓋的褚氏祠堂也已落成，只待擇日將褚氏遇難族人請進祠堂。

為了查出褚氏遇難的族人有哪些，年後秦念送了新做的梨膏糖去玫瑰莊園，求見歐陽莊主，請他幫忙。

歐陽莊主便令沐青和關九送來名冊，並將當時被查抄的部分舊物送過來。

這幾日，秦念讓褚璜安排，將他家族之物妥善地從味園廂房移至祠堂，到了擇好的吉日，她與褚璜身著孝服，將先人牌位請進祠堂大廳的香案之上。

至此，褚璜跪地，仰頭看著牌位上刻著的名字，才感覺到自己是個有父有母之人，不禁淚水長流，嗚咽許久，方才歇住。

從祠堂出來，脫去孝服，秦念看著褚璜悲傷的神情，想勸他，自己卻悲從中來，忽然蹲下，抱膝大哭。

褚璜愣住，剛才在祠堂之內，秦念沒有這般大哭，此刻卻大哭了起來。

注：意即現在的餃子。

秦念哭了好一陣子，才哽咽道：「褚璜，今日與你將你親人請進祠堂，而我外祖一家，卻還未能完成此事。」

褚璜從未聽秦念提過此事，好奇地問：「念兒姊姊的外祖一家？」

秦念極力地平復悲傷的思緒，斂住淚水道：「我雖從沒見過外祖一家，但我知道他們與褚家一樣，都是被冤枉的。」於是將她秦家滿門男兒被斬，女人和孩子被貶為賤民，發配邊疆一事說與褚璜聽。

韓啟陪在她身邊，沈默不語，心裡卻在想，褚家尚能洗清冤屈，秦將軍一族卻未能平反。往後倘若有機會，他定要助秦念完成此事。

褚璜一直以為，自己家族才是最慘的那個，卻不承想，秦念的外祖家也是如此，不由生出與秦念同病相憐的相惜之感。

「念兒姊姊，待我長大成人，一定要去京城為秦家平反昭雪。」

褚璜滿目嚴肅地對秦念說出這番話來，令秦念感動不已。

「褚璜，我外祖家之事，怕是早被朝廷遺忘。平不平反，我想我娘早就看淡了。」

秦念知道，自從母親到了康家以後，所求唯有一雙兒女平安成人，別的，怕是從來不敢去想。

而她能去想嗎？似乎不能，因為以她目前的狀況，朝廷之事離她太遠。

她現在能想的，就是好好與韓啟在一起，要讓韓啟不離開她。

思及此，她猛然間想到，今年秋日，她就滿十四歲了。

前世韓啟離開白米村的時候，正是她過十四歲生日後的一個月。

為著此事，秦念整日心緒不寧，直到夜裡躺到床上時，才想明白，這世一切皆不同於前世，她根本無須為此憂心。

這世，韓啟一定不會再離開她，就算離開，也一定會與她說明白。

想通後，她終得好夢，夢裡大紅綢子連接著她與韓啟，兩人一拜天地，二拜高堂……

翌日，羅禧良拜訪味園。

味園中院的廳堂，後經秦念改造，成了一間茶室。

茶室佈置典雅溫馨，茶具器物皆是歐陽莊主所贈。

當時，秦念不肯接受歐陽莊主的禮物，歐陽莊主卻說，她所製的膏糖和藥食點心十分討人喜歡，這些皆是京城的貴人所送，而他的莊園中不缺這些，贈予她也是理所當然。

茶室有了好茶具和器物點綴，加之秦念每日都從山間採摘鮮花來裝飾，又令茶室多了幾分生氣。

「羅大哥，你這次來，所為何事？」秦念將烹好的茶湯遞到羅禧良面前。

羅禧良接過茶湯，抿唇細品，先是誇讚了一番。「這山裡的野春茶，被妳一雙神手製得格外甘醇。」

秦念笑道：「今年春天太忙，採的新茶不多，恰好還有兩罐，待會兒給你帶回去喝。」

羅禧良可不與她客氣，哈哈笑道：「那我就恭敬不如從命了。」

秦念也笑開來。「羅大哥與我說話總是這樣客氣。」

羅禧良道：「我跟妳拿茶葉都不會客氣，說話又哪來的客氣。」笑過之後，突然一本正經起來。「念兒，我這番過來，是受我父親之命。」

秦念很是意外。「你父親？」

羅禧良微微頷首。「我父親想讓妳的藥坊幫著醫館，根據醫書製些藥丸和藥散出來。」

味園向來以膏糖和藥食點心為主，並沒有製過藥丸和藥散。

但羅禧良知道，經過這一年的歷練，以秦念研製藥食點心的水準來看，製藥丸和藥散，於她來說，是再簡單不過的事情。

「好啊！」

其實，秦念也經常替病人做些藥丸或藥散，方便服用，所以說起來她還有些經驗，便一口應承了。她從不怕挑戰，只怕故步自封、止步不前。

羅禧良大喜。「那便好，我父親太忙碌，平常都是他帶著幾個徒弟製藥，如今眼見他年事已高，不想讓他過於操勞。再說，藥丸與藥散用量大，得有藥坊能生產才好。」

秦念點頭。「把一部分的事分出去，才能做更應該做的事情。」

接下來，秦念便與羅禧良商量此事的細節，直到太陽西下，天將要黑才談完。

這幾日，韓啟一直沒有來味園，原本秦念還想讓他一起商議此事，但讓褚璜去他家找人，也沒有找到。

秦念送羅禧良到村口，望著羅禧良與屠三的大馬漸漸沒入暮色中，才轉身跑開，逕直去了韓家。

進了韓家，秦念在廚房找到韓醫工。

「師父，啟哥哥呢？」

不知為何，秦念心慌慌的。

韓醫工待在灶邊，看著灶內漸小的火發呆，面容帶著憂慮之色，但見秦念過來，立時擠出笑臉。

「念兒，妳啟哥哥上山採藥去了。」

秦念聞言，放下心，但一想又覺奇怪。「師父，啟哥哥每次上山採藥，都會去味園問我要不要一起去，為何今日沒有問我？」

韓醫工儘量讓自己保持鎮定。「他說要往深山腹地裡走，怕耽擱妳在味園的事情，便沒有去找妳。」

「原來是這樣。」秦念喃喃著，發現一股燒焦味撲鼻而來，忙大喊一聲。「師父，菜燒焦了！」

「哎喲，真是的！」韓醫工忙丟了手中的燒火棍，走至灶邊，將鍋蓋打開，裡面的麵皮湯全燒乾了，只剩黑呼呼的一團。

秦念知道平日多是韓啟做飯，韓醫工怕是做得少，連忙上前，幫他刷了鍋子，重新煮了一鍋湯麵，湯裡下了些豆芽菜和野菜。

麵條盛進碗裡後，再加上韓啟之前做的牛肉醬，味道可好了。

韓啟還沒有回來，秦念便陪著韓醫工吃，免得他一個人吃飯太寂寞。

第九十三章

羅禧良與屠三離開白米村後，騎馬行至白骨林，忽然陣陣陰風夾雜著絲絲的血腥味迎面撲來，馬兒像是受了驚一般，止步仰頭長嘯。

屠三十來歲便行走江湖，直至二十多歲才進入羅家，成為羅禧良的貼身護衛。憑著多年來累積的經驗，他覺得這片林子一定有事發生。

「公子，與我走近些。」

「要不，我們下馬看看。」羅禧良提議道。

屠三點頭，翻身而下，羅禧良也跟著下馬。

他們點起火摺子，循著這股血腥味，朝林子裡走去。

幽暗的竹林裡，除了竹葉的沙沙聲，還伴著幾道呻吟聲。

「公子停步。」

屠三壓低聲音，此刻全身緊繃，心已跳到嗓子眼。

他不怕自己出事，只怕主子有事。

這會兒，他感覺腳下有個軟軟的東西，將火摺子拿低一看，果真是一個人。

羅禧良透過火摺子微弱的光芒，發現那是一名蒙著臉的黑衣人，伸手探他脖子，發現已經氣絕了。

屠三將火摺子伸遠些，瞧見前方不遠處還有一人，發出呻吟聲的正是他。

正當屠三要上前查看時，那人突然從地上拄著一把彎刀站起來，搖搖晃晃走幾步，朝對面樹下砍去，鐵器相接之聲與一道道劍花，瞬間在黑暗之中傳出。

羅禧良大驚失色。「是韓啟！」

那受傷之人舉起彎刀要殺的，正是韓啟。

屠三聞言，立時拔劍上前，先是一劍挌開那把欲再次砍下的彎刀，再一腳將拿彎刀的人踹倒在地，接著蹲下身，將火摺子挪到樹下。

火光之下，韓啟一張慘白的俊臉上，血跡斑斑。

羅禧良也上前來，制住受傷的人，又問屠三。「是不是韓啟？」

「是，他受了重傷。」屠三一手將韓啟扶起來、一手握著火摺子查看周圍，發現地上躺著七個人，有的人沒了動靜，有的人受傷，臥地不起。

這一幕，羅禧良也看到了，劍尖立時指向拿彎刀的人，厲聲問道：「你們是誰？」知道這些人一定不是山匪，因為他們皆著玄色錦衣，衣料質地為上品。

韓啟發出微弱的聲音。「不必問，我們走。」

羅禧良見那彎刀刺客胸前已中了一劍，怕是沒命活了，於是轉身，與屠三扶著韓啟離開了白骨林。

回到濟源醫館後，羅禧良仔細檢查韓啟的傷勢，一刀傷在背上，另一刀傷在手臂，還有一刀傷在腹上。

幸好，這些傷離內臟還有點距離，不然的話，光他腹上這刀，怕是就沒命可活了。

「韓啟，你以一人之力抵擋八位高手，還真能挺。」

韓啟無力地輕笑一聲。「你還能看出他們是高手？」

羅禧良一邊幫韓啟治傷、一邊道：「當然，而且他們的服飾一致，顯然是被訓練出來的殺手。」能當殺手，武功自然是不會差的。

韓啟仰躺在椅子上，閉目沈默不言。他拚殺一個多時辰，早已力竭。

羅禧良把韓啟的傷口全縫好，才跟他說：「你可得好好活著，別讓念兒擔心你。」

韓啟睜開眼，對羅禧良看了許久，突然問：「你去京城查了我？」

羅禧良回答。「去年便查過，但查得不深，並未驚動任何人。」

韓啟喃喃道：「那就是趙奇了。」

今年上元節，趙奇去了白米村一趟，恰好秦念去了玫瑰莊園，趙奇便找上他。

雖然趙奇沒有多說什麼，但韓啟明白，趙奇對他上了心。

羅禧良沒接話，但他很明白，是趙奇驚動了京城的人。上回趙奇來醫館，與他說了秦念的事，又提起韓啟，還問他知不知道韓啟是什麼人。

當時羅禧良並未在意，現在想想，趙家有人在京城做官，趙奇又對秦念動了心，還對韓啟表現出極大的興趣，想來除了趙奇，就沒有別人了。

「對不起，我一直以為是你驚動了京城的人。」韓啟滿臉歉意。

羅禧良淡然一笑。「你根本就不在意這些吧。」如果韓啟在意，一定不會出現在他的眼皮子底下。

韓啟微扯唇角。「這一天早晚是要來的，在意又有何用？」沈默許久，又開口問道：「你從味園出來後，念兒可有找旁人問起我？」怕秦念會擔心他。

羅禧良想起秦念與他說話時的心不在焉。「她讓褚璜去尋你，沒尋到，很是擔心。」

韓啟聞言，連忙起身，但身體一動，扯到傷口，讓他咬牙悶哼，實在是疼得厲害。

羅禧良忙按住韓啟。「你失血過多，今夜無論如何都不能離開醫館。」

韓啟又躺了下來，轉念一想，也對，若他帶著一身傷回去，豈不是讓秦念更擔心。

「拜託你明日幫我安排人跑一趟，告訴念兒，讓她不用擔心我。」

羅禧良問：「那該如何說？」

韓啟想了許久，仍沒想出該怎麼跟秦念說，遂道：「你看著辦。」

翌日，羅禧良派屠三去味園，轉告秦念，韓啟在山裡採藥受了傷，從鎮子那邊下山，目前在濟源醫館醫治。

秦念聞訊後，立時帶著褚璜，與屠三一道回了醫館。

「啟哥哥！」

擔心一整夜的秦念看見韓啟躺在醫館後院的廂房內，就撲了過去。

羅禧良看著秦念那副激動的模樣，心頭有點悶，不知道自己這樣做，是對還是錯。

當日，韓啟便被秦念用馬車帶回了白米村。

馬車上，秦念看著韓啟那張蒼白的臉，哽咽道：「啟哥哥，你知道嗎，我還以為你就此離開白米村，不會再與我相見了。」

韓啟笑著摸摸秦念的頭。「傻念兒，我不過是受了傷，怎麼可能會離開白米村，與妳不相見呢？」眼底卻流露出一絲惘然，或許，很快就有這麼一天。

秦念想著前世的事，問道：「啟哥哥，我記得去年生日那夜，你我坐在屋頂上，你在月下與我說，將來如果有一天你離開了我，就讓我等你兩年。」

韓啟點頭。「我是說過這些話。」

秦念道：「那我還是那句話，倘若有一天，你離開了我，我一定會等你一輩子。」

韓啟心中一股熱浪往上湧，喉頭翻滾，眼角可見濕意。「念兒，要真有那麼一天，妳等我兩年就好。」

秦念搖頭。「我會等你一輩子的。」沈默半晌，又道：「我知道你是京城人，如果你離開了白米村，我會在村裡等你兩年，兩年後你不來找我，我會上京城去找你。」

韓啟看著她，不知該如何接話。

秦念忽然又問：「啟哥哥，你可不可以如實告訴我，你和師父到底在京城出了什麼事，以至於要躲到白米村。」

韓啟思量片刻，道：「念兒，有些事知道了，會引來禍端，所以還是不要知道的好。」

「我不怕。」

「我怕！」

秦念盯著韓啟的眼睛，心道他終將會離開她。

馬車到了韓家門口，韓醫工聞聲急忙開門，與秦念一道把韓啟扶下來。

秦念發現，自始至終，韓醫工都未問過韓啟一句，這實在太不正常，但她又想不出哪裡不對勁。

待秦念和韓醫工將韓啟安頓好，韓醫工對秦念說：「念兒，妳去味園忙吧，我來照顧啟兒便好。」

秦念感覺得出，韓醫工是要支開她，不好強留在此，只得離開韓家，回了味園。

等秦念一走，韓醫工便仔細查看韓啟的傷口，當他看到韓啟身上的傷皆是一道道又直又長的刀傷時，頓時淚盈於眶。

「啟兒，他們居然真的是要置你於死地。」

韓啟疼得咧嘴，但唇間漾著笑。「爹爹，啟兒不怕。」

韓醫工將他的傷口重新包紮好。「啟兒，如今他們已經知道我們的住處，白米村怕是待不得了。」

韓啟無言以對。

昨日下午，他在院裡碾完藥材，正想出門去找秦念，開門之際，一記飛刀直刺他面門。他頭一偏躲過，回頭便見飛刀上綁著布條，上面寫著：晚上村外相見，不然，將屠盡白米村。

他如期赴約，並未等到他要見的人，而是八名刺客揮刀而上。這些刺客個個都是高手，幸虧這兩年他在白米村日日練武，才能殺了那些人，保全自己的性命。

他明白，對方不達目的不會罷休，他必須下決心離開白米村，否則，白米村的村民危矣！秦念危矣！

第九十四章

韓啟回到家，秦念就沒有那麼擔心了，而羅禧良昨日說過，藥丸和藥散要得急，得趕緊先按他父親所要的方子做一些出來，便去了味園中院研製。

她熬了一個通宵，製出兩種藥丸。

做藥丸於她不難，但想要做得漂亮，就有些難了。

這日一早，羅禧良派人送來包裝藥丸和藥散所需的油紙，昨日秦念又安排了李二嬸去找村裡的大叔訂製小藥瓶。

張大叔本是燒製粗陶罐的，後來味園開業，藥罐子要得多，他便去縣城學了兩個多月，習得製作精瓷的法子，回來後專為味園供應陶罐和瓷瓶，還收了不少的村民幫他做工。

這些皆是閒話，秦念將味園的事情安排妥當之後，已至傍晚，她掛心著韓啟身上的傷勢，連忙換了身乾淨的衣裳，跑去韓家。

結果，她一推開韓家大門，便發現了不對勁。

韓醫工和韓啟不在家，再跑進他們房裡一看，心底頓時發寒，兩人的東西都清空了。

這一幕猶如一記炸雷，轟得秦念腦子一片空白，隨即癱軟在地。

原本，她以為這世的事情有所改變，韓啟應該不會離開她了，但實際上，這世改變的只是時間，韓啟提前了三個多月離開她。
三個多月啊！
秦念心痛得幾乎無法呼吸，前世瀕死之時，似乎都沒有這樣痛苦過。
在韓啟的房裡，秦念看到了一只從未見過的大箱子，走近將箱子打開，瞧見裡面滿滿當當的東西，上面還有一張紙條。
秦念連忙把紙條拿起來看，上面方正的墨跡雖然乾了，但顏色還新鮮著。
念兒，請等我兩年，兩年後若是我沒回來找妳，妳便自尋人家嫁了。這箱子裡的東西，是我送予妳的嫁妝。
還送嫁妝！秦念怒了，本想拿把鐵鋤砸了這些所謂的嫁妝，但轉念一想，或許韓啟能回來，這箱子裡的便是聘禮。
秦念心底一陣抽疼，把箱子裡的「聘禮」一件件拿出來。
首先是一個沈沈的包袱，打開一看，裡面是一串串的銅錢，數一數，再細細一看，正是當初她手頭有錢後，還給韓啟的二萬銖。
接著是一只精巧的紅漆匣子，打開一看，裡面竟是各類金玉珠釵和玉鐲，還有一套金燦燦的頭面，總共二十多樣，個個看起來價值不菲。
最底下則是一個大布包，裡面是一套疊得整整齊齊、用金絲繡花、紅色寶石鑲嵌著衣領及裙邊的大紅嫁衣。

秦念越看，心頭越哽，最後哽到快透不過氣來，嗚咽一聲，趴在這一箱子的「聘禮」上，大哭起來。

這世不光是離開的時日提前，還比前世多了一份聘禮。

是的，這麼一箱東西，絕對不會是韓啟送給她的嫁妝，只會是韓啟求娶她的聘禮。

深更半夜，韓家漆黑一片，秦氏提著燈盞來找，終於在韓啟屋裡找到秦念。

「念兒，這到底是怎麼了？褚璜來找妳，說不見妳的人，我想著妳應該在這裡，但院門為何都是開著的。對了，韓哥兒跟妳師父呢，他們去哪兒了？怎麼把妳一個人留在這裡？」

一起過來的褚璜也蹲在秦念身邊，看著燈盞下的她淚流滿面，忽然出聲。「念兒姊姊，我知道啟哥哥身上的傷並非摔傷。」

秦念的目光轉向褚璜。

褚璜道：「一般摔傷，多是骨頭受傷，但我昨日看到啟哥哥的身骨並無大礙，想必受的是內傷或皮肉傷。」

秦念猛然一拍自己腦門，大聲道：「我真是蠢，我身為一位醫者，竟沒有想到這些。」

褚璜安撫她。「念兒姊姊，妳只是太擔心啟哥哥了，想不了那麼多。我是在深山老林裡長大的，長年與動物相處，摔下山的動物，定會折了骨頭。」

因為哭得太久，太過傷心，秦念的腦子有些昏昏沈沈，此刻聽褚璜這麼說，便明白了，定是有人來找韓啟麻煩，他是不得已才走的。

「褚璜，快幫我牽馬來，我要去鎮上。」

秦氏急了。「念兒，已經晚上了，妳去鎮上做什麼？」

秦念道：「我要去找羅大哥，啟哥哥的傷是羅大哥醫治的，他應該會知道啟哥哥的事。」立時從地上爬起來，但因坐了幾個時辰，一起身便有些昏，搖晃了幾下，被母親扶住。

「褚璜，你還愣著幹麼，趕緊去味園幫我牽馬呀！」

「好，念兒姊姊，我與妳一起去。」

褚璜說著，轉身便跑得沒了影。

片刻後，褚璜趕了馬車來，秦念鎖上韓家的大門，一躍上了車。

褚璜揚鞭，馬車飛快跑了起來。

到了濟源醫館，羅禧良對韓啟的離開並不意外，讓秦念更加肯定，羅禧良知道內情。

「羅大哥，啟哥哥到底受了什麼傷？」

「刀傷，深可見骨。」

「羅大哥，你一定知道韓啟去了哪裡！」

羅禧良猶豫許久，道：「我只知道京城，其他的，一概不知。」即便知道一些，也不敢說給她聽。

秦念也能猜到京城，因為母親說過，韓啟的口音是京城口音。

「羅大哥，除了知道啟哥哥去京城，其他的你當真一概不知嗎？」

羅禧良點頭。「一概不知。」

秦念見問不出什麼，轉身便要出了醫館的門。

羅禧良忙一把拉住她。「念兒，如今韓啟身受重傷，肯定不會回京城的。」語氣一頓。「他回去，就是找死。」

秦念愣住，對呀，如果是京城來人暗殺他，那他怎麼可能帶著一身重傷回去呢！

羅禧良勸她。「念兒，如今妳得穩住自己，既然韓啟不與妳說他的事，必是有他的難處。妳把自己的日子過好了，往後的事情，往後再說。」

往後的事情，往後再說！

秦念反反覆覆想著這句話，難道她只能等？韓啟要她等兩年，那她就等嗎？

羅禧良鬆開了秦念的手臂。「念兒，妳放心，我會讓屠三去京城打探情況，我在京城有些朋友，也可以去問一問。如果能得到一丁點消息，我都會告訴妳的。」

秦念看著羅禧良，眼神間充滿了希望。

然而，羅禧良心裡並沒有譜，害怕最終會讓秦念失望。

於是，秦念回了白米村，待在韓家的小院裡，坐到了天明。

天亮後，院門被推開，秦氏端著一鍋熱粥進來。

「念兒，快吃些吧，別太難過了。韓哥兒和妳師父說不定只是出一趟門，過不了多久，便會回來。」

秦氏把鍋子放在院裡的石桌上，又進廚房，從碗櫃裡拿出兩只陶碗，一碗盛給秦念，一晚盛給褚璝。

褚璝一直守護在秦念的身邊，像個小護衛。

秦氏看著長了些個頭的褚璝，心想韓啟能這般放心地離開，或許是因為有褚璝陪在秦念身邊的關係吧！

秦念乖乖地吃了粥，表面上看起來很鎮定，但她身邊的人都知道，她很傷心。

實際上，秦念經歷過前世，已經沒有那麼傷心了，只是在思考要如何去找韓啟，思考這世還有沒有機會再見韓啟，甚至還思考，若是她再死一次，會不會改變這個結果。

吃過早飯後，秦念去了味園，她要忙碌，唯有忙碌起來，才能讓她不那麼思念韓啟，才能讓她控制自己，不要離開白米村，去京城尋人。

因為，或許有一天，韓啟會騎著大馬回到白米村。

她得等，等到韓啟來找她。

三日後，秦念去鎮上坐診。

這日羅禧良並沒有去村裡去看診，秦念便問羅禧良有沒有韓啟的消息，羅禧良搖頭，暫且沒有。

羅禧良見秦念表面上看起來與平常沒有兩樣，有時還會與病人說說笑笑，但他知道，秦念一定很傷心。

但他又抱著幻想，或許時日過得久些，秦念就會把韓啟忘了。他期待著，想著只要能有這一天，他便會一直等，等到秦念心裡有他的位置。

直到排隊的病人都看完診後，秦念便讓褚璜將她做出來的幾味藥丸和藥散拿出來，給羅禧良檢視。

羅禧良仔細查看這些藥丸，還有小藥瓶裡的藥散，驚嘆不已。

「念兒，這些藥丸做得比我父親做的還要好幾分，還有這些藥散，粉質十分細膩，且味道也不錯，怕是妳添了一、兩味藥材吧？」

秦念點頭。「嗯，我添的藥材，雖然方子上沒有，但按藥理來說，都是有助益的。但我也不知道這樣妥不妥當，所以還得請你把這些藥丸、藥散拿去給你父親看看，他老人家若是覺得可以，那味園便開始製作。」

羅禧良道：「行，今日我便讓屠三帶這些去給我父親看。」

他憑著自己的經驗，覺得秦念加的這兩味藥材定是可以，又高看了秦念幾分，覺得這小姑娘不僅能應用醫書上的藥理，還能突破侷限，研製新藥，實在太令人佩服。

接著，秦念收拾好自己的藥箱，起身走出醫館。

羅禧良送她上車，神情十分深沈地說：「念兒，心裡若有事，千萬別硬扛著，說出來，也不至於那麼難受。」

秦念卻是淡然一笑。「羅大哥，你放心吧，我沒事，我相信啟哥哥會回來找我的。」

羅禧良聽她這般笑，心情卻是複雜萬分。他實在不希望韓啟再來找秦念，但他與韓啟認識這麼久以來，早將韓啟視為兄弟，不希望韓啟出了不幸的事。

唉，世間千萬事，唯有兒女情長最令人煩憂！

第九十五章

秦念回白米村後，一門心思地將自己埋首於中院的製藥房內。

一個月時間過去，她沒日沒夜地讓自己忙碌，不僅依照醫書上的藥方製出十幾種藥丸和藥散，還憑著看診經驗，研製出四味治療婦疾的藥丸，其中一味可治婦人不孕之症，得到羅老醫工的大力讚賞，向她訂了不少。

再加上先前第一批研製出的藥丸和藥散，如今味園可謂鍋灶日夜不休，雇工們忙得熱火朝天，卻又在秦念的用心管理下，井井有條。

日復一日，年復一年。

一晃眼過去兩年多，這日傍晚，秦氏提了一只大的竹製食盒到味園來。

此時，作坊裡十幾個大灶上，一鍋鍋熬成漿的阿膠補血膏即將出鍋，整個味園瀰漫著一股濃烈的藥香，光是聞著都會令人氣血充盈，神清氣爽。

秦氏知道秦念在作坊忙碌時，萬不能打擾，等秦念到後院來時，天色已黑透，食盒裡的菜也涼了，忙又拿去廚房熱。

待一道道噴香的菜餚端過來，秦念才發現，這麼多的菜，多數是筵席菜，還加了一碗剛剛在廚房下的麵條，麵條上放著一對荷包蛋，看著便十分好吃。

「念兒，娘知道妳忙，所以沒在家裡下麵條，免得麵條糊成一團。」

秦氏先把麵條擱在秦念面前，再將一盤盤的菜放好，又喊著褚瓚來吃。

秦念看著這麼多的菜，好奇地問：「娘，您怎麼做這麼多菜？」

秦氏笑道：「傻孩子，今日是妳十六歲的生辰。娘就知道，妳整日忙得昏天暗地，怕是早就忘了。」

秦念盯著面前這碗長壽麵，喃喃道：「原來我的生辰到了。」驀地又想起三年前的這日，韓啟特地為她煮了一鍋長壽麵，還帶她去屋頂，賞著天上的圓月。

此刻，她正坐於後院，抬眸看去，頭頂上方，一盤圓月如玉，散發著溫柔的光輝。只是，此時此刻，沒有她的啟哥哥在身邊作伴，心底越發覺得淒涼。

這日於褚瓚來說，也是個非常了不起的日子。三年前的這一天，韓啟擒住他，秦念帶他去廚房吃了滿滿兩大碗長壽麵。從此，他便知道他的名字叫褚瓚，不僅有了屬於自己的家，還有了親人，就是秦念。

褚瓚幾口便將一大碗長壽麵吃完，吃過後又盯著秦念的碗。

秦氏看出褚瓚吃不夠，忙笑著道：「褚瓚，鍋裡還有，嬸子這就去幫你盛。」

褚瓚興奮得連連點頭。

許是褚瓚臉上的笑容感染了秦念，秦念看著褚瓚，臉上也有了些淡淡的笑容。

此時，褚瓚的目光轉回秦念臉上，忽然開口道：「念兒姊姊，妳生得真好看。」

秦念噗哧一笑。「褚璜，你日日與我在一起，為何今日會這麼說？」

褚璜道：「我經常這樣認為，但這會兒突然就想說出來。」撫著後腦勺，呵呵一笑。「這句話，算是我送給念兒姊姊的生辰禮物。」

秦念微微頷首。「這個禮物，我非常喜歡。」

吃過飯後，秦念讓母親回家休息後，爬上屋頂，仰躺在琉璃瓦片上，手心緊緊地握著一枚玉珮，指腹輕輕摩挲雕琢得十分粗糙的雲紋，泛著淡淡憂傷的眸子盯著天上的圓月。

十五的月亮十六圓，這麼圓的月亮，啟哥哥，你也在看嗎？

幽暗的林間小屋外，清寒夜風吹得簷下的燈籠微微晃動。

燈籠內的燭火時暗時亮，微弱的光照著屋前一方殘破的案桌。

清俊的哥兒仰頭看著樹影間的一輪圓月，再低頭看案桌上的長壽麵，輕笑一聲。

「念兒，今日是妳的生辰，妳十六歲了，不知今日妳有沒有吃上長壽麵，有沒有與我一道欣賞這如玉的圓月？」

他身後，有一道聲音響起。「啟兒，明日你便要啟程回京，早些休息。」

韓啟點頭。「嗯，爹爹，您先去睡吧。」

韓醫工道：「啟兒，明日起，你就別再喊我爹爹了。」

韓啟轉頭看著韓醫工，仍是喚了聲。「爹爹。」

韓醫工微嘆，進了小木屋，就著屋內的燈盞，開始檢查行囊。

屋外，韓啟吃著他幫秦念準備的長壽麵，時而仰頭看著那輪圓月，一雙星眸裡藏著深深的相思。

與秦念分離後的日子，他度日如年。

他已在這深山老林裡窩藏兩年，不知何時何地，他才能再與秦念相見？

或許，他該說，兩年之期過了，不知這輩子是否還能與秦念相見？

轉眼間，天氣越來越寒冷，今年秦念給白米村各家各戶送去又厚又寬大的棉被，閒散的村民修起村道，村道不再坑坑窪窪。

村裡好些破舊的房子，在這一年內，也盡數得以重新修繕，壞得太過嚴重的，直接推倒重建。

當初阿三夫妻正是因為沒有房子可住，秦念才讓他們搬進味園，幫忙照看。今年秦念也幫他倆建了小宅院，但兩人還是住在味園，這樣才方便照顧秦念，打理味園。

這日，秦念剛與褚璜為村裡一戶孤苦老婦送了厚棉被和棉衣、糧食回來，便聽到隔壁的康家大院裡傳出說話聲，聲音雖不大，但她聽得清清楚楚，頓時心驚，竟是康震回來了。

如今，白米村除了秦念和褚璜外，誰都不知道康震失蹤那日發生了什麼事。

當褚璜聽到康震的聲音時，瞬間炸毛，非要衝進康家大院撕碎康震，但秦念拉住了他。

當初正是褚璜發下狠話，要康震離開白米村，不然就要咬死康震。如今康震大著膽子回來，這意味著什麼？

另外，這幾年，康震身在何處，做著什麼行當？會不會像前世那般，上山當了匪徒？

許是韓啟不在身邊，秦念總覺得心裡不安。但一想有褚璜在，她也有些三腳貓的功夫傍身，何須怕區區一個康震。

「褚璜，我們進去。」

秦念的聲音，總能令褚璜還未褪去野性的脾氣立時回歸人性。

褚璜斂住狂怒之色，隨秦念進了家門。

秦氏見到女兒，便把女兒拉進屋裡。

「念兒，康震回來了，聽說是出村子尋活計時，被抓了壯丁，去了軍營。」

秦念秀眉微蹙。「他胡說的吧，新朝律法我可讀得仔仔細細，若康震真進了軍營，那是不能隨便回家的。」細細一想，又道：「而且現在天下太平，哪還需要抓什麼壯丁。」

秦氏是將門出身，從小聽多了軍營裡的規矩，也點點頭。

「嗯，看起來應當不是被抓壯丁才去軍營的，但他身上穿的是小兵的軍服，身上佩的，也是小兵的長矛。」

秦念想了想，猜道：「這樣說來，只有一個可能。」

秦氏擰眉。「康震當了逃兵？」

秦念點頭。「正是。」

秦氏滿臉擔憂。「若是如此，他此番回來，怕會給家裡招禍。」

秦念正欲開口說話，忽聽院門一陣響。

褚璜進來說，楊氏來了。

秦氏忙拉著秦念出門，並低聲叮囑，別提康震。

秦念自然是不會提的。

秦氏去幫楊氏開門，楊氏瞅見秦念，兩條稀疏的黃眉便揚了起來。

秦念明白，自康震離開後，楊氏就一直低眉順眼，不敢對她吆喝一聲，就是因為身邊沒有了壯膽子的。這會兒康震回來，還一身軍裝，她不僅壯了膽，許是還覺得孫兒在軍營裡待過，也跟著揚眉吐氣。

楊氏冷瞥秦念一眼，轉而把目光移至兒媳秦氏的臉上。「阿蓮，妳趕緊準備一下，等有田回來，你們得去一趟李楊村。」

秦氏問：「娘，我們去李楊村做什麼？」

她聽說過，李楊村是楊氏的母家，李楊村只有兩個姓氏，便是李和楊。

楊氏道：「今天震兒回來，說他路過李楊村，聽說他老舅爺，也就是我大哥過世了。原本我得回娘家一趟，但近來腿腳不好，走不了這麼遠的山路，你們兩口子替我去一趟。」

秦念看了楊氏的腿腳一眼，的確，楊氏近半年來身體略差，走路顫巍巍的。

秦氏忙點頭。「行，那是今日動身，還是明日？」

楊氏說：「今日就動身，剛剛我讓震兒去叫有田回來。妳趕緊去收拾行李，李楊村離這裡有幾十里路，難得跑一趟，若是去了，便在我娘家住幾日，也算是幫我與娘家人聯絡感情，免得生疏了。」

秦氏應下。「是，那我現在就去收拾。」立時轉身回屋。

楊氏臨出門前，眼睛直直地看著秦念，那眼神刺刺的，盯得秦念渾身不舒服。

褚璜見楊氏這眼神，立時一腳邁到秦念身前，擋住了楊氏的目光。

楊氏冷哼一聲，走出了院門。

第九十六章

楊氏走後，秦念讓褚璜把門關好，進了母親屋裡。

「娘，您當真要跟繼父去李楊村？」

秦氏回頭看女兒一眼。「當然了，妳繼父的舅公過世，那是一定要去的。」

秦念也覺得有理，但母親從未與她分開過，心裡總是有些忐忑。

秦氏見狀，笑道：「念兒，妳別擔心，妳繼父可是當過兵的，能護得娘周全。」

秦念點頭，這一點，她倒是很放心。繼父雖然為人老實，但身子很是強壯，在戰場上拚殺多年，不僅有蠻力，還有些功夫。

秦氏想起康震，擱下手上的衣物，走到秦念面前，拉起她的手囑咐道：「念兒，這些天妳就在味園待著，沒事別往這邊跑。」

秦念點點頭，知道母親是擔心康震對她不利。

秦氏又看外面的褚璜。「褚璜這孩子也是個厲害傢伙，有他在，我也安心。」

秦念唇角彎起笑容。「娘，褚璜的確是時時刻刻保護我。」

秦氏見狀，神色忽地黯然。「念兒，娘知道妳這兩年來，表面上看起來沒什麼事，但心裡一直記掛著韓哥兒。娘明白妳心裡的苦，妳也別為難自己，說不定待到明年開春，韓哥兒就回來了。」

提到韓啟，秦念的臉色微微沈下來，兩年之期已過，韓啟卻沒有一丁點消息。她微微頷首，哽咽道：「娘放心吧，我沒事。」

秦氏說：「我這回去李楊村，也只會待個三、四日，不會太久的。」

秦念應下了。

不一會兒，康有田拿著鐵鋤，揹著一大竹簍菜蔬進了院子，嘴裡還念叨著。

「我剛把園子裡的白菜都收割回來，就怕下雪了不好摘菜，孰料娘又要我們去李楊村。阿蓮，妳包袱收拾好了嗎？」

秦氏大聲道：「收拾好了。你趕緊洗手，換身衣裳，我們就動身。」

康有田見著褚璜，忙道：「褚璜，待會兒你把這些白菜揹到味園。」說著，從竹簍裡拿出幾棵白菜，送去隔壁的康家大院。

秦念又聽見，楊氏在那邊催促他，趕緊出發。

不一會兒，康有田便回來，立時洗了手，又進屋換了身體面些的衣裳。

秦念趁著這工夫，進廚房幫母親和繼父準備乾糧，拿出來後，又對母親說：「娘，待會兒經過鎮上，您買些吃的帶在身上。」說罷，又把自己的錢袋子遞給母親。「這些錢，您拿著，免得被楊家人看低。」

秦氏把秦念的錢袋子推回去。「念兒，平日妳給的錢很多，娘存下不少，夠花費了。」

秦念又推回給她。「娘，拿著吧，出門就不怕錢多。」

一直在院門躲著偷看的楊氏，見秦氏還在對秦念給的錢推來推去，頓時急了，立時跑進院裡，趁著錢袋子還在秦氏手上，一把將秦氏往門口拉。

「快些動身，別總是磨磨蹭蹭的。」

秦念見楊氏跑得那麼快，感覺老妖婆的腿腳好像還挺索利的。

但她明白，楊氏就是這貪錢的性子，不想與楊氏計較，便與母親說：「娘，您與繼父快走吧，待會兒我回味園，會把門鎖好的。」

秦氏與康有田被楊氏推著出了院門，秦氏回頭看秦念，想說什麼，但礙於楊氏在，最終還是閉了嘴，什麼也沒說，跟著康有田朝村口走去。

楊氏送兒子和兒媳婦一程路後，突然一把搶過秦氏手中沈沈的錢袋子。

她將錢袋子打開來看，裡面足足有五千銖呢，樂得轉身便要走，但想了想，又回頭從錢袋子裡拿出一千銖，遞到秦氏手中，再轉身索利地走了。

秦氏看楊氏並沒有回家，卻是走了另一條村道，便知道這老妖婆是想避開秦念，想等秦念去味園了，再拿著錢回家。

康有田也有些無奈。「唉，人老了就這樣。阿蓮，妳也別計較。」

秦氏淡然一笑。「我計較什麼？走吧。」

康有田連忙擁著秦氏，往村口走去，慢慢地越走越遠。

另一邊，秦念帶著揹了大半簍白菜的緒璜，一道回了味園。

這一整日，她並未看到康震。

或許康震還是有些怕緒璜，不然他將繼父從田裡喊回來後，應該露個面的，卻直接閃進了自己家的院子，始終不出來。

翌日早晨，味園的大門被敲得砰砰直響，阿三去開了門，卻是楊氏。

楊氏一見著阿三，便一把鼻涕、一把淚地哭喊道：「念兒耶，不得了了，妳繼父和妳娘出事了！」

阿三一聽這話，立時轉身飛奔去後院，把此事告訴秦念。

秦念一聽母親和繼父出事，連襖子都沒來得及穿，就跑出來。

緒璜正在茅房呢，聽著阿三一說，趕緊繫好褲子，飛也似的趕來。

楊氏遞給秦念一塊布條，秦念一見便知是從繼父的褂子上撕下來的，那褂子的布料，還是她買的。

秦念展開布條一看，暗紅色字跡寫的是：救命！二十個金餅，伏牛山。

伏牛山是離鎮上不過十里路的山頭，秦念聽說過，那條山道經常出匪徒。但近一、兩年天下太平，多數山匪下山回家務農，很少有山匪了。

但此刻秦念想不了那麼多，立時讓阿三幫她備馬，她則回屋拿金餅。

這會兒，褚璝也跟過來，他不知到底發生了什麼事情，但一見秦念的神情，便知一定是出了大事，於是也去屋側的馬棚牽馬。

不一會兒，秦念身上掛著沈沈的布袋，出了前院的大門。褚璝已騎在馬上，旁邊的阿三正在等著秦念上馬。

秦念一腿邁上馬，馬鞭揚起，便朝村道跑去。褚璝緊跟其後。

馬兒飛快跑出村口，很快到了白骨林，可就在他們即將出白骨林時，跑在前面的褚璝突然因馬兒被異物絆倒而摔下馬。

秦念見狀，急急地拉住韁繩，才把馬兒穩下來。

正當她剛跳下馬，要去查看褚璝的情況時，竹林裡突然冒出四個人來。這四人用不同色的粗麻布蒙著臉，看他們的裝束和行頭，像是山匪。

莫非伏牛山的山匪等不及她送金餅過去，在半道就要搶錢了？

那四人一出來，立時包圍摔倒在地的褚璝，褚璝的野性被他們激發出來，如同一隻被圍攻的野獸一般，雙目圓睜，露出兩排整整齊齊的牙齒，發出一道道狼嚎聲。

秦念忙拔出韓啟留給她的玄鐵劍，朝那四人揮劍殺去。

四人立時分出一人來對付秦念，但那人低估了秦念，沒幾招便落於下風。接著，又有人來接秦念的招，另外兩人朝褚璜揮刀砍去。

褚璜摔到了腿，但他憑著在深山老林與獸為伍的經驗，揮劍與兩人相拚，竟也能抵擋一陣子。

秦念還是第一次實戰，起初有些縮手縮腳，不敢真傷到對方，但她見圍攻褚璜的那兩人出手皆是致人於死地的殺招，便知不能再手下留情。於是，按韓啟教的制敵方法，幾招之下，雖不能擊殺圍攻她的人，但好歹拚出一條路來，朝褚璜靠近。

這個時候，受了傷的褚璜，處境已經十分危險，秦念好不容易才挨著他，幫他擋開那些大刀。可對方人多，個個武功都比秦念要好，氣力也強過秦念好幾倍，不過一會兒，秦念便覺得自己招架不住了。

褚璜見狀，表現得越來越暴躁，趁著秦念在為他拚命時，四肢伏地，發出一道又一道的狼嚎聲，響徹山谷。

這時，秦念已然招架不住，四把大刀齊齊架在她的脖間，令她不敢動彈半分。

就在這時，又有一個人從竹林裡冒出來。

秦念一看到來人，背脊頓時陣陣發寒，感覺這一次是真的躲不過去了。

「哈哈哈……念兒，妳終究逃不出哥哥我的手掌心。」

秦念看著一臉賊笑的康震，簡直噁心得想吐，冷哼一聲。「康震，你還是好好做人吧，別當禽獸！」

康震又是一陣哈哈大笑。「念兒妹妹，妳的啟哥哥呢？他為何不在妳的身邊？」

秦念冷眼看著康震，知道他一定會說出更多噁心的話來。

康震道：「昔日韓啟總跟在妳的身邊，可他最終說走就走了。念兒妹妹，我告訴妳，韓啟就是個逃犯，他是躲到白米村的。」

秦念冷笑。「康震，你才是逃犯吧？」

康震凝住笑容，面容變得扭曲。

第九十七章

自從被褚璜咬掉了半片耳朵後，康震便離開了白米村，一路偷竊、一路遊蕩。

那日他運氣好，碰到一個紈袴，那紈袴的繼母想方設法把紈袴送進軍營。就在紈袴進軍營的前一日，在半道上認識了他，給了他兩貫錢，讓他替自己去當兵。

康震正愁沒地方學武功報仇呢，立時拿著兩貫錢進了軍營。

孰料，軍營的頭兒是個不好惹的，他不小心觸怒了頭兒，被打三十軍棍，險些沒命。後來，那頭兒處處為難他，他在軍營裡的日子，可謂是不得安生。

後來，他無意間聽到頭兒與別人說，馬上要去漠北征戰，到時讓他在前面當靶子。

他聽到後，嚇得半死，自他進軍營便聽說無數次匈奴騎兵有多厲害，於是緩了幾日後，找準了機會，趁夜逃離軍營。

幸虧他當時用的是那紈袴的名字，至於他逃走後那紈袴會不會出事，那就不是他能管的事情了，他得把小命保住。

再後來，他偷偷回到白米村，本來只是想找楊氏要些錢傍身，孰料楊氏卻跟他說，韓啟離開白米村，東西都搬走了，怕是不會再回來。

當他聽到這個消息後，腦子裡第一個想法，就是他不走了，他要趁著韓啟不在，得到秦念，待生米煮成熟飯，他就娶她。至於那個野孩子褚瓚，設法殺了便是。這一年來，他待在軍營裡，別的本領沒學著，設計殺人倒是學到手了。

秦念冷著眉眼，看著康震身上破舊的軍服，譏誚道：「你現在還有臉穿著軍服？你以為穿著軍服就很威武嗎？」

康震惱了。「我是從軍營裡出來的，當然威武了。」

秦念呵呵一笑。「你還真是幼稚，身為一名逃兵，還有臉穿軍服，你就不怕被官府的人抓走？」

康震詫異。「妳怎麼知道我是逃兵？」

秦念原本只是猜測，現在算是確定了，冷笑道：「你不僅是逃兵，還成了山匪。」說著瞥過圍住褚瓚的那四人。

康震更是詫異，他當逃兵後成為山匪的事，連他奶奶都不知道。

其實，秦念也是憑著前世的記憶，才知道康震最後成了山匪。

這時，褚瓚一直四肢著地，趴著不停地狼嚎，康震想開口說話，覺得這傢伙簡直是吵得不得了。

康震的目光轉向褚瓚。「褚瓚，你就是山裡的野獸，本該在深山裡好好待著。哼！如今你落到我的手上，我非把你身上的肉一塊一塊割下來。」一邊說著、一邊取下頭上戴得嚴嚴實實的頭巾，露出半片耳朵。「首先，我要把你的兩片耳朵割下……」

「康震，不對勁！」

康震的話未說完，一直舉著大刀的一位同夥突然緊張起來。

這會兒，一道道的狼嚎聲不只有褚璜的，還有別處傳來的，且越來越近。

「不好，是狼群。這小子會狼語，他將狼招來了。」

「康震，我們走吧！」

康震也十分緊張，循著狼嚎聲朝竹林裡看去，只見數丈高的竹子開始劇烈抖動，寒風嘯嘯中，狼嚎聲越來越多，聲音越來越凶惡。

用大刀指著秦念和褚璜的山匪們，被這些狼嚎聲嚇破了膽，先是一人收回大刀，接著其他三人也收了刀，齊齊朝山道上跑去。

康震很不甘心，眼見就要得手了，狼群卻被褚璜喚來，凶狠的目光死死瞪著褚璜。

「今日我定要先殺了你！」大刀對著褚璜劈下。

秦念立時揮劍，格開了康震的大刀。

這時，狼群已然從竹林裡冒出頭，康震知道再不跑就來不及了，立時轉身跑走，但他跑的方向，是白米村的方向。

秦念一看便急了，忙喊褚璜。「褚璜，快讓狼群回來！」

今日是冬至，村裡正熱鬧著，若是狼群進村，那就糟了。

褚璜瞪著康震，氣得一拳捶在石子上，再仰頭一聲狼嚎，便見那些狼都停住，轉頭跑了回來。

秦念看著康震跑遠的身影，也很不甘，要不是為了白米村的村民著想，她一定會讓康震付出代價。

這時候，約莫有十來頭狼圍在褚璜和秦念身邊，寒風裡，秦念看著這些露出尖利獠牙的大狼，已是嚇得冷汗直冒，又見這些大狼伸著長舌舔褚璜的身體，其中還有兩頭狼，一直在舔褚璜受傷的那條腿。

褚璜坐在地上，伸出兩手，撫著一個個的狼腦袋。

這幕落入秦念眼中，實在是詭異極了。

這會兒，狼還舔上了秦念，把秦念嚇得跳腳，褚璜忙輕輕發出狼聲，極其溫柔，舔秦念的那頭狼聽見，連忙回到褚璜身邊，任由褚璜摸著牠的頭。

秦念看著這些溫順的狼，身上冒出的雞皮疙瘩終於消失，心底沒那麼發寒了，臉上不由泛起笑意。

「褚璜，我娘和繼父一定沒有出事，我們先回白米村，看看康震是不是在村裡。若是在，我要將他擒住。」

褚璜點點頭，又對大狼們說起狼語，說過之後，又拍拍那頭看起來最為高壯的大狼的背，那頭大狼便帶著狼群一步一回頭地朝竹林深處走去，不一會兒便不見了蹤影。

秦念將褚璜扶上馬。

剛剛褚璜的馬是被一根長繩絆倒的，秦念看著散落在地的長繩，氣得手握成拳，牙關咬得咯咯響。

「康震，你真是該千刀萬剮！」

兩人回到白米村康家時，秦念一腳往康家大院的院門上踹去，大聲吼叫。

「康震，你給我死出來！」

裡面寂靜許久，門終於開了，冒出頭的不是康震，而是楊氏。

「念兒，妳怎麼……」楊氏的聲音一陣陣發虛。

這會兒，秦念的聲音已經將隔壁的鄰居們引出來，正看著熱鬧。

秦念看著楊氏，氣道：「妳這老妖婆，有好日子給妳，妳不過，非得想方設法陷害我。」以前秦念在楊氏這裡吃了虧，她還會注意自己的語氣，儘量克制著不要罵人，但今日她可不想再忍了。

楊氏看著那些指指點點的鄰居們，趕緊裝傻。「念兒，妳說什麼呢？還罵上人了。」雖是責備，但說得沒有一丁點底氣。

秦念朝屋裡張望。「康震呢？快讓他滾出來。」

楊氏朝村道上看去。「我不知道震兒去哪裡了呀？他不是……哦，對了，妳娘和妳繼父不是被山匪綁了嗎？」不敢看秦念的眼睛。

秦念冷道：「我娘和妳兒子根本就沒有被山匪綁走，是妳聯合妳的好孫子騙我出村，找來山匪，要把我綁了。」

這話一出，鄰居們大驚失色。

楊氏心慌慌。「那……那妳怎麼還在這裡？」

秦念冷笑一聲。「老妖婆，妳就指望著康震找山匪綁了我是吧？本姑娘告訴妳，妳的好孫兒康震，不僅沒那個本事綁到我，還遇上狼群了。」

她就是要嚇嚇楊氏，看楊氏下回還敢不敢害她。

楊氏聞言，頓時啊的一聲白了臉。「那震兒他……」

秦念看著楊氏的表現，心想康震犯下這麼大的壞事，怕是不敢回來，躲進山裡了。

於是，她不想再理會楊氏，還要去幫褚璜治傷呢，褚璜的傷可耽擱不得。

「哼！老妖婆，妳好好反省反省吧！這幾年妳待我和我娘苛刻，還三番兩次地陷害我，但我都沒有虧待過妳，我母親還十分孝敬妳。可妳呢？妳做的都是些什麼蠢事！」

秦念罵完楊氏，便轉身上馬。

鄰居們在秦念剛走沒兩步後，指著楊氏大罵道：「念兒說妳是個老妖婆，可真是說對了，妳這老貨就是個該殺千刀的老妖婆。念兒多好呀，自味園賺錢後，就想著辦法接濟我們，沒有念兒，就沒有我們的好日子。可妳呢，居然幫著妳孫兒找山匪來陷害念兒，真是該死！」

有位大叔實在氣不過了，手中煙桿往地上一扔，大喝一聲。「打！打死這個老妖婆！」

許是大家都對楊氏存有積怨，這會兒有人發話，立時得到回應，齊齊喊打。

秦念坐在馬背上，想著楊氏固然該死，但若真被鄰居們打死，怕是要連累鄰居們被官府抓走，遂一轉馬頭，喝止鄰居們，讓他們各回各屋。她與康家的帳，讓她來找康家人算，讓鄰居們不必為她操心。

楊氏嚇得額頭冷汗直冒，關門進屋時，腿肚子發軟，一下子癱倒在地。

她淒慘地嗚咽著，想著秦念剛剛說康震遇上狼群，此時怕是被狼群吃得只剩一堆骨頭。想到此，她的嗚咽聲變成嚎啕大哭，哭過後想站起來，卻發現怎麼也沒法起得來了。

秦念帶著楮璜回到味園，仔細檢查他的腿，發現是折了，得養好幾個月才能恢復。

四日過後，阿三嫂急匆匆地跑來對秦念說：「念兒，康奶奶死了，是妳娘和妳繼父回來的時候發現的。」

秦念一驚，喃喃道：「這老妖婆竟就這樣死了？」連忙出了味園，朝康家跑去。

第九十八章

這會兒，康家院子前圍滿了村民，都在跟康有田描述事情經過。

「你家老娘心眼忒壞，合著康震找來山匪，要陷害念兒。當時好些人想替念兒出氣，教訓你家老娘，但念兒顧著你家老娘年紀大了，不經打，沒讓他們出手。這下好了，你老娘算是有了報應，居然自己癱在院子裡動彈不得，就這麼死了。」

康有田深知老娘的為人，也信鄰居的訴說和責罵，更了解秦念的為人，大聲哭喊。

「娘，這是報應啊！」

秦念站在院外，一位大嬸把她拉到一旁，道：「康奶奶就這樣倒在院子裡，看來應是突然就癱了，起不來，外邊天又冷，結果被活活凍死、餓死的。看這屍首，還被山裡的小獸給啃了，死了大概有兩日。」

另一個大嬸道：「這叫自作孽不可活，康奶奶故意把妳娘和妳繼父支去李楊村，康震又是最不可靠的，沒人照應她，豈不就是注定要死。」

又有鄰居大叔道：「自從戰亂那時逃難來到白米村，康奶奶就一直在算計，算計這個、算計那個，最後把自個兒算計死了。」

秦念聽著這些話，再聯想楊氏近幾年算計她，真真是唏噓不已。

康有田託人到鎮上給他大哥捎信，讓大哥大嫂回來，但他也明白，老娘不能等大哥大嫂回來才安葬。

秦氏又提醒他，得請人去縣城，把康岩叫回來奔喪。

康有田花了些錢，請村裡的一位壯漢趕驢子過去。他不敢求秦念安排快馬，覺得沒臉。

第二日，康有田和秦氏操辦白事，竟沒有一個人願意來，可見楊氏平日為人有多差勁。

去縣城的村民回了村，說康岩不在縣城書館，聽書館的老先生說，上了京城。

最終，康家大房一家子人，竟是沒有一個人能回來。

等到楊氏下葬，秦念才找著機會問母親，這趟去李楊村，繼父的大舅是不是真的死了？

秦氏一嘆，說這老妖婆當真死得活該，李楊村的大舅活得好好的呢，他們一去，是生生被大舅一家子罵著趕出來的。

翌日，秦氏整理屋子，發現屋裡少了一樣東西，想起秦念當初遭楊氏毒害，被韓醫工救活後說過的話，冷吸一口氣，心道這孩子莫不是真把破席子用到楊氏身上了？

秦氏去了味園，看見秦念正在重新固定褚璜的傷腿。

「念兒，妳屋裡的那床破席子呢？」

秦念抬眼看她。「不是在家裡嗎？我沒動過。」

秦氏道：「也是奇怪了，這幾日娘沒空閒整理妳的屋子，剛去收拾，怎麼就不見那床破席子呢？」

秦念問她。「娘是覺得，我把這破席子用到康家奶奶身上？」

秦氏尷尬一笑。「既然妳沒動過，那便是沒動過了，娘相信妳。」說罷便走了。

秦念望著母親的背影，心道楊氏死得淒慘，死時身邊連個兒孫都沒有，屍首暴露了整整兩個日夜，還引來山裡的小獸啃咬，也算是得到報應，她還計較那床破席子幹麼？

但秦念發現，褚璜的神情有些不對勁。

「可是你動了那破席子？」

有一回，褚璜在秦念的屋裡看到那床破席子，秦念便將楊氏下毒害她之後，又打算拿這破席子給她裹屍之事說給褚璜聽，讓褚璜提防楊氏。

起初，褚璜還支支吾吾地說沒有，後來他也知道自己不善於撒謊，便招了。「等有田叔走後，我就把康奶奶的墳挖開了。」

秦念蹙眉。「你把棺木拆了，用破席子裹她？」

不管怎麼說，如今秦氏是康家人。這裡的人對墳墓禁忌甚多，雖然她不信這些，但怕將來康家真出什麼不好的事情，會賴在秦氏身上。

褚璜嘟著嘴。「我才不願碰她的屍首呢！我只是把那破席子扔在棺木上，好讓她知道，這破席子是她的。」

秦念鬆下一口氣，嗔他。「難怪你的腿傷又犯了，瘸著一條腿做這事，難道不怕痛？」

褚璜道：「我不怕痛，就怕出不了那口惡氣。」
秦念笑看褚璜一眼，繼續幫他固定傷腿。
過了些時日，康有利依然沒回家，捎的信上說，反正回來也見不著老娘了，趕一趟路花費不少，索性不回來。
康有田氣得簡直要抓狂，在屋裡衝大房的院子罵，說康有利起碼要回家給老娘燒個香，拜一拜吧。
唉，康有利真是個沒良心的，一時之間，康家的家事又上了白米村村民的飯桌。
一晃到了過年，這個冬天，秦念覺得無比寒冷，不管身上的襖子有多厚，感覺都是冰冷冰冷的，好像心裡藏了塊冰一樣。
秦念明白，是因為韓啟承諾的兩年之期已經過了。
過完年，褚璜的腿傷也好得差不多。
這日，羅禧良來找她，說是要去京城了。
秦念大感意外。「羅大哥，你家在京城開醫館了？」
羅禧良搖頭。「不是，是要去宮裡當太醫。」
秦念驚得嘴巴都合不攏。「羅大哥，你竟能如此高升，這可是光宗耀祖的喜事呀！」
羅禧良謙然一笑。「念兒說笑了。」臉色一沈。「我此去京城，也不知是福是禍。」

秦念凝眉。「此話怎講？」

羅禧良道：「宮中貴人多有爭鬥，我們這些當臣子的夾在中間，最是為難。」

秦念的外祖家就是因宮廷內鬥而被牽扯其中，最終落得株連九族的下場，平日秦氏也會拿些宮牆和府邸之內的明爭暗鬥當故事講給她聽，所以她也知道一些。

「羅大哥，你什麼時候走？」

「明日啟程。」羅禧良看著秦念，沈默片刻。「念兒，妳要不要去京城？」

秦念心中一動。

羅禧良看出她的心思，她心繫韓啟，怕是老早就想去京城了。

但他勸秦念去京城，是有私心的。

他喜歡秦念，但每回秦念去醫館都要問他有沒有韓啟的消息，如果不讓她死心，她會永遠忘不了韓啟，自然沒辦法接納他，索性鼓勵她去京城。

至於將來之事到底會如何發展，皆順天意吧！若這輩子真不能得到秦念的心，那只要她開心，便是最好不過。

最重要的是，他也不能一直窩在這麼個小鎮上。

一直以來，父親對他寄予很大的希望，正如秦念說的，希望他去京城光宗耀祖。當初父親並不願讓他到鎮上開醫館，最多歷練兩年，如今已經超過時限了。

秦念想了許久，道：「味園還有些事，脫不開身。」

羅禧良頷首。「那我在京城等妳。」

秦念又問：「那鎮上的醫館要關了嗎？」

羅禧良說：「當然不能關，我父親已經安排他的徒弟來接手，往後味園與濟源醫館的生意，都由他負責。放心，這人的脾性非常好，是我父親的高徒。」

秦念微微點頭，又想起一事。「那我還要去醫館坐診嗎？」

「妳想去便去，不想去就不去。」他得讓她自由，她才能隨心去做想做的事情。

秦念心中一鬆。

一會兒後，羅禧良走了，秦念望著他騎著高頭大馬、風度翩翩的模樣，心道這樣好的男子，往後定要在京城尋位貴女相配才是。

羅禧良對她的心意，她再明白不過，但她心裡只有韓啟，前世是這樣，這世也不會變。

白米村經秦念兩、三年的改造，如今一到春日，便是百花齊放，爭妍鬥豔。

尤其是村北坡上的桃花林，是去年才栽種的，今年已是一片花海，落英繽紛，引得蜂飛蝶舞。

村中孩童在此嬉鬧遊玩，村婦們則忙著採摘桃花，準備送去味園做桃花膏糖，和各類藥食點心。

秦念在味園忙得不可開交，忽然眼前一黑，有雙柔嫩的手蒙住她的眼睛。

她感覺著身後之人的身量，嗅到一股香氣。「妳是千紫小姐。」

話落，她臉上的手鬆開，眼前一亮，轉過身看，正是歐陽千紫。

「念兒，妳怎麼知道是我？」

秦念打量歐陽千紫那張比先前脫了些稚氣，少了些嬰兒肥的臉，臉龐的輪廓清晰許多，令她看起來要比以前俊俏幾分。

「千紫小姐，妳身上的玫瑰香露，是歐陽莊主特意為妳調製的，我一聞便能聞出來。」

歐陽千紫打趣她。「念兒，妳的鼻子比狗還靈敏。」

秦念尷尬一笑，往旁邊看去。

歐陽千紫會意。「是在找妳哥哥吧？他正與褚璜在外面打架呢！」

秦念心中一驚。「打架?!」就要跑出去勸架。

歐陽千紫連忙拉住她。「他們不過是在切磋武功而已。」

秦念大急。「褚璜哪會什麼武功！」他只會像野獸一樣攻擊人。

歐陽千紫嘿了一聲。「妳別小看褚璜，他的招式可驚人了，他雖沒有正式學過武藝，但那套野獸的打法，比起正統武功，還真差不了多少。」

秦念微微頷首，這一點她倒是認同。她也曾想過，要不要送褚璜去外面學武，但褚璜一直不肯離開她的身邊。

第九十九章

她們去到中院的院子，看秦正元和褚璜過招，這會兒已經圍了不少人。

秦念見哥哥的武功當真長進不少，但招式過於保守，面對褚璜的出其不意和野蠻招式時，居然只能打個平手。是該讓哥哥與褚璜打一打，說不定會令哥哥更有長進。

待他們停下手休息，秦正元才大汗淋漓地走到秦念面前，表情有點頹敗。

「念兒，沒想到褚璜比我小幾歲，竟有這樣的身手。」

秦念看著哥哥灰心的模樣，笑著一拳捶向他的肩頭。「哥，褚璜自進了深山老林開始，就與狼一樣，時時防著野獸，這能力是從很小的時候就有的。而你不一樣，真正習武不過兩、三年，能有這樣的水準，已經很有天分。」

秦正元聽了，心情一鬆，臉上也有了笑容。

不過，他暗暗發誓，待他回到莊園，定要加倍努力習武，以彌補學武太遲的遺憾。

秦念見歐陽千紫與哥哥挨得死緊，覺得他們似乎與以前不一樣，於是問：「你們這回過來，是……」

秦正元臉一紅，轉臉看向歐陽千紫，目光又移回秦念臉上。「她說要來看望妳和娘。」

秦念笑道：「哥哥莫不是要帶媳婦兒見見娘親？」

秦正元摸摸後腦勺，害羞地看了歐陽千紫一眼。

秦念還記得，去年哥哥帶著歐陽千紫回家時，還表現得十分討厭歐陽千紫呢，怎麼這會兒卻害羞了？不知歐陽千紫是用了什麼美人計，降服了愚笨的哥哥。

因著上回歐陽千紫在歸途被刺客盯上，這回他們過來，足足有二十幾個歐陽莊主的徒弟前來保護。

這一路，從味園到康家，排場大得讓村民們看足了熱鬧，也嚇到了秦氏和康有田。

幸好，歐陽千紫雖在玫瑰莊園裡任性得很，但到了白米村，便溫順得像隻小羔羊，生怕被秦氏瞧不上，一點千金小姐的架子都沒有，還去廚房幫忙燒柴火呢！結果把一張俏生生的臉熏成灰黑色，可笑壞了秦正元，接著又心疼，連忙打水給她洗乾淨。

秦念在一旁看著兩人的如膠似漆，突然想起韓啟，做了決定——

她要去京城，明日就動身。

本來秦念以為母親和哥哥會反對，畢竟她要獨自上京城，沒想到他們非常贊成。

「念兒，這幾年來，妳經歷那麼多凶險的事，都憑著自己的本事逢凶化吉，娘便覺得妳不同於一般女孩子。

「妳去京城吧！這白米村是太小了些，不適合妳，娘覺得妳有足夠的能力去應對將來要發生的事，去京城找韓啟，也免得妳在白米村整日掛念他，鬱鬱寡歡。」

秦氏說完，眼淚淌了下來。

沒想到，平日母親從不在她面前提韓啟二字，卻深懂她的心思。她看著母親微微隆起的肚子，神情擔憂。「娘，可是您如今……」

「妳不必擔心，有妳繼父照顧，娘好得很。」

秦念想著，楊氏不在了，前世母親發生過的劫難，定也不會再有，便放下心來。

秦正元不會說好聽的話，目光掃向褚璜，問他。「褚璜，你念兒姊姊要去京城了，你怎麼辦？」

褚璜道：「自然是要跟念兒姊姊一起去了。」

秦正元笑起來，將隨身帶的劍送給他。「這把劍是韓啟送給我的，現在轉送給你。從今往後，這把劍代表著我，往後你與我一同保護念兒。」

褚璜興奮地看著手中的寶劍，又抬眼看秦念一眼，對秦正元用力地點點頭，收下了。

因為秦念一直做著要去京城的準備，所以味園的事，她早就安排得妥妥當當。去年，她便提攜了幾個得力的人當管事，就算她不在味園，味園也不會出大的岔子。楊氏已經不在世，秦念可以安心地讓母親來管帳。繼父沒有管事的才能，只能做些修繕作坊的體力活。

次日一早，秦念準備好行囊，與褚璜各騎一匹馬兒，在村民們的歡送之下，離開白米村，出了鎮子，上了官道，朝京城疾馳而去。

白米村離京城有百里路，一日一夜，走走歇歇，次日早晨，兩人終於到了城門之外。青石城牆，巍然聳立，高深的拱門前，進城的百姓排起了長長的隊伍。

褚璜是在深山老林裡長大的野孩子，猛一見這場景，好奇地左看右看，瞧什麼都新鮮。秦念在七、八歲時來過京城幾回。當時，秦氏一門心思想讓女兒長見識，一有機會，便到京城來逛逛。

正當褚璜隨著隊伍要向前走時，秦念一眼掃到，城牆邊圍了一群人，似在觀看牆上的東西，起了好奇心，便喊住褚璜，朝著那方向跑過去。

聚集的人很多，秦念好不容易擠上前，原來城牆上貼著一張榜。

京城識字的人還真不少，沒等秦念看完，便有人唸了起來。「京中一小兒高燒一個多月不退，至今昏迷未醒，求能診治小兒奇病的醫者。能治好小兒者，得一千個金餅，不能治好者不怪。」

剛唸完，便有人議論起來。

「這榜上也沒說是哪戶人家，但能出一千個金餅，想必不是富商，而是侯門官戶了。」

「一千個金餅呀！若能治好這小兒，往後便是富貴傍身。不過，這是哪家的孩兒呢？」

「且不論是哪戶人家的孩子，都高燒一個月了，還有命活嗎？」

「就是怕不能活，才張榜尋醫，活馬當死馬醫！」

「不知哪位醫者有此才能，能治好這小兒的奇病。」

眾人議論紛紛之時，左右兩方又有人圍上來。

這兩人皆是一派斯文樣貌，其中一人身著粗布長袍，背上揹著竹編箴笥；另一人穿著棉布長袍，身後還跟著小童，小童瘦弱的肩背上揹著沈沈的木製箱籠。

秦念聞到兩人身上的藥香味，便猜他們是醫者。

正如她所料，兩人齊齊湊到榜前，意欲揭榜，孰料看見對方也在動手時，爭吵了起來。

「這榜是我的。」穿棉布長袍的醫者急道。

「這可是奇病，你能治得好嗎？」著粗布長袍的醫者見對手身後的小童揹的箱籠又笨又重，便覺這人不懂得疼惜人，竟讓小童揹如此沈重的箱籠，想必不是什麼好人。醫者父母心，不是好人，自然是不能去診治病人的。

「我說這榜是我的就是我的，不論我治不治得好，就是我的！」穿棉布長袍的醫者一副盛氣凌人的模樣，著實讓人看不順眼。

「你這人真是不講理。」

「你才不講理。」

雙方爭著爭著，居然大打出手。

小童因背上的箱籠太過沈重，沒辦法幫主子打架，但他心思活泛，趁這工夫，連忙將那張被揭得只剩下一個邊角的榜全揭了下來。

著粗布長袍的醫者見榜被小童撕了，連忙用力將對手推倒在地，再急急走到小童面前，去搶那張榜。

小童的主子見狀，一個翻滾爬起身，又去搶奪。

爭來搶去，榜掉在地上，又隨風飄走，最後落到秦念的腳底下。

秦念本著好奇心，拿起榜仔細來看，心道這小兒之病，在京城這麼大的地方都無人能治，那定是奇病無疑了。

正當這時，城門士兵見這邊打得熱鬧，一下過來好幾人。

其中一位士兵見一俊秀公子挽著布包，手中拿著榜在看，便喝問道：「是你揭的榜？」

秦念腦子正想著這小兒之病，那邊打架又吵鬧得很，沒注意身旁有士兵與她說話。

士兵似乎是聞到了秦念布包中的藥香味，便斷定她是位醫者，於是一抬手，招呼了幾位同伴過來。

秦念正想這奇病想得出神，忽覺兩臂一沈，扭頭一看，卻是被兩位士兵架了起來，忙道：「喂，你們幹麼?!我是良民，並未違反律法！」

士兵聲音嚴厲。「既然揭了榜，就趕緊進城去醫治病人！」

第一百章

褚璜正看著打架的熱鬧，忽然在雜亂聲中聽到秦念大聲說話，忙轉過頭，卻見秦念被兩人架起身來，腦子裡頓時轟的一響，一聲嚎叫過後，便朝其中一位撲過去。

這時，城門口的門候見手下士兵被人襲擊，手一揮，執著一桿長戟跑過去，直刺褚璜。

秦念瞥見，大喊一聲。「褚璜……」

正與士兵撕打的褚璜抬眼便見一桿利器朝自己刺來，立時一個側身翻滾，翻到一邊，欲朝那門候撲去，卻被十幾位執著長戟的士兵團團圍住。

褚璜想起秦正元送給他的劍，想拔出，又有些猶豫，他還不懂得用兵器，只懂得撲咬。但就算他懂得，此刻也無法動彈，因為十幾桿長戟架在他身上，要是他動一下，身體便會被戳出十幾個血洞來。

秦念被士兵扯著手臂，見自己越是掙扎，兩位士兵越是強硬，於是軟下聲音道：「兩位軍哥，誤會，當真是誤會。」

士兵道：「什麼誤會？」

秦念道：「我剛剛並未揭榜。」

士兵粗眉一皺。「你想反悔？」

秦念忙擺手，她是一時急得亂了心智，再轉頭看去，見褚璜已被那些士兵反手押倒在地，拚命掙扎。

她轉念一想，不如就當自己揭了榜，反正治不好的話，也不怪罪。

於是，她好聲對兩位士兵道：「是是是，我的確揭了榜，我可以進城去看病。」

士兵道：「那就趕緊去，這病耽擱不得。」

秦念看著褚璜，急得不得了，忙指著褚璜求情。「軍哥，他就是個小孩，以為我受了你們欺負，才打了你們的人，求你們放過他。」

士兵看向褚璜。「襲擊城衛者，得先關入大牢，嚴刑審問。」

秦念一聽還要嚴刑審問，著急道：「軍哥，你看他只是個小孩子，能受得了刑嗎？你讓你們的人放了他，我現在就可以進城去替那小孩治病。」見士兵無動於衷，又道：「你們若是不答應放了他，我便不去了，即便懂得醫治也不去救人。」臉色板了起來。

士兵想著，城中那位小兒當真是不可耽擱，而且校尉特意吩咐過，只要有人揭榜，務必盡快帶進城中。

「我去說一下，你在這裡等著。」說罷便鬆開秦念的手臂，跑去褚璜那邊。

秦念見那士兵跑到門候身邊說了幾句，門候便大闊步朝她走來。

「你能醫得好那小兒的病？」門候問。

秦念想了想，硬著頭皮點點頭。「能。不過你得把我的弟弟放了。」

門候看著這俊俏小子。「如此野蠻的小子，是你的弟弟？」

秦念解釋道：「他小時候在山裡與家人走失了，後來是在深山中找到的，他自小與狼生活在一起，所以會有一些動物的特性。剛才他見我被你們的人綁著，以為你們要抓我，才動了手。」雙手拱起。「還望官爺不要怪罪他。」

門候見面前這小子不僅生得俊，談吐之間也可見大家風範，衣著雖不光鮮，但也不算太差，看起來像是受過教養的小子。

「你的弟弟觸犯了城門刑律，自是不能就這樣放了的。」

「那如何才能放？」秦念心想，這門候應當是要她花錢，如果只是花錢，倒是好辦。

但讓她意外的是，門候並未讓她花錢。

「你先進城醫治城中小兒的奇病，若能治得好，我便放了他；治不好，便按當朝刑律來處置。」

門候說罷，轉身朝褚璜走去。

秦念看著門候讓士兵們將褚璜帶走，心揪得幾乎喘不過氣來。

她學醫不過幾年，那小兒的病連城中的醫者都治不好，她能治好嗎？

完了完了，這城門還沒進呢，竟然出了這等事。

「快進城吧！」士兵催促一聲後，便朝城門走去。

秦念蹙著眉頭，沈著臉，跟在士兵後面。

她看著褚瓚掙扎，快步跑到褚瓚面前，安撫道：「褚瓚，你別怕，姊姊會想辦法救你出來的。」

「念兒姊姊。」一聽到秦念的聲音，褚瓚炸裂的毛瞬間就順了。

秦念安撫他。「你要好好聽他們的安排，別反抗。」又對門候說：「官爺，請您萬萬不要為難我弟弟。」從布包裡拿出一個沈甸甸的錢袋，遞進門候的手中。

門候沒想到這小子還挺識趣，掂了掂錢袋，蠻橫的臉上扯出笑。

「放心吧，只要妳能醫得好城中小兒，我自會放了他。」說罷，不再理會秦念，領著一眾人和褚瓚朝城內走去。

秦念本是要被安排上馬車，但她自己有馬，士兵便也騎上馬，領著她進城。

京城之中，平整的青石路，一座座整齊方正的府邸宅院，一家挨一家的酒樓、茶肆、藥鋪和各類商鋪等，鱗次櫛比。

士兵把秦念領到一座大宅門前。

秦念下馬，仰頭看著朱紅大門上黑色牌匾上的兩個金色大字——沈府。不知沈府在京城是什麼樣的貴門，竟能動用城衛來幫忙尋醫。

這一路，她心中十分忐忑，因為京城這麼大，這小兒的病連京城的醫者都醫不好，她又怎麼能醫得好？

這會兒，她真的想逃走，但一想到褚璜還被門候押著，便不敢逃，只得硬著頭皮，走進府內。

領秦念進門的是個小廝，見士兵領來的醫者是位看起來不過十四、五歲的清瘦少年時，立時沈了臉色。

京城的府邸當真大，秦念被小廝領著，穿過兩座大院，再走過一條長長遊廊，又進一個花園，假山、小池、涼亭佈置得格外雅致。

最後，她終於走進一間門上牌匾寫著「瑜園」二字的院落，聞著院裡陣陣藥草香味，便知生病的小兒一定就在此處了。

小廝上前，低聲通稟，不一會兒，屋門被打開，身著錦衣的女子走出來。

女子見到秦念，許是覺得這小子長得極為好看，微微一怔，然後皺眉道：「你年紀這麼小，懂得醫小兒奇病？」

秦念深深吸了口氣，心道既然來了，便好好看診，能醫便醫，看不了，也只能如此了。

她一臉正色地對女子道：「在下尚未看診，現在還不能說懂不懂得醫小兒奇病。」

女子見俊秀少年言詞間還帶些傲氣，倒是覺得有趣，於是身子一偏，道：「請進吧！」

秦念進了屋，只見裡面窗戶緊閉，光線昏暗，且一股藥味混雜著香味充斥鼻間，幾乎要令她窒息。

床榻邊坐著一位身著華服的美婦，美婦雙目紅腫，顯然是一直在哭，看來剛剛那女子是丫鬟，這位美婦才是真正的主子。

秦念朝美婦作揖施禮，先是報了姓名。「在下姓秦名念……」

「別說了，快看診吧！」美婦看著秦念，神情略顯不耐，顯然也是不相信秦念年紀這麼小能看好奇病。

秦念見美婦不耐煩了，並未氣惱，轉身走到床榻邊，蹲下身去看生病的小兒。

瞧這面容、身量，小男童應在五、六歲上下，此刻面色通紅，一看便是高熱之症。

秦念在床榻邊的凳上坐下，從被窩裡拿出小男童的小手，只覺小男童身上熱得不對勁，於是將兩指搭在脈搏上，發現幾乎要感受不到脈搏了。

她心一提，這是危症呀！若是今日治不好，怕就要挺不過去。

想到這裡，她立時起身，一把將小男童身上壓得厚厚的錦被掀去。

旁邊的美婦見秦念這番動作，氣道：「你在幹什麼?!」

秦念側臉，對美婦大吼道：「你們又是在做什麼，孩子的身子這般熱，還蓋這麼厚的被子！」指著門窗。「還有，這屋裡的窗要趕緊打開，讓他透氣。」又指著香爐。「趕緊拿走這個。孩子本來就昏迷不醒，你們還給他用安神的香，這些蠢招可是會害死他的。」

美婦沒想到這傻小子竟敢指責她，但又覺得這小子說得像是有一番道理，於是忙命屋裡的丫鬟將門窗打開，把香爐撤了。

門窗一開，屋內頓時亮堂起來。

秦念忙問美婦。「家中可有冰？」母親說過，皇城貴族都是有冰窖的。

一旁伺候的丫鬟回答。「有。」

秦念急道：「快去取來。」

丫鬟看了美婦一眼，美婦點頭，丫鬟連忙轉身出門。

接下來，秦念仔細查看男童眼皮子底下，一顆心繃得死緊。之所以會這樣，並不是她不會醫治，而是不知此時醫治，為時晚不晚？

她起身，一臉嚴肅地對美婦道：「他是本虛標熱，神不導氣之症。」

美婦著急。「來了好幾位醫者皆是這麼說，但都醫不好。」

秦念道：「醫不好，自然是用藥不對，加上你們那番作為，才會讓孩子高熱不退。」

美婦一聽，眼淚便掉了下來，拿著絲帕拭淚。「不想竟是我害了我兒。」

秦念可不想聽她在這裡哭訴，道：「我現在急需幾味藥。」

旁邊的丫鬟忙把秦念請到几案邊，几案上擺著筆墨紙硯，可都是上乘之品。

秦念揮筆寫下十幾味藥，並將用量一併寫好，再遞給丫鬟，要她趕緊去買。

待丫鬟走到門口，秦念又喊住她。「那味牛角粉，若是沒有犀牛角，水牛角也可以。」

丫鬟點頭，疾步走了。

第一百零一章

美婦見這俏小子行醫、說話頭頭是道，心中不由多了分期待。

「本……」宮字未出口便頓住，覺得這小子對她毫無顧忌，才能放手而為，遂改口道：「我孩兒的病，可還有希望？」

秦念轉臉看著美婦，神情嚴肅。「我只能盡力而為。」

美婦聽罷，心中既有希望，也有失望。

這會兒，丫鬟進屋，用木盆搬來一盆子的冰。

秦念讓丫鬟拿來布巾，再取布巾包住一塊冰，輕輕地貼住孩子的額頭，對美婦道：「先讓他的高燒退下來，若是再燒下去，怕就會燒壞腦子了。」

丫鬟們聽著秦念這話，心底暗暗為秦念捏了一把汗。先前但凡有醫者說一句不好聽、不吉利的話，都被拉出去打板子。有些年老的沒被打，也被這脾氣不好的大公主罵個半死。

她們看著大公主的臉色，卻見大公主並沒有動怒，頓時鬆下一口氣。這會兒，大公主定是沒辦法，不敢再把醫工打跑了。

再打跑，怕是小公子小命不保。

秦念一心想著男童的病，對旁邊緊張得冒汗的大公主道：「用冰退熱只是暫緩之法，不是長久之計，也無法真正讓熱退下來。」

大公主問：「那到底要如何才好？」

秦念道：「得等我剛才寫的那些藥過來。」

大公主聞言，忙吩咐身旁的丫鬟。「快去門口候著。」

丫鬟應下，連忙跑了出去。

約莫一盞茶的工夫後，出去買藥的丫鬟提著一大串黃皮紙包的藥來，並說買的牛角粉是犀牛角。

犀牛角最好不過了。

秦念便讓另一個丫鬟用冰來敷男童的身體、手心和腳心，而她則將那些藥包一一打開，攤在几案上。

接著，秦念要丫鬟去拿兩套煎藥的爐子和罐子來，她要親自煎藥。

待丫鬟出去，她才從藥包裡找出紅參和附子，將兩味藥放在一起。

大公主站在秦念身旁，問道：「紅參和附子，這兩味藥能治我兒？」

秦念道：「這兩味藥看似尋常，卻是強心之藥。」

大公主疑惑。「不應該是先退熱嗎？之前來的醫工，包括宮裡派來的太醫令，都是先用退熱的方子。」

秦念轉臉看向大公主。「那他們可有讓妳兒子的高熱退下來？」

大公主微愣，迎視面前這雙清澈有神的眸子，忽然心頭一鬆，覺得她兒子的命，或許有得救了。

但也只是或許而已。

秦念解釋道：「心主神志，如今妳兒子昏迷不醒，便是失了神志，所以定要先將他的神志恢復。」語氣一頓，轉臉看向几案上的十一味藥。「第二，是要用牛黃湯來退熱。」

大公主又是疑惑不已。「牛黃湯能退熱？」

秦念解釋道：「單單用牛黃，自然不能退熱，但我配的這些藥，牛黃、犀牛角粉和麝香合在一起，有極強的開竅通閉之效，是可以醒神回甦的。」

她手指著其他幾味藥。「而黃連、黃芩、梔子，可瀉火解毒，幫助前三味藥泄除心頭之熱。鬱金、冰片的芳香可去穢濁，再用硃砂和珍珠來鎮心安神。最後，以蜂蜜調和諸藥。」

接著，她作勢包起几案上的所有藥材。「諸藥全力配合，相輔相成，便會有清熱解毒和去痰開竅之效，才能救人於危難中。」

大公主聽她說得有理有據，頓時心神大為一振，興奮道：「那我兒救治有望了？」

秦念卻搖頭，神情一如既往的嚴肅。「我說過，孩子被拖延的時日太長，我只能盡力而為。」深嘆一聲。「能不能活下來，要看他的造化。」

這番話說下來，外邊的兩套藥爐已準備妥當。

大公主忙讓丫鬟們打下手，趕緊助秦念煎藥。

秦念之所以要自己煎藥，當初師父救她時，害怕有人在藥裡動手腳，便自己在家裡將藥煎好，再讓韓啟拿過來讓她服用。

以前母親講過好多深宅裡的故事，雖然這孩子並非中毒，但防備一點，總是好些。

再說，她在門外煎藥，也好關注屋裡的動靜。

藥煎到一半，便聽裡面有丫鬟在說，孩子的高熱退了些，秦念還聽到喜極而泣的聲音。

紅參和附子湯煎好後，秦念先端進去餵孩子。待半個時辰過去，再餵牛黃湯。

接下來便是等。

秦念一直守著孩子，時時刻刻地關注著他。

她提出來的用冰降溫之法，降了孩子的高燒，但她一丁點都不敢鬆懈，生怕稍沒注意，孩子又燒起來。

已近夜晚，孩子依然沒有甦醒的跡象，大公主在屋裡走來走去，焦急萬分，心中的不耐也慢慢高漲。

「我的孩子到底能不能活下來？嗚……」

走得久了，大公主崩潰大哭，覺得先前的希望全化成了泡影。

這時，有位身著錦衣、頭戴玉冠的英俊男子疾步走進來，丫鬟們忙躬身行禮。

「駙馬。」

正坐在椅子上打磕睡的秦念猛然清醒，眸子睜大，見那英俊男子將美婦摟在懷中，輕聲安慰。

「公主，季兒沒事的，他一定會醒過來。」

秦念一聽，這對夫婦竟然是公主和駙馬，只覺腦子如同被炸雷一轟，已然一片空白。

完了！完了！這小兒竟是公主的孩子，也就是當今皇帝的外孫。

天啊，她這是走了什麼豬屎運，這麼大的坑居然被她踩中。若治不好這孩子，怕是得人頭落地。

醫館還沒開，韓啟還未找到，她的諸多夢想尚未實現。

她不想死啊！

沈駙馬一眼瞥見正僵直著身子發愣的秦念，疑惑道：「他便是從城外請來的醫工？」

大公主抹著淚點頭。

沈駙馬頓時滿臉怒容。「荒唐，季兒的性命怎能任由一個毛頭小子拿捏。」說罷，不等秦念多說一句話，便側頭掃向門外。「來人，擒住這騙子，先關進柴房。」又瞪向秦念。「倘若季兒活不過來，我便拿你的人頭為季兒祭奠。」

外面立時閃進兩名侍衛，一左一右走到秦念身後，將她架出了屋門。

秦念沒有求饒，也沒有反抗，知道在這樣的勢力面前，她的任何求饒和反抗都沒有用。

秦念被關進了柴房，柴房倒是打掃得井井有條，但因為門窗緊閉，裡面充斥著一股潮濕發黴的味道，幾乎要令人窒息。

她的肚子也很餓，早上只吃了塊乾餅，接著就到了公主府，一直到了夜深之時，也不曾有人送飯進來。

她餓得前胸貼後背，但只能忍受著，抱胸躲在黑暗之中，聽著老鼠吱吱吱的聲音。

若不是她經歷了兩世，這會兒早就被嚇得大哭了。

但她一想到，府內的主人正是痛不欲生之時，她受這點小罪又算得了什麼？

既然想通了這些事情，秦念在黑暗小柴房裡度過的一夜，也就算安然了。

待到天明，秦念睜開眼睛，便聽到外面一陣陣的腳步聲，格外頻繁，也有些嘈雜。

柴房的窗戶不僅小，還很高，她將那些木柴堆在窗戶底下，再爬上去。

不看不打緊，一看，簡直把她嚇得要從柴堆上摔下來。

外面屋梁上掛著白布，府中丫鬟、小廝皆著白衣。

那小孩沒有挺過來，她開的藥終是無用！

她，死定了！

秦念整個人癱軟在柴堆底下，心中思緒如萬馬奔騰。

她想起了已過世的父親，好懷念父親那寬闊的肩膀，無論她長得多高，父親總能將她架在肩上。

她想起了母親，母親雖然懦弱，無法護她周全，但母親對她的愛，讓她貪戀。

她想起了韓啟，那樣一個完美絕世的哥兒，與他短短相處兩年，不，前世加今世，加起來便是四年。

他對她的關懷和保護無處不在，他對她的情意，她能深深體會。

但最終，兩世無緣。

第一百零二章

與此同時，與柴房相隔不算太遠的瑜園內，大公主半坐在榻上，抱著孩子大哭。

「季兒，你這是要離開我了嗎？季兒，娘不想讓你死呀！」

沈駙馬沈著臉坐在椅子上，看著自己的妻兒，心疼不已。

這時，管家在外面求見，駙馬起身走到屋外。

管家躬身道：「駙馬爺，西院那邊已經開始安排白事。」

沈駙馬聞言便惱了，大吼一聲。「季兒還未斷氣，為何要安排白事？」

管家嚇得身子又彎低了些。「之前老太太聽太醫令說，若是昨夜還未醒，便再也醒不來，所以今日辰時剛到，便安排了白事。」語氣一頓。「老太太哭得昏過去，請了醫工來看，已經喝下湯藥，正歇著。」

「季兒，季兒……」

沈駙馬正想大嘆一聲，忽聞屋裡傳來妻子的驚呼，以為孩子當真斷了氣，轉身跑到床榻邊，卻見妻子滿臉喜色，孩子半睜著眼睛。

「季兒！」他大喊一聲，撲到兒子身邊。

大公主看著丈夫，哽咽著欣喜道：「季兒醒了。」

沈駙馬見孩子雖睜開了眼睛，雙目卻無半分神采，忙道：「快去宮中請太醫令。」

「不要請太醫令。」大公主大喝，轉而壓低聲音。「將柴房的那位秦小先生請過來。」

沈駙馬這才想起，昨日診治孩子的醫者，是那位被他關進柴房的少年。

「當真是那位小先生將季兒治好的？」

「嗯，他診出來的病案與太醫令一樣，但醫治的法子不一樣。他先用冰替季兒退熱，還說冰只能緩一時之急。他不像別的醫者和太醫令那般，先用退熱之藥，而是先用強心之藥，讓季兒恢復心志。他用了紅參和附子，說這兩種配在一起可以強心。之後又用了牛黃湯，那裡面有十幾種藥材，說是可以清熱解毒，去痰開竅。」

沈駙馬一聽，便覺昨日當真太過衝動，也太小瞧人家了，道：「本駙馬親自去請他。」

秦念正在陰暗的柴房內抱著雙膝，閉著眼睛等死，聽到門開，立時縮緊身體，不敢睜開眼睛，害怕看到那一把把寒光閃閃的長劍往自己身上砍。

可她等了許久，並沒有感覺到身上的皮肉被劃開，倒是感覺有人走到她面前，帶著一股藥香味。這藥香是瑜園裡的味道，是她熬煮出來的牛黃湯的香味。

「先生！」

清潤的聲音在秦念耳邊拂過，她的緊張和恐懼像是被一道清風颳走一般，令緊繃著的身體放鬆下來。

她睜開眼睛，看到身著官服的駙馬爺正站在她面前，雖是昂首而立，但臉上卻不見怒容，反而噙著一絲淡淡的笑意。

「先生，昨日是我唐突了，還請先生不要怪罪。」

秦念怔怔地看著駙馬，有點不知所措，這是發生了什麼事？難道……

她心中一喜。「你兒子還活著？」

駙馬微微頷首。「是，剛才他醒了。不過我看他目中無神，所以還想請先生去看看。」

這一口一個「先生」的，把秦念的雞皮疙瘩都叫了出來。

她一骨碌從地上爬起來，跟著駙馬走出柴房。

府內各處都有丫鬟和小廝搭梯子拆除白布，秦念還看到幾人抬著一副小棺材出府，不由納悶。

這怎麼回事？孩子應當沒斷氣呀！為何會準備後事，連棺材都買來了？

到了瑜園，裡面一派喜氣洋洋，丫鬟們見到秦念來，個個笑臉相迎，恭恭敬敬。

秦念走進屋裡，見沈季正躺在床上，大公主坐在床沿，忙把位置讓出來。

秦念朝大公主行了個大禮。「小子昨日不知您是公主，對公主無禮，還望公主不要怪罪。」昨日對公主說話極其無禮，極其不恭敬，她光想就覺得脊背發寒，後怕不已。

大公主卻笑道：「無妨，昨日本宮若說出身分，只怕先生會放不開手腳幫季兒醫治。」

秦念笑笑，上了榻邊。

她先摸了下孩子的額頭和手心，發現孩子的高燒已經完全退下來。

接著，她仔細把了孩子的脈膊，昨日差點探不到脈呢，今日脈膊已經開始有了明顯的跳動，不過跳得還是很微弱，這是病還沒有完全好起來的緣故。又查看了孩子的眼睛，見孩子雙目呆滯無神，不言不語。

大公主斂住方才的笑容，又是一臉愁容。「先生，你說季兒他會不會是燒壞了腦子？」

孩子能醒來，她高興萬分，卻擔心高燒了這麼多天，怕是會燒壞腦子。

秦念道：「應當不是。」

大公主大喜過望，忙問道：「那當是為何？」

秦念解釋道：「他躺在床上這麼多天不動，不食不通，身體內沒有運化，待我用健脾胃的參苓白朮散餵他吃下試一試。」

大公主道：「那本宮讓人去藥房配？」

秦念搖頭。「不必，我帶來的箱子裡就有。」人最易犯的疾病便是脾胃之病，所以味園大量製作參苓白朮散，她也常帶些在身上，以備不時之需。

大公主忙吩咐丫鬟，將昨天搬出去的箱籠搬回屋裡。

待到秦念的箱籠搬來，她從裡面拿出參苓白朮散，親自用溫水兌成湯藥，再讓丫鬟餵給孩子喝。

藥效並不會起得那麼快，接下來便又是等了。

這回，秦念被請到瑜園的上等客房去歇息，大公主還安排兩位丫鬟伺候她沐浴更衣。

昨夜秦念倒是睡得還好，所以不犯睏，但她的確需要沐浴更衣。

丫鬟為她拿來足足六套廣袖錦袍，供她挑選。

她一看便呆了，這些衣物太華貴，她怕自己穿著會顯得彆扭，但她除了身上穿的這套男裝外，包袱裡的全是女裝。怎麼辦？

「先生，奴婢伺候您沐浴。」

兩位貌美丫鬟一臉羞容站在秦念面前，可把秦念嚇壞了。

「兩位還是出去吧，我自己沐浴便好。」

兩個丫鬟聞言，羞容變為惱意，其中一個丫鬟道：「先生可是嫌我們長得不好看？」

秦念蹙眉，心道她只是想沐浴而已，與她們長得好不好看有什麼關係？

這時，她突然腦子一轉，她們莫不是大公主安排來……

哎呀呀，她是位姑娘呀！就算她不是姑娘，是個男子，看起來也不過十四歲，怎能與女子一起沐浴？

「先生，奴婢幫您將衣裳脫了。」一位丫鬟已經把手伸到秦念胸前。

秦念的胸已經長得有些豐滿，用布條綁得緊緊的，正難受著，見丫鬟要動手，連忙將身子一閃。

「不必了，我是從鄉下來的，向來自己沐浴更衣，妳們出去便是。」

丫鬟們見秦念說得強硬，不好再強求，只得悻悻地出了屋門。

秦念走到門後，把門拴緊，這才寬衣沐浴。待到她收拾好自己，大公主又令人送來豐盛的飯菜，她吃過後，便回到孩子屋裡精心照料。

孩子在床上躺了太久，筋骨疲軟，秦念便讓丫鬟們幫孩子翻身擦洗，換去汗濕的衣裳，又幫孩子按摩。

夜裡，孩子便安然睡沈了。

第二日，秦念從軟軟香香的錦被中醒來，聽到院裡有人走來走去，趕緊起床穿衣，再簡單洗漱過後，推門而出。

門一打開，便有一股臭味撲進鼻間，她心中一喜，拔腿往孩子屋裡跑去。

大公主正滿臉憂容，見秦念進來，忙問道：「不知是怎麼回事，今兒一早，季兒便一直在出大恭，好多次了，換了好幾身衣裳，莫不是昨日那藥吃壞了肚子吧？」

秦念笑道：「不是不是，這是好事。」

大公主一臉不解。

秦念解釋道：「這是腸道開始運作，在將腸道裡的廢毒排出來。」

大公主聞言，心中一鬆，臉上也有了笑容，忙上前看著丫鬟為孩子擦洗身體。待到孩子身上弄乾淨後，秦念再上前為孩子把脈。

這會兒，孩子已經醒了，睜開眼睛，眼珠子轉來轉去，顯然是有了些神采。

大公主一見，頓時熱淚盈眶。

孩子看著她，乾枯的嘴唇微動，似是要說話。

大公主忙上前仔細聽，便聽到孩子在說：「娘，我餓！」

秦念也聽見了，心中大喜，看著大公主道：「恭喜公主，孩子有了餓的感覺，他也認得您，這說明他神志很清明，頭腦並未出現問題。」

大公主又是喜極而泣，轉頭吩咐丫鬟去拿飯食來。

秦念卻道：「孩子太久沒吃，得弄點清粥來餵他。」待丫鬟下去，又對大公主道：「孩子胸肺之中還有很多痰濁，參附湯和牛黃湯得繼續服用，參苓白朮散隔著時辰來喝，這樣才能標本兼治。」

大公主微微頷首，激動得都不知道該對秦念說什麼了。

接下來數日，秦念精心照料孩子，七、八日後，孩子終於能起身活動，到了第十日，已經活蹦亂跳了，而且腦子一丁點問題也沒有，還格外喜歡秦念，跟褚瑱一樣，親熱地喊她念兒姊姊。

說起念兒姊姊這事，也是秦念大意了。

原本她一直穿著男裝，那日夜裡，她剛脫下衣袍，鬆開綁在胸前的布帶，準備睡覺，孰料駙馬爺連門都沒喊便推門闖了進來。

駙馬爺以為秦念是男兒，哪知門一開，丫鬟進來掌燈，發現燈光之下，她黑髮披肩，胸前兩團隆起，不正是女兒家才有的特徵嗎？

駙馬爺頓時傻了眼，立時背過身。

「秦先生，不，秦姑娘，季兒能下床了，公主怕夜深不好打擾，叫我請妳過去一趟。」

他本是有喜事想與救命的先生分享，孰料卻撞到了尷尬事。

為此，秦念氣惱得捶胸頓足，次日便見大公主命人送來一個精緻的妝奩，裡面各式金玉首飾，看得她眼花撩亂。另外，還有七、八件錦製的曲裾深衣、十幾件花色鮮豔的絲綢長裙。

最終，那些首飾和衣裳，她都沒要，而是穿上自己包袱裡的棉布短襦，再配一條齊腰長裙，顏色十分素淨。頭髮也放下來，梳了個簡單的髮式。

要說她這般穿著打扮，連府裡的低等丫鬟都不如，但她卻覺得輕鬆自在。

府裡的人並沒有因此而低看她，大公主雖多次提及讓她接受賞下來的首飾和衣物，但她皆是婉拒。

自此，府裡的人都喚她念兒姑娘，唯有沈季這小兒喚她念兒姊姊。

第一百零三章

這日，秦念覺得沈季已經痊癒，可功成身退，於是在沈季的屋子裡，與大公主和駙馬爺告辭。

大公主突然有些捨不得這位神醫小姑娘了，但她與秦念相處多日，知她志向不在公主府，便吩咐身旁的貼身丫鬟。

「去將本宮屋裡那一千個金餅拿過來。」

秦念聽了，忙躬身道：「大公主，念兒不想要那一千個金餅。」

大公主擱下茶盞，擰眉看向她。「那妳想要什麼？」這姑娘莫不是她想的那般單純？

秦念道：「之前我拿著榜進城時，我弟弟因一些誤會，被城門的士兵抓了。」

大公主輕鬆一笑。「這個妳放心，前日城門校尉來府中問情況，得知季兒好轉時，便與本宮說了妳弟弟的事，本宮便與校尉說好，讓他好生款待妳弟弟，如今他被安置在城中的醉仙居。」

秦念心中一鬆，對大公主作揖。「多謝大公主。」

大公主道：「這不過是件小事，那一千個金餅還是要給妳的。」

秦念卻說：「念兒還有一件事情，想請大公主幫忙。」

大公主再次擰起眉。「念兒姑娘請說。」
秦念從身上的大布包裡拿出一個卷軸來，遞給身旁的丫鬟。
丫鬟接過後，將卷軸展開，呈到大公主的眼皮子底下。
大公主一眼掃到卷軸上的人像，立時鎖緊眉頭，將卷軸拿起，仔細一看，心中揣摩，這畫工雖不精妙，但也能認得清，此人正是她識得之人。只不過……
秦念觀察著大公主的神情，心中有種期待，大公主似乎認得韓啟。但令她失望的是，大公主認真瞧過畫上的人兒後，對她搖頭，說並不認識。
大公主命丫鬟將畫卷收好，遞還給秦念，又說起這一千個金餅。
秦念還是沒有接受，道：「治病救人乃醫者本分，大公主只需給正常的診金便可。」一直以來，她行醫的作派便是不多取一文，以前在鎮上趙家如此，如今在大公主府亦是如此。
大公主眯起眼眸看向秦念，這番話讓她又高看了秦念幾分，這姑娘當真是不同一般呀！
大公主嫣然一笑，摘下懸掛在腰間的玉珮，遞給身旁的丫鬟，轉交秦念。
「念兒姑娘，從今往後，妳在京城碰到困難，只需拿出這塊玉珮來公主府找本宮，只要是本宮能辦得到的，必會助妳。」
這回，秦念沒有拒絕，在京城這虎狼之地，有人護著她，總歸是好事一件，於是收好玉珮，作揖道：「多謝大公主！」
接著，大公主命人拿來十個金餅，說這是公主府之中，醫治疑難雜症的正常診金。

秦念謝過，揣著十個金餅出了公主府，她的馬也被小廝牽到門口候著，先前被拿進府裡的箱籠和包袱，也妥善安置在馬背上。

小小的沈季捨不得秦念，拉著秦念的手，一口一個「念兒姊姊不要走」。

秦念蹲身撫著沈季的肩膀。「季兒，念兒姊姊打算在京城開一間醫館，待到念兒姊姊的醫館開好後，你有空就可以去醫館找姊姊玩。」

大公主這才知道秦念想開醫館，笑道：「那往後府中有人生病，也有個去處了。」

她再也不相信京城裡別的醫者，連太醫令都不信，往後自是只會找秦念看診了。

秦念走後，大公主便讓夫君帶著孩子進了府，而後命丫鬟喚來她的暗衛首領酒離。

「酒離，此後你負責秦念。一來，她醫好了季兒，必定會得罪不少人，在京城的日子不會太好過；二來，你得關注她有沒有找到楚鏡啟。」

「喏！」

「另外，查一查秦念的家底，還有她與楚鏡啟的關係。」

「喏！」

大公主看著頭戴斗笠、身著玄色衣裳的酒離駕馬而去，才長嘆一聲，款步進了府中。

秦念駕馬去了大公主說的醉仙居，據府中的管家所說，醉仙居是京城最大、最好的客棧，花費十分高昂，非富貴人家不能住。管家還給了張京城的地圖，上面印著醉仙居的方位。

根據地圖，秦念很快便找到了醉仙居。

醉仙居不愧是京城最大、最奢華的客棧，紅牆碧瓦、雕梁畫棟，足足半條街都屬於它。光是外面就這麼漂亮，裡面怕是更為雅致。再瞧門口停滿一輛輛華麗的香車和轎輦，一個個身著錦衣、頭戴金玉冠的男子和衣著華麗的婦人走來走去，秦念走在他們之中，簡直像個看熱鬧的鄉下小姑娘。

秦念走到門口，正要跨入門檻，卻被兩位身著錦衣的高壯大漢攔下來。

「走走走，這裡不是妳能來的地方。」其中一位大漢，看都不願意看她一眼，便橫眉豎目地要把她趕走。

秦念道：「我叫秦念，我是來找我弟弟褚瓚的，他被大公主府的人安排在這裡。」

兩個大漢一聽大公主府這幾個字，目光挪到她臉上，其中一位問：「妳是秦念姑娘？」

秦念點頭。

兩位大漢立時滿臉恭敬地把秦念請進去，並安排一位小廝領秦念去找褚瓚。

小廝一邊帶路、一邊熱情地跟秦念說：「念兒姑娘，公主府那邊，已經跟我們老闆打過招呼，說您在京城可以暫住這裡，所有花銷都由公主府出，念兒姑娘在醉仙居大可隨意。」有人報銷，自然是巴不得貴客多多花錢了。

秦念隨著小廝穿過好幾排屋子，又走過兩條遊廊後，到了客房所在的三層小樓。

小廝介紹，這裡並排的三座小樓，各分為上房樓，中房樓和下房樓。這裡的下房樓也十分昂貴，一個晚上就要花一個金餅子，那上房樓就更不用說了。

褚璜便被安排在上房樓的第三層，當真是被當成駙馬爺的上賓來招呼。

秦念沒想到大公主竟這般瞧得起她，如此優待褚璜。全然沒去想，她可是救了大公主親兒子的命，自是不能有半分怠慢。

正當秦念上到三樓時，便見上面鬧哄哄的，三位花枝招展的姑娘正站在某一間房前，與裡面的人說著話。

「小哥兒，就讓姊姊進去嘛，姊姊可會疼人了。」

「是啊，小哥兒，你別害羞，你不懂得人事，姊姊們來教你便是。」

「小哥兒，聽說你會像狼一樣的叫，教一下姊姊可好？」

秦念聽到後面一句，便知道這屋裡住的就是褚璜了，頓時惱怒，厲聲喝道：「妳們都給我滾！」

三位姑娘中最領前的那位，不耐煩地轉過臉來。「妳是誰呀，要來跟姊姊我搶生意？」

小廝忙上前打圓場。「三位姊姊，這位就是秦念姑娘，是醫好公主府小公子的神醫。妳們趕緊讓開些，別到時讓駙馬爺那邊知道，可就不好了。」

三位姑娘一看便是醉仙居的賣身姑娘，想來這裡賺公主府的金餅。

她們沒想到，傳聞中的神醫竟是一位看來不起眼的小姑娘，不過模樣倒是長得挺俊。

「喲，原來是念兒姑娘呀！近幾日您的事跡可是傳遍京城，自前日起，我們醉仙居的醉仙樓裡就輪番在說您的故事呢。待會兒念兒姑娘不如去聽聽，說得還真是精采。」

領頭的姑娘打趣說笑著，帶著兩位姑娘，搖著香帕、扭著細腰，從秦念身邊擦身而過，下了樓。

等人走了，秦念連忙上前去敲門，喊了聲。「褚璸。」

門立時被打開，露出褚璸驚恐的臉來。

「念兒姊姊。」

「褚璸。」

褚璸見到秦念，頓時激動得一副要哭的模樣。

秦念知道這孩子怕生，兩年多了，還未脫動物之性，想必在這裡受了驚嚇，忙安撫道：「褚璸，別怕，姊姊在這裡。」她只比褚璸大幾歲，可她看褚璸，卻像是在看五、六歲的小童一樣。

兩年多來，褚璸依然害怕生人，這幾天卻更擔心秦念，此刻見秦念無事，抹了一把淚後，便讓秦念進來。

屋子很大，佈置的什物十分精貴。

在外面伺候的小廝道：「秦姑娘，您先在屋裡歇著，小的這就去幫您另準備一間屋子，待會兒會有人送飯食來。」語氣一頓。「秦姑娘也可以到醉仙樓吃，那裡有說書的和唱曲的，可以邊吃邊欣賞。」

秦念想著，剛剛那姑娘說這裡在講她的故事，倒是起了興趣，道：「那我們現在去吃，你帶我們去吧！」

小廝就等著秦念這句話，立時咧嘴一笑。「好咧，秦姑娘這邊請。」

秦念帶著褚璜，跟著小廝到了醉仙樓。

聽小廝所述，醉仙居有三座樓，第一便是住客的醉客樓，第二是專供茶飲吃食的醉仙樓，第三為專供男客消遣的醉花樓。剛剛那三位女子，便是醉花樓裡的姑娘。

由於秦念是姑娘，而褚璜又是個少年，對於醉花樓，也就沒必要多作介紹了。

秦念剛進醉仙樓的門，便見裡面的說書人正坐在高臺之上，有板有眼地講著故事。

「要說那俊哥兒，雖是一襲布衣，卻是柳眉星目、姿容妍麗，可把駙馬府裡的姑娘們迷得團團轉。他被駙馬爺從柴房裡請出後……」

秦念聽著這些話，驚訝道：「這說的不就是我嗎？」

第一百零四章

褚瑱一聽這故事說的就是秦念，立時將一雙耳朵豎起來。

秦念看著小廝。「駙馬爺家的事情，也可以這般在外面明目張膽地傳？」

小廝一臉自豪地笑道：「在這京城，也就我們醉仙居才有資格說這些貴門府中，甚至宮城的事。」

秦念疑惑。「為何？」莫非這醉仙居的老闆有靠山？

小廝回答。「因為我們醉仙居，是太子殿下的產業。」

秦念看向高臺。「難怪！」

這會兒，高臺上的說書人正說到神醫俊哥兒妙變神醫俊姑娘，頓時把駙馬爺嚇傻了眼，他說得傳神，把臺下看客逗得哈哈大笑，整個醉仙樓都因秦念的故事歡騰起來。

秦念的故事講完，褚瑱的故事接著被搬上檯面，也是被說得神乎其神，說褚瑱張口便是狼嚎，說的也是狼語，長得也跟狼一樣凶猛，如今就住在醉客樓裡。

看客們聽了，頓時起鬨，說要去醉客樓瞧瞧那狼少年。

說書人自然有他的一套法子讓看官安靜，並讓看官們出錢，只說醉客樓如今因那狼孩變得一房難求，房錢更是連漲三倍。他這般一說，便有不少人拿出一袋又一袋的金餅子，抑或是珠寶首飾，要去訂客房。

秦念坐在位置上咋舌。「這醉仙居的人這麼懂賺錢，居然拿我和我弟弟來招財，我是不是該上前理論，起碼得分個成吧！」

當然，這只是她的玩笑話而已。

小廝一聽要分成，連忙道：「秦姑娘，小的這就去幫您安排飯菜。」也不問秦念想吃些什麼，快步走了。

約莫一盞茶工夫後，各式菜餚上桌，總共十二盤大菜，看得秦念又咋舌。

「你們這是要坑駙馬爺嗎？」

小廝呵呵一笑。「秦姑娘請！這花銷之事，秦姑娘不必擔心，你們儘管享用就是。」

秦念的肚子也確實餓了，先填飽肚子，吃完趕緊走，這地方可不是她能待的。

因著這個想法，秦念吃得快，而褚璜自然是看著她行事，便也吃得飛快。

吃完飯，秦念打算帶著褚璜離開醉仙居。小廝一聽她要離開，立時去找掌櫃來。

掌櫃好一番相勸，但秦念語氣強硬，說若是不准她和褚璜走，便到公主府告他們一狀。

掌櫃最怕這事，沒辦法，只得命人去馬廄牽來兩人的馬，將兩人送到醉仙居門外。

秦念帶著褚璜離開醉仙居後，渾身一鬆，她終於自由了。

「念兒姊姊，今晚我們去哪裡住？」

此時已經入夜，但京城燈火通明，如同白日一般。

「我打算去城東，聽說那裡離皇城最近，貴人也最多。但現在過去，怕是會遇上宵禁，我們先在這附近隨便找個地方住下，明日再去吧。」

「好。」

秦念之所以想去城東，正是覺得韓啟的身分不一般，母親都說韓啟像是高門世家出身，那就一定是了。她想在城東開醫館，這樣才能與那些貴人打交道，好探聽韓啟的下落。

他們走過一條街後，便瞧見一家看起來很普通，但也不會太差的客棧，進去一問，剛好還有兩間客房，只不過一間在二樓，一間在三樓。

就在客棧的夥計要領他們上樓之時，褚璜耳朵突然一動，頭一偏，往門外看去，有道人影一閃而過，不見了蹤影。

秦念發現褚璜的不對勁，問：「怎麼了？」

褚璜道：「我總覺得有人在跟著我們。」

秦念心一緊，莫不是被小賊盯上了吧，畢竟她是從醉仙居出來的，又住進這樣的客棧。不過，從醉仙居換到普通的客棧，誰還會盯著她？想清楚後，她也就不擔心了。

「我們上去吧，夜裡小心些便是。」雖說要小心，但秦念完全一副雲淡風輕、不太在意的模樣。

這夜，秦念住在三樓，褚璜則住二樓。

這些日子，秦念在公主府都是天剛明便起來，也沒有午歇，一直陪著沈季，所以到了二更更鼓響起之時，她已睡沈。

她不知的是，緒璝並未在自己房裡睡，而是一直守在門外。

緒璝自小在山林中生長，向來耳聰目明，甚是警覺。他一直覺得自他們從醉仙居出來後，就有人跟著他們，但最近在醉客樓每日每夜被那些姑娘們糾纏，沒有睡好，在秦念門外守著守著，便不小心睡著了。

但即便睡著，一丁點異響都能將他驚醒，醒來後發現是隔壁屋子傳來的動靜，一男一女的淫靡之聲，像極山裡野獸交纏的聲音，於是不再去管，又倚在門邊睡著了。

一會兒後，秦念所住客房的窗沿下，倒懸著一人。

暗夜中，那人腳勾著屋簷，手上拿著一把匕首，將窗戶的小栓子一點一點撬開，再往裡一推，匕首放在嘴裡咬著，雙手抓住窗沿，鬆開勾緊的雙腳，整個人蜷成一團，輕巧地滾進了屋內。

那人手持一只竹筒，朝床榻上吹出散發香味的藥粉，取下身上的佩劍等物，準備脫去夜行衣，欲對床上的秦念行不軌之事。

可就在他剛脫掉身上的衣裳，拉鬆褲帶，便感覺有冰涼之物抵住腰間，接著一股沈沈的氣勢逼近，耳邊響起壓得極低的男聲。

「滾！」

那人被嚇破了膽，不知身後的人是如何毫無聲響地進入屋內，看起來定是比他還要厲害好幾倍的高手，於是舉起雙手，在利劍頂腰之下，慢慢走向窗戶，爬了出去。

翌日，秦念撫著頭，昏昏沈沈地醒來，心道昨夜又未喝醉，怎麼會頭疼呢？依著醫者的習慣，立時警覺起來，一個翻身而起，卻發現房內並無異狀。

待她走到窗邊時，卻感覺不太對勁，昨夜她並未開窗，窗戶的栓子怎麼是開的？趕緊檢查包袱裡的金餅，還有從白米村帶來的財物，見東西都在，鬆下一口氣，定是昨夜沒有關窗，是自己記錯了。

她穿好衣裙，收拾一番後，一開門，便見褚璜正倚在門上睡覺。

褚璜驚醒過來，險些躺在地上。

「褚璜，你怎麼在這裡？」

「念兒姊姊，我擔心妳，所以在這裡守著。」

「你守了一整夜？」

「是啊！不過我睡著了，昨夜沒什麼事吧？」

「沒事，我不是好好的嗎。」

秦念找夥計要來熱水，洗漱過後，便與褚璜一道下了樓。

樓下正有人在交頭接耳，議論紛紛。

「聽說昨夜這客棧的旁邊巷子裡死了一個男人，那人穿著夜行衣，但衣衫不整，被人一劍穿胸。」

秦念是醫者，對死人這種事情還是感興趣的，但聽說那人的屍首已經被官府的人拖走，便沒在意了。

她點了兩碗寬麵條，吃過後，便與褚璜騎馬前往城東。

公主府的瑜園裡，大公主命人帶沈季去院子裡玩，才讓丫鬟喚了在外候著的酒離進來。

「酒離，秦念可有遇到麻煩？」

「昨夜有人欲對秦念不軌，已被屬下解決。」

大公主聞言，美眸中凝起怒色。「是哪家迂腐無能的庸醫？」

酒離回答。「盛源藥房那邊的安排。」

大公主冷哼一聲。「還人稱盛神醫，卻是連一個十四、五歲的小姑娘都不如，壞了名聲不知拿起醫書多讀，反而做出如此凶惡的蠢事來。」

酒離問道：「那盛神醫那邊？」

大公主氣怒。「讓他滾出京城，這世都不准入京。」

酒離應下。「諾。」

大公主又問：「秦念現在何處？」

酒離道：「往城東去了。」

大公主輕笑一聲。「倒是有志氣，想在城東開醫館。」

酒離繼續稟報。「金仁醫館那邊也有安排，正在尋機會下手。」

大公主欣賞著丫鬟剛為她染的指甲。「去年外邦使者帶來一些菊花種子，說是與我們這裡的菊花顏色不一樣。入春那會兒拿出來種在園子裡，這幾日開了花，粉紫色中又帶著些藍色，還真是好看得不得了。今日本宮讓人調了花汁，染了指甲，酒離，你說好不好看？」

酒離忙躬身道：「好看。」

大公主看著酒離那張木訥的俊臉，淡淡一笑。「秦念那邊，也不能時時護著，總得讓她吃吃虧，才好長點記性，多加防備。」

酒離點頭應了。

第一百零五章

秦念與褚璜前往城東，牽馬步行，只因京城人來人往，太過熱鬧。越走近城東，人就越多，貴人、商人，甚至乞丐也比別的地方要多，許是因為這邊的有錢人更多一些吧。

人擠人之時，突然有一群乞丐擠過來，把她和褚璜擠到兩邊，連馬都險些被驚走。好不容易等那群小乞丐從他們身邊走過，秦念鬆口氣，對剛擠過來的褚璜說：「我們找間客棧落腳，再把馬放在馬廄裡。」

褚璜點點頭。

秦念牽著馬走了幾步，突然感覺不對勁，伸手摸向自己的布包，裡面除了幾個藥瓶子，什麼都沒有。還有她懸在腰上的荷包，其中裝著一些零散銅錢，也遺失了。

她猛地回頭，朝馬背上看去，發現掛在上面的一只包袱不見了。

褚璜見秦念如此緊張，忙問道：「念兒姊姊，怎麼了？」

秦念咬著牙道：「錢，我的錢都沒了。」轉身看著馬屁股後面的茫茫人海，那群小乞丐早就失去了蹤影。

褚璜一聽，也急了。以前他不懂人人要錢有什麼用，這些天住在醉仙居才明白，原來錢這麼好用。

可是秦念的錢都沒了，那該怎麼辦？

還有，秦念一直盯著那個方向，是什麼意思？

突然間，他也想起了那群乞丐，道：「念兒姊姊，一定是那些小孩子拿了妳的錢，我去找他們把錢要回來。」

秦念輕嘆一聲。「算了，是我太大意。這京城雖是天子腳下，卻也是魚龍混雜之地。」

褚璜道：「那我們沒錢了，接下來該怎麼辦？」

秦念此刻只覺心酸。「先找個空些的地方待著，再想辦法。」

他們穿過這條大街，找了條小巷子，坐下歇息。

秦念想著自己的損失，大公主給的十個金餅沒了，還有她從白米村帶來的二十個金餅，這二十個金餅是她打算拿出來開醫館的。

當時她也不知道二十個金餅能不能在京城開醫館，但她賺的錢，多數用在白米村的善事上，留給自己的，也就這二十個金餅。

她本來想著，加上大公主給的十個金餅，在京城開家醫館應是綽綽有餘，不想，竟全被那幫小乞丐偷走。

咕咕咕……褚璜的肚子在叫。

其實現在剛過午時，按著平時一日兩頓的習慣，也還受得住。但今早秦念不讓褚璜吃太多，說要帶他上街買好吃的，她自己也沒有多吃，所以這會兒也很餓。

秦念看看捂著肚子的褚璜，見他愣是一聲都不吭，遂轉臉看向身旁的兩匹馬。

「我們把馬賣了吧！」

褚璜眉頭一皺，頓時急了。「不行，馬不能賣。」他從小與動物相處，對馬兒是十分珍愛的。

秦念道：「不賣馬，我們現在連買塊餅子的錢都沒有。」

褚璜嘴一癟，想哭，卻又忍住了。

秦念想起，剛剛有經過賣馬的攤子，只是離這裡有些遠，還得擠過那條長長的、人擠人的大街。

於是，他們就這樣餓著肚子，又擠上了大街。

他們好不容易穿過大街，秦念發現，這兩匹馬似乎也肚子餓了，走得又慢又無力。

「念兒姊姊，妳看，那裡有麥秸。」褚璜兩眼放光。

秦念心中也是一喜，不知是誰在路邊堆麥秸，怕是人家不要的，剛好給馬吃，讓馬吃飽了，可以賣個好價錢。

於是，他們牽著馬兒去牆邊吃麥秸，可兩匹馬吃完後，身體忽然發顫，接著四條馬腿一軟，一先一後倒在了地上。

秦念大駭，立時蹲身查看，發現馬兒已然氣絕。

褚璜急得哭起來。

秦念看著那堆還剩下一點碎末的麥秸，又看看正在圍觀的人群，回頭拿出帕子，撿起一小根麥秸，放在鼻子下聞了聞。

「這麥秸有毒！」

褚璜哭得傷心不已，像是那年他最好的朋友，那隻小鳥死去的時候一樣。

秦念到底堅強些，知道此時難過傷心都是沒用的。

「褚璜，幫我把箱籠搬起來，我們走。」

褚璜抹了把眼淚起身，從死馬身上取下箱籠，揹在背上。幸好這箱籠本就是用來揹的，裡面的東西倒也不算很重。

但死馬無論如何是帶不走了，秦念只好放棄牠們，帶著褚璜離開。

秦念領著褚璜走在街頭，心想接下來該怎麼辦？盤算來盤算去，也沒個好辦法。

這時，他們走到了一家招牌寫著「金正醫館」的醫館門口。醫館裡鬧哄哄的，緊接著便見一位身著粗布短衫的婦人抱著孩子，被裡面的人推出來。

婦人沒站穩，摔在地上，孩子也被摔著了，哇哇大哭。

秦念一見就惱了，想上前理論，但一想這事情還沒弄明白，得先去看看那婦人和孩子，遂快步走到孩子身邊，先將他抱還給婦人，再仔細詢問。

「這位娘子，妳這是怎麼了？」

婦人見來關心的是位姑娘，怕是幫不上什麼忙，卻見周圍有不少人圍觀，便大聲哭訴。

「這醫館的醫工太沒醫德，我家家貧，孩子身體不好，好不容易湊些錢來看診，卻看了將近一個多月，也沒有看好。今日我兒哭鬧，病症看著越發嚴重，便來這裡討個交代，但那醫工還要收我錢，用的方子也是先前那些沒用的。後來，他們見我錢不夠，就把我推出來，還讓我孩兒摔著了，嗚嗚……」

秦念忙問道：「妳孩兒是哪裡不舒服？」

婦人一心想印證自己的說詞，便微微扯開孩子的衣裳，露出肚腹，按了按他的腹溝處。

「姑娘瞧瞧，我兒肚子這裡有腫塊。」

秦念忙探手去摸，的確，孩子腹股溝處有腫塊。

婦人用衣袖抹了把淚，也不顧及秦念是位姑娘，一把扒開孩子的褲頭，露出睪丸。

「你們看看，以前我只覺得我兒這裡有點一大一小，治到現在，反而越來越大。嗚嗚，這可怎麼得了，我年紀不小了，先前一直不能生，好不容易生個男孩，竟然得了這病。」

秦念卻道：「娘子，妳孩子這病，並不難治。」

這話一出，婦人立時愣了，一會兒後才問：「姑娘，莫非妳懂醫術？」

秦念點頭，這種病是小兒非常常見的病症，之前她在鎮上遇過很多次。當時羅禧良說，這病雖常見，卻是難治，極少有醫工能治得好；若是他，也治不好。

當時，羅禧良見她能治，也驚詫不已，這病在醫書上有提及，但解方似乎不佳。而秦念卻能依據藥性和病症配出新藥方，每回藥到病除。

「娘子，妳身上還有多少錢？」

婦人一聽這話，以為秦念是個騙錢的，旋即變了臉色。

秦念瞧見這婦人的神情，便知自己說話的方式不對，解釋道：「我是讓妳再進去拿點藥，是幾味很便宜的藥。」

婦人聞言，這才放下心。「是哪幾味藥？」

秦念回答。「茴香……」

婦人不待她說完，就打斷了。「裡面的醫工就是用茴香的。」

秦念道：「那妳把之前的藥方拿來。」

婦人從懷裡掏出一張黃麻紙，遞給秦念。

秦念接過一看，立時咋舌，這醫館簡直欺人太甚。這孩子的病，明明花上幾錢便可以醫好，但這藥方裡添加了許多昂貴的藥材，雖不傷身，但會耽誤病情。

她把藥方遞給婦人，指著上面的茴香。「這藥裡除了茴香，別的藥都是無用的，茴香用的量也不夠。」茴香便宜，不能賺錢，自然就開得少了。

婦人聽了氣極，圍觀的路人也議論紛紛。

秦念道：「妳進去買三味藥，茴香、肉桂和花椒，各依用量打成粉末。回去後，用黃酒將這三味藥炒熱，趁熱用棉布包好，敷在孩子的肚臍上。若是藥涼了，便備個熱水袋溫一溫，一次最少敷兩刻鐘，最好是半個時辰。」

婦人聽著，覺得似乎有理，但還是有點不敢相信。「就這麼簡單？」

有路人好奇。「是啊，這三味藥不是家裡常備的調料嗎？」

秦念解釋。「孩子這病屬於氣機不暢，而這三味調料能溫中化濕，行氣散結。」

路人也不懂，但聽起來好像也對，忙催促婦人。「娘子，快進去拿藥吧！」

另一個路人卻道：「這婦人已在醫館受欺，不如讓這姑娘去拿。」

秦念有些尷尬，若是平常，她定會直接拿藥給這婦人，也不收錢，但如今她連張餅都買不起。

婦人連忙掏出二十錢來遞給秦念。「姑娘，麻煩您了！」

秦念取了錢，又有好心的路人陪她進去，進醫館買了這三味藥，又讓夥計磨成粉。

醫館的夥計知道這姑娘在外面搗亂，所以態度格外不好，但他顧忌著有路人進來看熱鬧，不好發作，只得老老實實地配了藥，好生磨成粉。

秦念拿著藥包及剩餘的十二銖錢出門，交給婦人。「妳趕緊回家幫孩子敷藥吧，記得要用黃酒炒熱。」

婦人問：「姑娘，若治好了我兒，我該如何去找妳？」

秦念以為婦人是擔心治不好，沒地方找她麻煩，想了想，朝右邊一指。「那邊過去兩個巷口，我明日會在那裡擺攤。」

婦人連連點頭。「好，好，多謝姑娘！」說罷，抱著還在哭泣的孩子走了。

看熱鬧的路人有些是本地人，有的則是來遊玩的，聽他們私下言語，明日也會來看看，看秦念是不是真的把那孩子給醫好。

待到人都散盡，緒璝苦著臉道：「念兒姊姊，我們要去那邊擺攤賣什麼？」

秦念唇角彎起一抹笑。「我們去那邊擺個醫攤。走，現在就去。」

第一百零六章

他們走過兩個巷口後，在那裡找了個空地，放下箱籠。

秦念從箱籠裡找出筆墨紙硯，又拿出一些藥瓶子，再闔上箱籠，側著放倒在地，暫時當成桌子。展開白紙，在硯臺裡倒了點水壺裡的水，讓褚瑱幫著研墨。

方才看熱鬧的人也跟過來了，有一名中年男子問：「姑娘，妳當真會醫病？」

秦念抬眼看他，知道這人正是剛與她一起進醫館拿藥的好心看客，因這人身著錦衣，長得又威猛，那雙厲目嚇得醫館夥計不敢對她不敬，她才能順利買下三味藥材，交給那婦人。

「閣下應是有疑難雜症想問小女吧？」秦念盯著中年男子的嘴。

中年男子微微頷首，走近她。「姑娘，想必妳能看到，我說話時，舌尖有個小瘤子。」

秦念在他開口說第一句話的時候，便看到了。「閣下莫不是也像那婦人一樣，在別的醫館沒看好？」

中年男子哈哈一笑。「姑娘聰明。我舌尖這瘤子有半年多了，起先只是一個小點，沒太在意，後來長大了些，覺得格外疼痛，便去我家附近的醫館看，結果治了將近一個多月，也沒能治好。後來找了另一家醫館，又看了大半個月，再輾轉換了好幾家醫館，都看不好。」

他說著，看向剛剛那家醫館。「今日本想在剛剛那家醫館問一問，但恰好聽到那娘子說裡面的醫工是庸醫，便不敢進去了。」
秦念看著中年男子，雖然此刻說話還算和善，但難掩一臉的凶戾之氣，道：「小女不才，但倒是可以幫閣下探探脈。」
中年男子忙又上前一步。「好呀，姑娘幫我看看。」
秦念卻笑。「莫急，閣下得先應下小女一事，小女才敢替閣下看病。」
這話一出，旁邊跟過來看熱鬧的人都好奇了。
中年男子皺起眉眼，滿臉不耐。「姑娘有何事，不妨直接說出來。」
秦念道：「閣下的舌症，皆因心火而起，心開竅於舌，心頭熱，則火上攻，所以舌尖會紅腫疼痛，嚴重的，就會長出您這樣的瘤子。而心火一大，脾氣也大，想必閣下這半年來，沒少與人結怨。」
中年男子聽得耳朵都豎了起來，連連點頭。「正是正是。」
秦念擺出笑臉，甚是可愛。「閣下怕是跟先前那些醫館都鬧得十分不愉快，沒少砸場子吧？」伸手不打笑臉人，所以趕緊先擺笑臉。
這下，中年男子不光是豎起耳朵，還揚起眉頭，連大拇指也跟著豎了起來。「姑娘真是神啊，那幾家醫館差不多都被我掀了。」
秦念斂起笑。「小女想讓閣下應下之事，就是萬一小女醫不好您，切莫打人。小女身子骨弱，可禁不起您打。」

中年男子頓感羞愧，忙道：「不會不會，姑娘別怕。確實是我脾氣太大，我夫人都被我氣跑了，小妾也因為被我打了幾巴掌，正與我置氣呢！我脾氣大，莫非是與這舌症有關？」

秦念道：「都與心火有關。」

中年男子頓悟。「難怪了，以前我的脾氣沒有這麼大的，就是近半年來，脾氣一大，舌頭就痛，脾氣再大些，舌頭的瘤子也就大了，原來這瘤子是跟著脾氣長大的呀！」

秦念道：「一切都與心火相關。您既應了小女，小女便幫您診一診。」又望向看熱鬧的人群。「也請諸位替小女作證，今日我為他看診，萬一醫不好，他不會打罵小女。」

看客們應聲，讓她放心看診，他們都是住在這附近的，這些日子沒事就來這裡逛逛，若是見著這位先生要打罵人，定會幫襯她。

秦念見看客們都這般好心，放下心，對中年男子道：「閣下請蹲下些，小女寒酸，剛被人偷去錢財，連把凳子都買不起，還請將就一下。」

中年男子道：「難怪看姑娘穿得雖一般，卻不像是沒點錢財的人，還在此擺攤，原來是遭了小賊。」說著便蹲下身子，將手擱在秦念面前的箱籠上。

秦念探了一會兒脈，秀眉頓時擰緊。「閣下的脈象弦硬，火攻之勢十分亢盛。」收回手，對中年男子道：「您可有將以前的藥方帶來？」

「有有有。」中年男子連忙從懷裡掏出五張藥方子。

秦念一一看過這五張方子，道：「這些都是消積化聚，行氣活血之藥，而先生是心火，這些藥用處不大。」

中年男子一聽便覺有道理，因為他醫了半年也未醫好。「那姑娘妳說，該用什麼藥？」

秦念將這五張藥方還給中年男子。「我替您開一張方子。另外，服藥這段時日，一定得收斂自己的脾氣。」

中年男子點頭。「行行行。」

秦念又道：「除了服藥湯，收脾氣，您每日還得做一種站姿，以引火下行。」站起身，做了個金雞獨立的動作。

旁人嘖嘖稱奇。

「這姑娘的法子可真是新奇呀，只是不知道有沒有用。」

「正是！哪有人舌頭長了東西，還要做這奇怪動作的。」

中年男子將信將疑地跟著秦念學，先是雙手合十，彎起一條腿，頂在另一條腿的大腿內側。但他動作笨拙，剛站起便要倒下，旁人看得哈哈大笑。

秦念卻嚴肅道：「此動作只需將雙腳微閉，心意專注於腳底，便能保持平衡。」

中年男子又試過幾回，終於站直了身體。

秦念頷首。「回家後，依這樣子站立一、兩刻鐘。這是引火下行之法，切記要做。」

中年男子收回手腳，點點頭，又接過秦念寫的藥方一看，唸了出來。「生地黃、木通、生甘草梢、蒲黃、蓮子心和車前子，研末為散，加水一盞，再入竹葉同煎至五分。」

這時，一位剛來的青年道：「這不是治小兒尿熱心煩的方子嗎？只是多了蒲黃、蓮子心和車前子而已。」

秦念衝那青年淡淡一笑。「正是，前幾味藥可治小兒尿熱心煩，但這方子能導心經之熱從小便出。另外，蓮子心可清心解煩，不過這還不夠，所以我又加了車前子。」

青年聞言，讚賞道：「姑娘高明。」

中年男子聽青年這般讚譽，便放心地拿著藥方走了。剛走幾步，忽又轉回來，從腰上摸出一只錢袋，拿出五十銖錢，放在箱籠上。

「姑娘，這五十銖錢，妳先拿著花用，這幾日也別走。若是我這病好轉了，定會送上金餅，若是沒治好……」

秦念擰起眉。

中年男子忽地一笑。「定也不會打罵妳，哈哈哈！」笑笑後，轉身走人。

等到中年男子一走，立時又有幾人上前，想找秦念試上一試。

秦念心道這些人當真是閒人，不過能有人找她看，她也不怕，於是一個又一個地接著來，收的錢雖不多，只是看情況給了幾銖，算下來，到了傍晚，她也賺了百來銖錢。

「褚璜，走，我們買吃的去，再在附近找家便宜客棧住下。」

「好。」

秦念賺到了錢，褚璜在一旁看著也高興，心道果真是跟著秦念就不愁沒飯吃。

他們進麵館吃了個肚子撐，接著又在附近的小巷裡找到便宜客棧，住了下來。

待到早晨，秦念又將攤子擺出來。她想著，得在這裡擺好些天呢，於是拿著昨日賺的小錢買了張舊案桌，並三把小凳子。

昨夜，她拿出一件白色中衣，剪了一塊方布，寫上醫字，今早尋了根長棍，將這塊布綁在上面。這樣一來，攤位便成了，與昨日相較，當真是個像模像樣的醫攤。

不過，正當她鬥志昂揚地準備迎接診客時，突然有三位肩扛大刀的大漢朝他們走來。

褚璜一見那三人的陣仗，全身血液開始沸騰，俊秀臉孔頓時變得橫眉豎目，一副要撕咬人的模樣。

秦念忙輕撫了下褚璜的肩，讓他不必緊張。

三個扛刀大漢走到秦念面前，領頭那位的細魚眼輕輕一睞，笑嘻嘻道：「喲，這是哪裡來的小娘子，怎麼在這裡擺起攤子來了？」

秦念年方十六，正是清純可人的年紀，又長得眉目如畫，身材玲瓏有致，可把這三位大漢饞得要流口水。

秦念看著這三人的淫笑，覺得十分令人噁心，忍住心中的不痛快，賠著笑臉道：「三位大哥，小女在此丟了錢財，只好擺個攤子賺賺路費。」

另一位大漢一臉鄙夷地道：「丟了錢財？誰信妳！在這裡的人個個都會說自己丟了錢

財，不想給錢。」

領頭的大漢依然笑咪咪。「姑娘，想要我們相信，就讓我在妳身上搜搜。」將那又粗又黑的手伸到秦念胸前。

褚瑨一急，想撲倒那大漢，孰料不等他動手，便聽大漢一聲啊啊慘叫。

原來大漢的手腕被秦念一手扣住，另一手則將一枚銀針戳入皮肉，令大漢動彈不得。

第一百零七章

旁邊的兩位大漢見秦念竟然會武，一招便制伏他們的大哥，頓時如臨大敵，從肩上取下大刀。

秦念卻不慌不忙地對兩位欲動刀的大漢笑道：「兩位大哥且慢，這位大哥許是有失眠之症，小女懂點醫術，正幫他醫治呢。」又對領頭大漢道：「大哥，這針看著尖利，扎進去卻是不疼不癢，不必驚怕。」

大漢的手腕還扣在秦念手掌中，其實秦念的力道並不大，但這針一扎進去，他的手就不能動彈了。

這會兒，秦念鬆開她的手，但那根銀針還扎在大漢手腕上。

「這這這……」

大漢覺得莫名其妙，一伸出手，就被秦念扣住，看著針往他皮肉下扎，便嚇得大喊大叫，但其實當真是不疼不癢，沒什麼感覺。

另外兩個大漢也是面面相覷，不知道發生了什麼事。

秦念笑道：「幾位大哥，小女習醫多年，一看便知這位大哥有失眠之症，故而用銀針來為大哥治一治這小病。」看向被扎針的領頭大漢。「大哥，你是否覺得這會兒有種神清氣爽的感覺？」

領頭大漢想了想，點點頭。「正是如此！我好些日子沒睡好了，天天頭昏腦脹，這會兒當真是覺得神清氣爽，腦子也不沈了。」

秦念道：「大哥，你把手挪過來，我幫你取下針，再開個方子，你去藥鋪拿藥回家煎服，保管今夜便會睡個好覺。」

領頭大漢伸出手，秦念立時將針取下，收拾乾淨後放好，接著拿起毛筆，蘸了點墨汁，在黃麻紙上寫出藥方，遞給大漢。

「這藥方，大哥且拿著，若是不管用，明日儘管來這裡砸我攤子；若是管用，還請大哥準我在這裡擺幾日攤，待到後面賺了錢，定會請你們吃酒。」吃屎才是呢！秦念臉上笑著，心中卻在暗罵。

領頭大漢拿著方子看了一眼，他不識字，但見這黃麻紙上的字倒是寫得方方正正，格外好看，便相信了，卻又虎起臉。

「要是這方子不管用，明日爺定要將這攤子砸了！」

秦念忙笑著點頭稱是。

領頭大漢大手一揮，帶著兩個同伴走人。

秦念終於舒出一口氣，暗自慶幸當初跟著韓啟學了些武功防身，不然哪能一手就扣住那隻賊手。

褚璜卻是一臉不解。「念兒姊姊，他們這是要做什麼？」

秦念道：「他們是來索取保護費的，我們若是不交，便會把我們趕走。」

褚璜齜牙。「他們膽敢如此，我便撕爛了他們。」

秦念認真地看著褚璜，覺得褚璜的處世之道，還是得好好教教，於是肅起臉。

「褚璜，你要謹記，出門在外，多一事不如少一事。我們來京城不僅是為了開醫館，還為了找啟哥哥。京城貴人多，壞人也多，如果事事都要為自己爭一口氣，事事都強出頭，說不定就活不過明天了。」

她說著這些話，卻不知自己在京城早已出了頭，已然得罪京城的貴人了。

就在秦念與褚璜說話的時候，昨日那婦人抱著孩子朝她走來。

這回見著婦人，不像昨日那般狼狽不堪，而是笑臉盈盈，懷裡的孩子也沒有再啼哭。

「哎呀，姑娘真是在這裡，我生怕妳會走呢！」婦人在破几案前的小凳子上坐好。

秦念一見這婦人，便知道是有好消息，問道：「娘子，孩子情況怎麼樣了？」

婦人道：「姑娘當真是神醫呀！我兒腹下的腫塊，今早醒來一看，便小了些，怕是還要敷個幾日。昨夜，我兒也沒哭鬧，我難得睡了個好覺。」

秦念見這婦人當真是精神飽滿了些，一看便知以前沒怎麼睡好，昨夜睡得尚可。

「那妳按著昨日的方子繼續幫孩子敷。另外，我再給妳孩兒開個補脾胃的藥方，妳自去藥鋪拿藥便是。」

秦念說著，提筆寫藥方。

婦人接過秦念寫的藥方，一見便知是平常熟知的藥材，價錢不貴，是她能買得起的。她將藥方疊好，放進懷裡，又看著秦念。「姑娘，那我該給妳多少錢？」

秦念心道她雖缺錢，但這婦人卻是個家境不好的，便道：「娘子自去找藥鋪拿藥吧，錢就不必了。」

婦人沒想到，這姑娘竟不收她的錢。「錢是一定要給，姑娘妳說一說，只要我拿得出來，一定會付給姑娘。」

秦念微微一笑。「真的不必，妳留著錢去藥鋪拿藥。」

婦人見秦念不肯收，自荷包裡取出十個銅錢，放在几案上，放好抱著孩子便走。

秦念忙從几案上拿起八個銅錢交給褚璝。「你把這錢送還給那娘子。」

褚璝接過錢，立時跑到婦人面前，將那八銖錢還給她。

婦人轉身看向秦念。

秦念拿起兩銖錢，對她笑道：「收妳兩銖便是。」

婦人聽著這話，竟是感動得哭了，抱著孩子朝秦念彎腰行禮，轉身走了。

這一幕，恰被昨日便在這裡的看客撞見，那看客是本地人士，與人結伴而來，今日就是想來看看，這姑娘是不是真的能醫好昨日的病人。

這下他看了個真，便推著同伴道：「快去快去，這姑娘當真是神醫，說不定能醫好你的病症。」

那同伴一見這神醫是個姑娘，立時止了步子，任同伴怎樣推，都不願去。

就在這時，昨日舌頭長瘤的中年男子朝秦念與匆匆地走過來。

「姑娘姑娘，真是神了，我的舌頭……」中年男子坐在秦念的攤位前，伸出舌頭，用手指著。

「姑娘妳看，是不是小了很多，也沒有那麼痛了。」

他說罷，從腰間取下一個沈沈的錢袋，擱在秦念面前。「姑娘，這是診金。姑娘讓我這拖了半年多的病症得以改善，真是神醫！」

秦念爽快地收下診金。「多謝閣下了。」

中年男子道：「欸，應該是我要多謝姑娘呀！」

秦念又道：「那閣下便按著昨日的方子，繼續服用，直至舌頭完好。另外，閣下可還有發脾氣？」

中年男子笑答。「真是慚愧，以前無端衝人發了那麼多脾氣，昨日回家後，我一直思量著姑娘的話，便沒有發脾氣，我家小妾都與我和好了。我打算等病好後，便去丈人家將夫人接回來。」

秦念也笑。「如此甚好。還有那站姿，可得每日練著，平日也得多活動活動筋骨，別總坐著。晚上早些睡，睡得太晚會引得火氣上身。」

中年男子連連點頭。

秦念道：「閣下給了我這麼多診金，那我再另外幫您開點調養身體的藥方。我看閣下舌頭的顏色，胃似乎也不太好，便開個調養胃的方子。」

中年男子笑著點頭。「好好好，姑娘不僅是神醫，還心善，莫不是菩薩下凡？」

秦念抬臉一笑。「先生過譽了，小女不過是跟了位好醫工，平日裡看的病人又多，累積了些經驗。」

中年男子道：「姑娘跟了位好醫工，定是如此，但要說看的病人多，又哪能比得過京城的醫工呢？說起來還是姑娘聰慧過人，比那些醫者更懂得變通。」

秦念拱拱手，不再說話，專心地寫治胃的藥方。

待到藥方寫好，她吹乾墨汁，才把藥方交給中年男子。

中年男子拿著藥方，道過謝後，這才離開。

待到秦念的攤位一空下，那位看客便將不肯上前的同伴推過來。

那公子似乎真見識了秦念的厲害，但想著自己的隱疾，而秦念又是個年輕貌美的姑娘，巴不得有個地洞好鑽進去。

有隱疾的病人經常會如此害羞，秦念見多了，淡然一笑。「這位公子大可不必在意，我們醫者看診，只看病灶，不看人。」

公子聽秦念如此說，定下心來，但還是左右看了看，見旁邊沒什麼相熟的人，這才轉臉對秦念說出症狀。

「我那個那個……」

帶他過來的看客有點著急了，直接替他說出口。「他有點不能人事。」

看病的公子蹙眉羞看了朋友一眼。

看客一本正經道：「人家是醫者，你別總想著她是個姑娘。」

秦念嚴肅道：「公子，請將手伸出來，我來幫你把脈。」

公子猶豫一會兒，將手伸過去。

第一百零八章

秦念把手指探在公子的脈搏上，仔細探查。

這時，看客道：「他新娶了娘子，娘子卻哭回娘家，說他那個……」語氣一頓。「前些日子，我看他鬱悶喝酒，他也是喝多了，說了醉話，才將事情一五一十與我說了。」

秦念拿開手指，道：「公子這症狀其實常見，許多人都是因為羞於看診，才延誤病情。公子的症狀不嚴重，吃一、兩個月的藥湯，平時注意飲食，不醉酒，不晚睡，定當會好。」

公子一聽，臉上便有了笑意，欣喜道：「當真？」

秦念提筆寫方，垂首點頭。「自然當真。我寫好方子後，你自去拿藥，回家熬來喝。」說罷，將藥方遞到這位公子手中。

公子拿起藥方看。「蛇床子、五味子、菟絲子、枸杞子、覆盆子和車前子。」

看客也湊過去看，笑道：「這藥名上都有『子』，合著吃了就能生兒子呀！」

公子聽著這話，頓時信心滿滿了。

秦念又叮囑道：「服藥期間，還得切記一件事。」

公子看向秦念。

「切記禁房事。」

公子聽罷，臉色一紅，連連點頭。

看官推推他，公子趕緊從衣兜裡拿出一吊錢來。

秦念忙道：「公子，今日你只需給幾個銅錢便好。若要給多，等到病好再給也不遲。」

公子道：「不論好與不好，這一千錢都得先給姑娘。如果我的病症能好，定還有謝禮。」說罷，拿著方子快步離去，帶他來的看客也跟著走了。

男人的臉面，怕也只有錢才能買來了。

這公子不能人事，總覺得低人一等，所以給了足足一千錢，才覺得自己像個男人。

褚璜看著秦念手中的錢，咧嘴道：「姊姊，京城的人給錢真捨得。這麼多錢，比那些小吏的月奉還要多。」

這兩年，秦念不光教褚璜認字，熟讀律法，還與褚璜讀了不少政務書籍，其中就有提到官吏的月奉。

秦念笑道：「京城乃是天子腳下，捨得給錢的人自然多了。」把錢塞到褚璜手中，讓他保管，又打開方才那中年男子給的錢袋一看，一個金餅加兩千銖錢，還真是多耶。

因著這條街上人多，閒逛的看客也多，再加上是人三分疾，便都抱著好奇心，來醫攤上看診。

一整日下來，秦念竟是看了二十多位，不過診金加起來還不足五百錢。

但今日這樣的賺頭，對秦念來說，已經很滿足了。

正當秦念要收攤之時，一位錦衣青年突然走到秦念面前，正是昨日認出秦念開的幾味藥是專治小兒尿熱心煩的那位。

秦念道：「先生，小女要收攤了，要看診的話，明日還在這裡。」她肚子餓得厲害，得去找個地方好好吃上一頓。

錦衣青年約莫二十多歲，個頭不高，但相貌端正，笑著說：「姑娘，鄙人姓劉，是那邊金正醫館的老闆。昨日那娘子帶孩兒來看診之事，我一直關注著，今日又看姑娘醫治病人，當真佩服不已，希望能請姑娘到我的醫館去坐診。」

秦念打量這青年，細看下來，卻發現有些眼熟。

「姑娘，姑娘？」

青年見秦念直直地盯著他，有些奇怪，與此同時，也覺得她似曾相識。

「你是劉瀚文？」

「妳是秦念？」

秦念聽青年這麼問，便知道自己沒認錯了，頓時沈下臉，頭往旁一撇，不再理會他。

劉瀚文沒想到小叔的女兒，也就是他的堂妹秦念長得這麼大了，真真是女大十八變，如今長得美貌動人，還習得一手好醫術。

「念兒妹妹，妳不是隨妳娘去了白米村嗎？怎麼會到京城來？妳娘跟妳哥呢？」劉瀚文看著褚璜。「這小子又是誰？」

秦念斜了劉瀚文一眼。「你還好意思問我娘，當年若非你們一家子容不下我們娘兒三個，我娘怎會帶著我和我哥下嫁到白米村，吃那千般萬般的苦。」

劉瀚文正是秦念親大伯劉松柏的兒子。

當年秦念父親劉仲死後，她大伯生怕秦氏改嫁會將劉家的產業帶去別人家，於是找秦氏索討弟弟賺回來的商鋪和田地，還占了她家的宅子，只讓秦氏帶走看不上眼的家什，還有私存的一些些財物。

當時秦念年紀雖小，但喪父之痛再加上跌入塵埃的淒慘生活，讓她十分憎恨劉松柏，所以認出劉瀚文後，心裡就來氣。

劉瀚文深知父親曾經對小叔一家做過的齷齪事，連忙好言勸道：「念兒妹妹，如今妳既然到了京城，不如就到我家的醫館來當醫工吧，免得流落在外，受人欺負。」

面對他的好心，秦念卻冷道：「多謝劉老闆看得起，小女醫術淺薄，實不敢去貴館坐診。」這般客套，就是不想認下這門親，只當眼前人是外人。

劉瀚文知道秦念的心結不是那麼容易化解，於是又勸道：「念兒，妳一個小女子，在京城當真是不容易，妳待在哥哥這裡，往後哥哥養妳，再也不會讓妳過那樣辛苦的日子。」

秦念突然目光灼灼地盯著劉瀚文。「劉老闆，你是想利用我賺錢，還是想補償你父親當年的過錯？」

劉瀚文忙擺手。「不是不是，念兒妹妹，我不是想利用妳賺錢，是想補償妳。當年我父親做下那等事，我也很無奈，如今我在京城有了能力，能補償一些。」

秦念望向金正醫館，冷冷道：「想當年，你爹無能，整日在家無所事事，就靠著我爹幫襯。後來我爹過世，我娘再嫁，你爹便到我家趕人，還侵占我家的宅子、商鋪和田地。想來這家金正醫館，是拿我家的錢財開起來的吧。」

劉瀚文一聽，登時急了。「念兒，妳說的是什麼話，我父親哪裡無能了，我父親那時……」說到這裡，竟是說不出什麼話來。

這時，圍過來不少人，多數都是認識劉瀚文的，且因著劉瀚文請庸醫賺黑心錢的事，都吃過不少暗虧，所以對他指指點點起來，說金正醫館原來是來路不正。

劉瀚文氣惱得不得了，但腦子轉得飛快，家裡的那些事既然被抖出來，只得趕緊洗清自己，好顯得他與父親是不一樣的人，於是壓下心頭的火氣，好聲好氣地對秦念開口。

「念兒，過去的事情，我們就不提了，前年我父親病重，已經過世。往後妳便在我這裡坐診，一個月給五個金餅，到了年底還有分紅，算是補償。」

這話說得他肉都在疼，現在金正醫館裡請的醫工，不過一個月兩個金餅，但他親眼目睹，人家給秦念的診金，隨便一出手就是一、兩個金餅。像她這般醫術好的，疑難雜症都能治，在醫館坐診，一個月賺上百個金餅都不成問題呀！所以算算，一個月給她五個金餅的月酬，算是賺的了。

深知劉瀚文德行的一位鄰居聽了，站出來。「劉老闆，你這算盤也打得太響了吧！這兩日，我可是都在這裡看熱鬧的，你這堂妹醫術高明，人家隨便出手就是金餅，而你一個月才給五個金餅，就算有分紅，但到時是否作數，還不是由著你說了算。」

旁人都附和。

「是呀！劉老闆，你堂妹是個善良的醫女，可別把她帶壞了。」

劉瀚文做了好幾年的黑心生意，臉皮早就厚了，不在意街坊們的笑話，只定定地看著秦念，心想秦念這些年待在山村裡，定會眼饞他給的五個金餅。

孰料，秦念卻是淡淡一笑。「多謝劉老闆看得起小女，小女自由散漫慣了，受不得約束。而且……」表情一肅。「我也不稀罕劉老闆的補償。」說罷，不再言語，打算走人。

這時，褚璝已將箱籠揹在背上，也拿起几案並三把凳子。

秦念接過褚璝手中的凳子。「我們走。」

第一百零九章

兩人走遠後，褚璜朝劉瀚文看了一眼，悄聲對秦念道：「姊姊，一個月五個金餅耶，還有分紅，難道不要他補償了嗎？」

秦念淡淡一笑。「我雖恨我大伯當年欺負得我們一無所有，但恨歸恨，我也不會再與他們計較什麼。再說，以我現在的本事，還稀罕他那點補償！」

褚璜笑著點頭。「正是，我想他不過是在算計讓姊姊去他醫館坐診，幫他賺黑心錢。」

秦念笑道：「褚璜，你變聰明了。」

褚璜摸著後腦勺，低頭害羞一下，又走了一會兒，突然問：「姊姊，那我們大概要什麼時候才能在京城開上醫館？」

秦念臉色微沈。「其實，京城的醫館也不是那麼好開的，昨晚我向客棧的老闆打聽過，京城鋪子的租金可貴了，不僅貴，還不一定能找得到鋪面。」

褚璜皺起眉。「那姊姊不打算開醫館了嗎？」

秦念眉眼微揚。「當然要開，只是要看怎麼開。」

他們回到客棧，將東西放進屋裡後，便去了街上，找間便宜的小酒樓，點了一盤炙羊肉，另加兩碟小菜，一人一張麵餅。吃得雖簡單，但也算是有肉有菜，搭配得當了。

吃過之後，天將將黑下來，秦念便與緖瓚回到客棧，早早安歇了。

這時，公主府也寂靜下來。

大公主哄睡兒子沈季後，召見剛剛回來的酒離。

酒離稟報了今日的情況，當大公主聽到秦念為人治病的事後，覺得心裡格外舒爽，美顏盈滿了笑意，覺得秦念這是在為女兒家們長臉，女兒家厲害起來，一點都不比男兒差。

可當酒離提到金正醫館的老闆劉瀚文是秦念的堂兄時，大公主吃了一驚，沒想到秦念在京城還有親戚。

要說堂兄妹關係，那可是血親了，只可惜是個惡親。

大公主替秦念抱不平，當即變了臉色，一巴掌拍在几案上，十指不沾陽春水的手掌疼得不得了，低頭摸著手掌，惱得開了口。

「去想個法子，整治整治那些吃人的惡醫。」

酒離領命，當即出府去辦。

翌日一早，秦念將醫攤擺出來，卻沒有幾個人來看診，沒了之前的看官捧場，今日路過的人見她不過是個小姑娘，都不太信服她。

不僅如此，那些路人還對她指指點點，說些讓人莫名其妙的話。

正當太陽冒頭之時，便見昨日的三位大漢邁著大步朝她走來，這回可不見他們扛刀，一個個臉上都帶著和善的笑意。

領頭大漢走近攤子前，樂呵呵道：「姑娘，妳當真是神醫聖手，就那麼一針，再加上那個方子，昨夜我一躺下就能睡著，睡到天大亮才醒，我可是有好幾年沒有如此睡過了。」

秦念見他一副精神飽滿的模樣，笑道：「那小女在此擺攤，大哥們不會再為難了吧？」

領頭大漢笑道：「自然是不會為難，往後姑娘不管在哪裡擺攤，都不會為難。」說罷，與另外兩個大漢笑呵呵地走了。

秦念看著三位大漢的背影，重重地鬆了口氣。

不過，這天一個診客都沒有，一枚銅錢都沒有賺到。

接下來幾日，竟然只看了三位病人，僅賺十銖錢。

這日，秦念留意到離攤子不遠的地方總有幾個人站著，拉扯著路人，不知在說些什麼。

褚璝通唇語，她便讓褚璝靠近去看。

褚璝看著他們說話的嘴形，把話聽得一清二楚，回到攤子前，滿臉怒容道：

「姊姊，難怪這幾日都沒有人來找我們看診，就是他們逢人便說那裡有個擺醫攤的姑娘，是個女騙子，讓人莫要相信。」他咬牙切齒，手指握成拳，都能聽到關節在響。

秦念見褚璝一副要炸毛的模樣，忙安撫道：「先別動氣，我們在這裡等一等，看他們是受何人所指使。」她已經猜到是誰，不過還是要確定，免得冤枉了人。

很快地，她的猜測便得到印證。

說閒話的幾個人中，有兩人先離開，秦念一路跟著，見他們彎了一條路，進入金正醫館的大門。

當真是劉瀚文所為，真是跟他爹一個德行，一副小人做派。

褚璜氣得要去砸醫館，秦念卻道，不必跟這類人糾纏，免得浪費他們的工夫和心力。

秦念坐在攤子前算著，這幾天都在花前幾日坐診賺的錢，但三個金餅子，她可是要留著開醫館用的。若是一直沒有人找她看診，豈不是要坐吃山空。

她的心情格外差，索性對褚璜說，今日早些收攤，出去逛逛，好換換心情。

他們將箱籠和几案、凳子放回客棧，便上街閒逛，順便打聽，看看哪裡有閒置的商鋪，再問問價錢如何。

就在他們走到金正醫館時，見圍了不少看客，擠進人群去看，發現門口站著十幾個壯丁，個個手上都抄著傢伙，醫館裡傳出打砸的聲音，還伴著痛呼聲。

秦念聽出，那痛呼正是她的堂兄劉瀚文喊出來的，也從看客們的對話了解來龍去脈。

原來，幾天前金正醫館接了一位病人，但今日午時死了，那病人正是人稱東街霸王的賀大壯的老父親。

賀大壯在這一帶向來橫行霸道，之前找秦念收保護費的三個壯漢，就是他手底下的人。

這會兒，秦念正好看到那治失眠的壯漢拎著砍刀，跟著一位矮壯漢子從醫館裡走出來，旁人說這矮壯的人就是賀大壯。

秦念雖恨堂兄一家人無德，但本著血親關係，還是緊張了一下，但仔細看那幾位壯漢的刀上，並無血跡，劉瀚文也從裡面爬了出來，這才把心放回肚裡去。

劉瀚文像是腿受了傷，趴在地上起不來，臉上鼻青臉腫，看起來被揍得不輕，抱著賀大壯的腿，不停地哭喊著。「求賀爺給條生路！」

賀大壯不耐地一腳踹在劉瀚文腰上，大罵一聲。「想要生路，就滾出京城！」說罷便領著一幫人，大搖大擺地走了。

褚瓚看得高興，笑哈哈道：「惡人自有報應。」

秦念不想多管劉瀚文的事，也不想像大伯當年一樣落井下石，於是拉著還想看熱鬧的褚瓚走人。

接下來，秦念去打聽鋪子的行情，結果看了好幾條街，都沒有合適的鋪子。她算是知道了，京城鋪子的租金太貴，她手中沒有這麼多錢，除非回白米村拿。但她死要面子活受罪，就是不想讓白米村的人知道，她在京城被人偷了錢財。

這時，秦念心中忽然有了主意，決定拿著手中僅有的三個金餅，去租便宜些的小宅子。

前幾日，她曾路過一地，見路邊牆上貼著一張紙，寫著有一間小宅院要租，租金好像是一個月二百銖，是她付得起的。

她想著，酒香不怕巷子深，往後便將醫館開在小宅子裡。起初可能沒人會來看診，她便在附近擺個攤坐診，想著將來熟客多了，便不怕沒有人來，這樣還能解決他們的住宿。

這般一想，秦念的心情瞬間好了起來，立時拉著褚璝過去。

那地方離這裡有些遠，秦念拉著褚璝，幾乎是一路跑過去的。幸好之前秦念一直跟著韓啟鍛鍊，早上圍著村道跑，這般奔跑對於她來說，並不吃力。而褚璝更不用說了，從小就跟著狼，在外面奔跑獵食。

很快地，他們到了目的地，皇天不負有心人，那張要出租院子的紙還貼在牆面上。

秦念將紙揭下來，按紙上所寫的，穿過七、八條巷子，終於找到那間小院子。

褚璝一路聽著秦念說，要在小宅子裡開醫館，而他所見的醫館都是開在街上的，擔心開在宅子裡不妥當。結果，一走進巷子，還走了這麼久，就更為秦念的前程擔憂了。

「姊姊，這院子離街上這麼遠，還這麼破舊，真的能成嗎？」

秦念卻是信心滿滿。「怎麼不成？說過的嘛，酒香不怕巷子深。」

說話間，旁邊一戶大宅院的宅門打開，一位拄著枴杖的白髮老者走出來。

「是你們要租這宅子？」

秦念連忙恭敬地道：「是的。老伯，這個院子是您家的嗎？」

老者微微點頭。「嗯，這宅子是我家的，以前是個偏院，近來因我兒犯了癲病，賺不了錢，只好找人將偏院的門封起來，又在這邊開了扇大門，好拿來賺點租金生活。」

秦念看著老者一直在顫抖的雙手，沈聲道：「原來如此。那請老伯開個門，容小女進去看看可好？」

老伯忙拄著枴杖走到小院門前，又取出一把長長的鑰匙，想要打開銅鎖，但他的手一直在抖，怎麼也開不了。

秦念一見，忙上前道：「老伯，我來幫您開吧！」

老伯便把手中的鑰匙給了秦念。

秦念見這鎖頭倒是簇新的，但門一打開，便有一股陳腐的味道撲面而來。

老伯道：「這宅院幾十年未曾有人住過，而今家道中落，也雇不起奴僕打掃，姑娘若是要租，得自行整理。」

秦念聽這老伯說話雖是有些咬字不清，但言語間，卻是格外清明，也毫不隱瞞。且再一聽家道中落四個字，又看了褚璜一眼，想想自己母親，都是家道中落才落得如此田地，便對老者有了同病相憐之情。

她走進院子裡打量一眼，兩間屋子加一間耳房，雖然髒亂，但院子倒是清靜，收拾一下應當不錯，於是對老者道：「老伯，這院子我便租下了。」

老者半睜著的眼睛微微有了笑意。

第一百一十章

說好之後，秦念忙從錢袋子裡掏出一串錢來遞給老者。

「老伯，這裡是一千銖錢，五個月的租金。您看若沒問題，我今日便搬過來。」

老者佝僂著身，將這串錢放在眼睛底下，瞇起眼仔細數著，但手抖得厲害，卻是怎麼數也數不過來。

秦念道：「老伯，要不，我來數給您看。」從老者手中拿回這串錢，一個接一個地數給他看。

數完後，秦念把錢還給老者，老者收下，又將鑰匙交付秦念，這才轉身走了。

老者剛走出門，秦念忽又追了出去，問道：「老伯，您貴姓？」

老者回答。「老夫免貴，姓奚。」

秦念點頭。「那往後我便叫您奚伯。」

奚伯微微頷首，走回了自己的大宅院。

秦念看著奚伯落寞的背影，有點發怔。莫名的，覺得奚伯身上一定有故事。

另外，奚伯的病，她應該可以幫忙看一下。不過，還是先將這院子收拾妥當吧！

秦念帶著褚璜購置了些打掃的東西來，花了整整半日工夫，終將院子整理乾淨。另外，他們又去街上買了兩張床榻、一張用來看診的案桌、兩張几案，並幾把椅子和蒲墊、草席。起居及廚房裡的用具，只能等明日再添置了。

這夜，他們在這小宅子裡將就著住下來，一股新打掃的灰塵味道，加上還未散去的陳腐氣味，聞著雖難受些，但秦念的心卻安定了不少。

秦念想著，這將是她在京城安的第一個家，未來若是能找到韓啟，真希望能與他一起安個家，到時不論是在京城還是窮鄉僻壤，她都願意追隨。

有韓啟在，她心方安。沒有他在，她感覺自己就像是一葉孤舟，一片浮萍。

秦念輾轉反側許久才睡著，卻聽見隔壁院牆處傳來一陣陣異響，想到奚伯說自己買不起奴僕，莫不是老人家出了事？

她立時披衣起床，仔細貼著圍牆聽了一陣子，發現是奚伯在說話，說了什麼聽不清楚，倒像是在訓斥人。

總歸奚伯沒事，秦念也就不擔心了，返回房間，繼續睡覺。

次日晨起，秦念收拾好後與褚璜一道打開院門，見門外站著幾位大嬸，像是在閒聊。大嬸們一見秦念開門，便湊上前，其中一位對秦念道：「姑娘，昨夜妳沒被嚇著吧？」

秦念微蹙著眉頭，有點莫名其妙。

大嬸道：「奚家的事，想必姑娘不清楚，這宅子可是空了好幾個月，一直沒人敢租。」

秦念問：「為何？」

大嬸解釋道：「因為奚老有個兒子，前些年發了癲病，時常會騷擾租客，所以就沒有人敢租了。」

秦念淡然一笑。「昨夜我睡得很好，沒有被嚇著。」突然想起奚伯的訓斥聲，心道昨晚莫非是奚伯拉住他兒子，他兒子才沒來騷擾他們。

吱！隔壁大宅院的大門打開，秦念瞧見一個人從裡面走出來。

大嬸忙低聲道：「姑娘妳看，這就是奚伯的兒子奚平。」

不用秦念上前，奚平已經朝她走了過來。

奚平看起來大約二十多歲，相貌其實還不錯，只是眼神呆癡，嘴巴歪斜，嘴角還流著口水，令人看了十分礙眼，甚至還有些噁心。

「阿花，呵呵呵，阿花……」奚平朝秦念伸著手，腳步不穩地走來，大嬸們都被他嚇得躲到一旁。

等到奚平走近之時，秦念連忙閃開身子，見褚瑱想對奚平出手，連忙扯住褚瑱，示意他進院子。

這時，一位嬸子對秦念說：「姑娘，奚平是把妳認成他的未婚妻了。」

秦念看向那位嬸子。「阿花？」

大嬸點頭。「是啊，奚平與阿花是娃娃親，從小青梅竹馬，兩家就隔著一條街，關係一直都不錯。不過幾年前，就在兩人要成親的前一個月，奚伯出了事，家道中落，阿花的父母便替阿花退了親，還速速將阿花嫁給別家。

「奚平因為家中出事，未婚妻又退親，便發了癲，經常一個人喃喃自語，時笑時哭，看到漂亮姑娘就以為是阿花，還時不時唱歌跳舞，臉上也是鼻涕口水一直流。唉，我們都是鄰居，看著他從一個半大小子長大成人，結果變成這樣，真是可憐呀！」

這時，奚伯從家門口出來，拄著枴杖，抖著手指著奚平罵道：「你這小子，老夫好不容易才將這院子租出去，你這是又要把人嚇走啊！」

秦念見奚伯走得太急，一副要摔跤的樣子，連忙上前去扶他。

奚伯見秦念這般好心地扶著他，有點意外。「姑娘，我兒他沒有嚇著妳吧？」

秦念溫然道：「奚伯，我沒事，奚大哥他沒有嚇著我。」

奚伯聽秦念語氣平和，並沒有像別人那般怪罪他的樣子，頓時放下心。「唉，姑娘，昨日我說過我兒有癲病，卻未曾與妳說，他會去騷擾妳，實在是對不起。」抹了把眼淚，又道：「姑娘若是不想租這院子了，老夫可將昨日收的租金全數退還給妳。」

秦念忙道：「奚伯，我覺得我們住在這裡挺好的。」

奚伯又是一臉意外，幾位大嬸也很驚訝。

秦念問：「奚伯，您兒子這癲症，有沒有去問過醫？」

一位大嬸幫著解釋道：「唉，奚伯最後剩下的那些家底，全花在奚平身上了，問了好多醫工，都沒辦法治。」

秦念抿唇想了想，道：「小女不才，恰好是位醫女，想為奚大哥把把脈，看有沒有治癒的可能。」

奚伯沈著臉，微嘆一聲。「姑娘莫不是在說胡話？妳年紀這麼小，老夫請了好多醫工，個個都比妳大上好幾輪。」

秦念淡然一笑。「奚伯，您不如把奚大哥交給我，讓我將他請進院子裡，替他診治一下。治不好的話，奚伯別與小女計較；萬一治好了……」

奚伯道：「如果姑娘能治好我兒，我便把這院子贈予姑娘當診金。」

秦念笑起來。「奚伯不必如此，真能治好，免我一個月的租金即可。」

奚伯有些遲疑。「這、這……」不過一個姑娘家，哪能治得好這癲症，他從未聽過癲症是能治得好的。

秦念見狀，不再多說，朝褚璝招手，讓他出來。「褚璝，你將奚大哥帶進院子裡。」

褚璝走到奚平面前，這會兒奚平又開始手舞足蹈地唱歌跳舞。

幾位大嬸也跟著走進院子，一個個好奇地追著秦念問，當真能將奚平治好？

秦念只是笑道：「能不能治好，得先讓我看看。嬸子們若是沒事，不如幫幫忙，待會兒奚大哥若是鬧起來，妳們就幫忙哄著。」

大嬸們齊齊點頭答應。

於是，在幾位大嬸的協助下，秦念開始幫奚平把脈。

把完脈，秦念便將紙墨筆硯備好，提筆寫下藥方，拿錢給其中一位大嬸，讓她去買藥。

大嬸雖不是出身貴戶，卻是識字的，看藥方只有兩味藥，便皺起了眉頭，質疑道：「半夏和巴戟天？就這兩味藥，能治好奚平的癲症？」

旁邊幾位大嬸也是滿臉質疑，覺得這方子不可靠。

秦念解釋道：「癲症屬於怪病，但凡怪病都由痰作祟，而半夏有燥濕化痰之效。另外，癲症還屬頭部陽氣不足，頭部會陽氣不足，是因頭部清陽之處被濁痰所阻，陽氣提不上來，會暈沈，嚴重了就會發癲。巴戟天能使陽氣上朝，再加上半夏化痰降逆，便能醫治癲症。」

拿藥方的大嬸聽得認真。「姑娘說得神，且讓我去買藥給奚平試一試，看是不是真如姑娘所說。」提著裙襬小跑著出了門。

很快地，嬸子便將藥材買來，秦念又去奚伯家拿了熬藥的爐子和罐子。

秦念一邊熬著藥、一邊想著奚伯家的情況。

剛剛她進奚伯家，見宅院雖算不得大，但有假山庭園，還有座小池塘，池塘裡種著蓮花，佈置得格外別致。只是，宅院裡沒有奴僕，裡面顯得有些髒亂，想來奚家以前也是大戶人家，不知奚伯到底出了何事，以至於家道中落。

當藥罐裡的三碗水熬成一碗濃濃的藥湯後，秦念又讓大嬸們幫忙，餵給奚平喝。

這會兒，奚伯因為身體不適，已經回屋歇息，秦念便乘機向大嬸們打聽奚伯的家事。

「嬸子，當年奚伯家是出了什麼事情，為何會落得如此田地？」

她倒不是因為喜歡瞎打聽，只是既然租了這院子，便得對主家有所了解，這樣一來，心裡也安穩些。

旁邊的大嬸哀嘆一聲，道：「以前奚伯可是當大官的呀！他歷經幾位皇帝，一直忠心為主，為國為民，兩袖清風。但在三年前，因著兩黨相爭，奚伯受到連累，被抄了家，奪了爵位，貶為庶人，自此便沒了進項。他的老妻在那年過世了，他也落下手抖發顫的毛病，看著怕是日子也不長久了。再加上奚平得了癲症，當真是晚年淒慘呀！」

秦念喃喃著。「兩黨相爭？」

她不太了解國家之事，但如今已到京城，還打算在城東，也就是皇城腳下發展，自是要對國家政事，尤其是皇家事了解一二，免得不小心觸怒貴人，可就不好了。

剛說這話的大嬸往門外瞧了瞧，見外面清靜，這才壓低了聲音，向秦念解釋道：「姑娘怕是對皇家之事不太了解。這兩黨相爭，便是太子一黨與二皇子一黨。不過，如今二皇子不知所蹤，二皇子的父親靖王也被囚於大牢，不見天日，所以現在只有太子一黨了。」

秦念看過不少話本，也曾聽母親說過京城皇家之間的明爭暗鬥，當年外祖一家便是因為兩黨相爭而被陷害。

第一百一十一章

說起皇家之事，便得說起國家政事了。

如今天下一統，國名為乾漢國。

乾漢國是新朝的國名，舊朝國名是漢國。雖有新舊朝之分，但血統卻是一脈相承。

在十多年前，漢國曾因諸侯之亂，一國分為三國。漢國皇帝於七年前在這場三國之戰中死去，皇家宗室楚湛身為輔政王，扶幼帝上位，於五年前滅兩國，平息戰亂，後廢幼帝，自稱為帝，改國號乾漢。

其他的事情，秦念就不知道了。

但這會兒碰到的大嬸是個喜歡說閒話的，便將皇家之事一次說了個明白。

原來新皇楚湛沒有兒子，只有三個女兒，先前秦念碰到的大公主，正是楚湛的大女兒。

十二年前，楚湛還未當皇帝，便收了兩個姪子當養子，是他的兩位親哥哥所出。

已故大哥凌王的兒子名叫楚軒，是過繼的大皇子，正是當今太子。

被囚於大牢的二哥是靖王，兒子名叫楚鏡啟，是過繼的二皇子，現在不知所蹤。京城人士諸多猜測，都說被太子一黨殺了。

秦念聽到這裡，腦子猛地轟然一響，低喃道：「楚鏡啟，啟……不知所蹤……」

大嬸沒在意她說的話，更沒在意她的大驚失色，接著又說：「這楚軒和楚鏡啟的性子，可謂是天差地別。」

另一個大嬸忙把她拉到一旁。「夠了，皇家的事情，說多了怕惹禍上身。」

說閒話的大嬸聽了，害怕起來，往門外瞅了瞅。「是是是，不能多說、不能多說。」

秦念本還想問問楚鏡啟的性子，還有年紀及長相，但見那大嬸一副心慌的樣子，似乎不敢再談及此事，遂不再多問。

不過，她對楚鏡啟上了心，莫名的，突然想起當時在大公主府時，大公主看到韓啟的畫像，有那麼一時的愣怔，那表情好像是認得韓啟的。

秦念想到這裡，全身的血液瞬間沸騰起來。

她扭頭看向褚瓚。「我要出去一趟。」又看大嬸們。「幾位嬸子，麻煩妳們送奚大哥回他屋裡，我怕是得晚上才能回來。」說罷便轉身跑了出去。

褚瓚忙喊道：「姊姊！」也追上她。

大嬸們齊齊看向院門。

「欸，這姊弟倆是要去哪裡呀？」

秦念剛走出門，又折回來，問大嬸們。「各位嬸子，我想租馬車，請問哪裡有得租？」

其中一個大嬸道：「我家就有馬車租呀！姑娘，妳隨我來。」帶秦念快步走了出去。

就在這條巷子裡，隔著兩戶人家，正是這大嬸的家。

大嬸說她丈夫姓薛，她姓趙，丈夫在京城開了間賣糧油的小鋪子。

京城的一些小門小戶會將家裡閒置的馬車、驢車拿出來租賃，好賺點家用。所以，這會兒秦念要用車，薛趙氏高興得很。她家的馬車平時在附近的客棧掛名，碰到客人要用車，客棧便得了提成，平時倒也有些生意，但恰好這兩日馬車閒在家中。

薛趙氏令家中老僕將馬車趕出來，馬車看起來還算不錯，車身上烙著一個大大的薛字。

秦念和褚瓚坐上馬車，對薛家老僕說，去南頭大街的沈府。

薛趙氏一聽南頭大街的沈府，頓時驚了。

但凡城東的老人都知道，南頭大街沈府就是公主府。

薛趙氏想起秦念是位醫女，驚訝地張大嘴巴。「姑娘，妳莫不是近來名揚京城的神醫姑娘秦念吧？」

秦念看向薛趙氏。「我名揚京城了？」她知道她有些出名，卻沒想到她的名聲已經傳到城東，連這七彎八拐的小巷子裡的人都聽說過她。

薛趙氏道：「看來姑娘就是了。哎呀，這下可好，姑娘能救活大公主的公子，奚平那小子，定當也是沒問題的。」

秦念道：「嬸子，我還有事，先走了啊！」

薛趙氏拍著馬身，對家僕道：「你得穩著點趕馬啊，這車上坐的可是神醫秦姑娘，是公主府的貴人。」

老僕啞著嗓子應下。

薛趙氏看著馬車朝巷子口行去，一臉歡喜地趕回了秦念的小院子。

南頭大街的沈府，秦念拿出大公主送的玉珮，門口的侍衛立時讓她和褚璝進了府門。

大公主雖給了這般禮遇，但秦念還是讓侍衛先去通稟，待到侍衛回到門口時，才進入府中的瑜園。

沈季一見著秦念，便歡喜地跑到她面前，拉住秦念的手，癟著嘴道：「念兒姊姊，妳去哪裡了呀？季兒好想妳！妳能不能留在我家，不要再走了？」

秦念先是躬身向大公主行禮，這才蹲下身，撫著沈季的小肩膀，笑道：「季兒，念兒姊姊在城東安了家，以後有空就會來陪你玩。」

沈季立時跳起來，一臉歡喜地說：「好呀好呀，以後念兒姊姊可以經常來看季兒了。」

秦念逗了沈季一會兒，這才起身，看著大公主，神情嚴肅。

大公主看出秦念是有事來找她，於是叫丫鬟帶沈季出去玩，將秦念請進茶室。

秦念跪坐在蒲墊上，看著丫鬟添爐煮水，另一個丫鬟從茶罐裡取出茶葉，放入茶碾，再碾成末。

她把目光移到大公主身上，從腰間取出卷軸，展開來。

「大公主，這畫上之人，便是楚鏡啟？」

大公主表情無一絲波瀾，淡然一笑。「妳很聰明，僅僅憑著幾位婦人所說，便能推斷出，韓啟就是楚鏡啟。」

秦念縱然早已有準備，但心情還是激盪不已，回想起大公主的話，微愣了一會兒，才道：「您一直在暗中監視我？」

大公主又是一笑。「念兒姑娘，妳說錯了，本宮不是監視妳，是在保護妳。」

秦念呆住。「保護？」

大公主微嘆一聲。「唉，念兒姑娘，說妳聰明，妳在某些事情上的確是聰明；但說妳笨，妳在某些事情上又笨得可以。」

秦念無言了。

大公主微微偏頭。「酒離。」

一名身著玄色衣裳的瘦高男子自門外走進，面容清俊，一雙黑眸之中，是慣有的精明和尖銳。

男子向大公主作揖。「大公主。」

大公主慵懶出聲。「酒離，你給念兒姑娘說說，近來為念兒姑娘擋了多少煞氣。」

酒離拱手點頭。「諾。」目光轉向秦念。「初八那日，秦姑娘在醉仙居附近的客棧住宿，有刺客潛入，欲對姑娘不軌，次日那刺客死於小巷。」

秦念聞言，心中驚駭。

她猶記得，那日一早從客房出來，便聽聞隔壁巷子有一男子，穿著一身夜行衣，衣衫不整，慘死於小巷。

莫非那人就是刺客，是酒離殺死刺客，救了她？

不，是大公主救了她。

酒離接著道：「三月初九，秦姑娘騎馬前往城東，在剛入城東之時，於街市被一群乞兒行竊，後被人毒馬，在下並未出手相助。」語氣一頓。「三月初十，秦姑娘入住客棧，有刺客，未進店便被在下打殺出去。三月十一，安。三月十二，姑娘夜裡與弟弟在麵館吃麵，坐對面的刺客欲下毒，被屬下調換，那刺客在出店後被毒死。接下來數日，安。

「昨夜，姑娘住在奚府偏院，有三位刺客欲進院行刺，被屬下攔殺。如今，秦姑娘安坐在此。」

酒離稟報完，轉臉看向大公主，拱起手。「大公主可還有事吩咐？」

大公主微抬廣袖。「下去吧！」

酒離應下。「諾。」

這會兒，秦念已是冷汗直冒，背脊發寒，看著大公主。

「大公主，我這是惹了誰？」

大公主抿一口丫鬟剛烹出來的茶湯，入喉之後，輕笑一聲。「妳呀，唉，真是……在妳之前，本宮邀遍京城名醫，甚至宮中的太醫令來替季兒看診，但他們皆未能醫治好季兒，反倒被妳一個外地來的小姑娘看好了。」

秦念蹙眉。「是京城的那些名醫想殺我？可他們是醫者，醫者父母心，怎會做出這等惡事來？」

大公主又是輕笑一聲。「念兒姑娘，妳這會兒要長點見識了，這名醫靠的是什麼呀，那可是名聲，妳一來便毀了他們的名聲，叫他們如何不氣？當然，不是所有的名醫都會行這種惡事，只有兩、三家會有如此卑劣的行徑。」

秦念咋舌。「醫者還能請刺客，也真是可怕了。」

大公主笑道：「京城中，看似不入流的醫者，背後之人卻是士家大族，三公九卿。」

大公主說醫者不入流，秦念一點都不生氣，如今醫者地位低下，與商人一樣，都是不入流的。

大公主接著說：「所以，念兒姑娘，本宮還是勸妳盡早離開京城，免得哪日酒離保護不周，讓妳丟了小命，就可惜了。」

第一百一十二章

秦念突然發現，大公主七彎八拐的，竟是岔開了楚鏡啟的話題。

「不，大公主，在沒有找到韓啟之前，我是不會離開京城的。」秦念目光緊緊地盯著大公主。「念兒想，大公主一定知道，韓啟就是楚鏡啟。」

大公主迎視秦念審問的眼神，忽地哈哈笑出聲。「罷了罷了，本宮便告訴妳吧！與妳在白米村相處了將近兩年的韓啟，正是本宮的弟弟，楚鏡啟。」

她說罷，美眸微肅，瞳仁一動也不動地注視著秦念。她一直很好奇，楚鏡啟那個木訥小子，從小就不與姑娘家親近，怎會對這小姑娘如此上心？聽下面的人傳來的消息，楚鏡啟在白米村，可是把秦念當成眼珠子在疼愛的。

縱然秦念已經確定了八、九分，但此刻聽到大公主如此肯定的話，心中還是不由血氣翻湧，按捺不住，想要知道關於楚鏡啟的一切。

「大公主，韓啟他……在哪裡？」

她始終不願承認那個寵她、愛她到骨子裡的啟哥哥是皇家中人，是皇帝的養子楚鏡啟，因為她明白，身分地位懸殊，往後她與他，再無可能。不過，她依然想知道韓啟現在的處境，想知道他是否還活著。

大公主聞言，擰起眉，沈默許久才道：「本宮也不知道，或許躲起來了吧。」語氣一頓。「也或許……死了。」

秦念的心驀地一沈，沈至谷底，那種心臟被壓迫的感覺，像是要令她窒息，無法呼吸。

「不，不會的，啟哥哥一定不會死的。」

秦念木然起身，呆呆的、癡癡的，一步一步走出茶室，走出瑜園，連向大公主行禮告辭都沒有。

大公主沒有怪罪她，大公主知道她的心疼。

褚璜跟在秦念身後，一路喊著姊姊，但秦念無力回應他。

直至上了馬車，沈季哭著跑到府外，秦念的神智被沈季的哭鬧聲拉回來，掀簾跳下馬車，蹲下身，握著沈季的雙肩。

「季兒，姊姊要去找一個人，找到他了，就來陪你玩。」

沈季止住哭聲。「念兒姊姊要去找誰？」

秦念道：「找……」你的舅舅。這幾個字未說出來，改口道：「找念兒姊姊的一位朋友，非常好非常好的朋友，等姊姊找到他，便帶他來與你一起玩。」

沈季高興地跳起來。「好哇好哇！」

告別了沈季，秦念坐上馬車，這時心裡雖然還很難受，卻沒有了悲傷。

剛剛大公主只是說，韓啟或許死了，並未說他一定死了，她為什麼要悲傷？她不僅不能悲傷，還要穩住自己的初心。她的初心是要找到韓啟，與韓啟共度餘生。只要韓啟沒死，只要韓啟沒有說不要她，她就不會放棄。不要去管韓啟是姓韓，還是姓楚；也不要去管韓啟是庶是奴，還是皇室中人，她只要知道，那個人是她的啟哥哥就成。

想到這裡，她暗暗深呼吸，恢復了平靜。

回到奚家偏院，秦念見院門落了鎖，想來是那幾位大嬸幫她鎖好的，於是從布包裡拿出鑰匙，開了門。

剛剛在回來的路上，秦念經過集市，添置了一些廚房用具和什物，另外還買了些耐放的菜蔬。

趕馬的老僕說，薛家是做糧油生意的，待會兒他回到薛家，再送糧油來。

秦念在廚房裡打掃了一陣後，院門被敲響，楮璜去開門，是薛趙氏帶著剛剛趕馬的老僕過來了，老僕肩上扛著半袋白麵粉，手上還拿著裝油膏的陶罐。

楮璜接過老僕身上的東西，放進了廚房，秦念又問薛趙氏要多少錢。

薛趙氏報的價雖比在鎮上的要高些，但她說，京城的花銷可高得很，她家的糧油，在整個城東來說，算是最便宜的了。

秦念沒多說什麼，爽快地付了錢，她相信薛趙氏不會坑她。即便是坑一點，生意人嘛，沒辦法去計較的。

薛趙氏很好奇秦念與大公主之間的事，但她見秦念一副心事重重的樣子，不好多探問，於是說過奚平吃藥之事後，便走了。

其實，薛趙氏來之前，已經仔仔細細問了老僕，老僕說秦念手中有塊玉珮，好像是大公主所賜，可直接進門的。還有，大公主的小公子特別喜歡秦念，秦念要走，還急得哭了呢。

薛趙氏聽了，便覺得，能與秦念做鄰居，她臉上似乎也沾了光似的。

回到家中後，她思量再三，又讓老僕給秦念送了條新鮮的魚過去。剛才她見秦念買來的都是素菜，這魚是她一大早在集市上買的，養在缸裡，這時已經傍晚，也沒有魚可買了。

這日天黑之後，秦念回想著酒離所說過的話，一字不漏，全記在了心上。

原來這些天她竟然經歷了這麼多的危險，幸而有酒離幫她一一化解，只是不知，現在酒離還會不會保護她。

想到這個，她猛地起身，從屋裡跑到屋外院子，朝院子四周找去，沒見著人，抬頭望向屋頂，卻見一道黑影隱於屋簷之上。

秦念乍見這黑影，嚇了一跳，但見這黑影慢慢地站起來，雙手負於身後，雖不見他面容表情，卻可見他身姿威風凜凜，似乎還能感覺到他的莞爾一笑。

「酒離。」秦念唇角彎起笑，輕喚了一聲。

酒離將手指豎在唇間，噓了一聲。

秦念對著酒離又笑了下，回到屋中，這夜她安然入睡，直至天明。

翌日清早，秦念正在梳頭，便聽褚璜在門外喊她。

「姊姊，奚伯來了。」

「好，我這就出來。」

秦念趕緊將頭髮梳好，開門出了屋子。

她見奚伯的身後還有奚平，由薛趙氏和另一位姓錢的大嬸攙著。

奚伯一臉激動的表情，抖著身子對秦念道：「姑娘，昨日平兒喝了妳熬的藥湯後，今日就沒見他流口水了，晚上睡得也很好，沒起來哭叫。」

以前，奚平時常半夜起來哭叫，經常嚇得鄰居們不得安睡。

秦念連忙上前看奚平。

奚平見到她，還是阿花阿花的喊著她，還要摸她的臉，好在兩個大嬸拉住他的手。

秦念幫奚平把脈，感覺他的脈象有了好轉，看來她用的那兩味藥沒有問題。

其實，她並沒有治癲症的經驗，醫書上也沒有特別好的藥方，她不過是根據奚平的脈象病理，再依據藥草的特性來推斷，這兩味藥或許可以治療癲症。

「這兩味藥繼續吃，一日三次，半個月後再看情況。」

秦念說著這話，有點興奮，決定要將這醫案記錄在她的行醫筆記上，待到往後醫治的病人多了，就將這些醫案印出來，這樣也能留給世人，好為民造福祉。

這一早，秦念來不及做早飯，便開始為奚平熬藥。

錢嬸看出秦念還未吃飯，就去廚房，幫她生火烙餅子。

待到奚平的藥湯熬好，秦念和褚璜也吃完了早飯。

薛趙氏餵藥湯給奚平喝時，驚奇道：「真是神了，以前奚伯拿藥回來給奚平，都是我們幫著餵的，可奚平一吃藥便會因為嘴巴歪斜而流出來。但你們瞧瞧，現在奚平喝藥，好像不太會嘴歪了。」

錢嬸也笑著點頭稱是，奚伯更是開心得像個老孩子。

秦念見奚伯手抖身顫的模樣，開口道：「奚伯，不如我也幫您瞧瞧病症，說不定能有所改善。」

這會兒，奚伯和兩位大嬸都相信了秦念的本事。

薛趙氏忙對奚伯說：「奚伯，您老還不知道吧，這位姑娘便是如今名動京城的秦念姑娘，正是她救活了大公主的兒子沈季。」

奚伯也聽說過秦念的事，沒想到租他偏院的正是神醫，如此一來，他兒子的癲症就能完全治好了。

興奮之餘，奚伯臉上笑個不停，身體卻直直倒了下去。

這下，可把兩位大嬸及秦念嚇壞了。

秦念忙上前，讓褚璜和錢嬸扶起奚伯，再拿出銀針，動作迅速地在奚伯的手指扎針放血。不一會兒，便見奚伯緩緩醒轉過來。

奚伯一醒，兩位大嬸大鬆了一口氣。

薛趙氏拍著胸口。「嚇死人了！」

秦念將手指探在奚伯的脈膊上，探過一陣後，對兩個大嬸說：「如今奚伯受不得任何喜怒，所以要儘量讓他心情平和。不如兩位幫忙把奚伯扶到他屋裡，我去藥鋪為他買藥。」

薛趙氏忙道：「行行行，麻煩念兒姑娘了。剛剛是我不對，讓奚伯驚喜過度了。」

秦念道：「薛嬸不必自責，妳也不知道奚伯會如此。」說罷，又交代褚璜去照看奚平，這才獨自出了門。

接著數日，秦念沒有外出擺醫攤，一門心思為奚家父子診病，在幾位鄰居的合力幫助下，十日後，奚家父子的病症都大為好轉。

奚平的神智清醒許多，不再嘴歪臉斜，也不再時哭時笑、喃喃自語，更不會將秦念當成阿花，只是仍常常發呆，看來還需要吃一段時日的藥來調理。

為此，秦念又根據奚平的體質，幫他開了滋補脾胃和肝腎的藥方。

奚伯的話，到底是年紀大了，雖然手沒有那麼抖了，身體也減少發顫，但還是會腿腳無力，走路緩慢。想讓奚伯的身體完全康復，不太可能，但起碼能減輕奚伯身上的病痛，延長奚伯的壽命，讓他多活幾年。

幾位鄰居都是京城的老住戶，在京城認得的人不少，因為秦念治好了奚平，還將奚伯的身體調養得比以前好上許多，便到處為秦念宣揚，於是這附近的住戶便都來找秦念，讓她幫著診病。

於是，秦念無須再去路邊擺攤，只需在院子裡擺上一方案桌，便能賺到不少診金了。

第一百一十三章

正當秦念的生活趨於平靜之時，這日傍晚，有個人出現在她的案桌邊。

已經非常疲憊的秦念手持毛筆，沒來得及抬頭便問：「姓名？何病？」每逢一位診客，她都得將診客的姓名和病況記錄在冊，以備之後翻查。

「羅禧良……相思之症。」

秦念微怔，抬眼看向頭戴玉冠、一襲灰色錦袍的羅禧良，唇角彎起。「羅大哥！」完全忽略了羅禧良剛剛所說的病症。

羅禧良也笑了起來。

秦念發現，進了皇城、成為太醫的羅禧良看起來比以前更為俊朗，氣質也變得更加溫潤，貴氣了許多。

羅禧良盯著秦念，眸光中帶著不易察覺的水花。「念兒，妳來京城這麼久了，怎麼不去找我？」

秦念又是一怔。

當初羅禧良去味園與她告別時，提過他未來的住處，好像就在城東。但她當時便想，即使她去了京城，也不會刻意去打擾他。只因她明白羅禧良對自己的情深意切，是以不能給羅禧良希望，讓他誤會。

「羅大哥，你怎麼知道我住在這裡的？」秦念刻意避開羅禧良的問話。

羅禧良道：「妳的名聲早已傳開，我很早就知道妳在京城了，只是近些日子，宮中貴人生了重病，一直挪不開身。今日我得空出了宮城，便來尋妳，隨便問上幾人，就找到了。」

城東的人雖不至於都知道秦念住在這裡，他只是湊巧問對人而已，但這也說明，秦念看的病人極多，看來每日都是忙得不得了。

京城中，尤其是在城東宮牆底下，人最多了，秦念每日看診不下百人，從早到晚，褚璜都跟著忙得團團轉。秦念還打算明日寄信回去，一來請李二叔拉一車味園自產的藥品過來，二來讓他帶上他女兒翠枝，幫著她打下手，將來也好培養成才。

秦念看了羅禧良身後的幾位診客一眼，道：「羅大哥，你先進廳裡坐一會兒，等我看完這幾位診客，再與你好好聊一聊。」

羅禧良也有這打算，點點頭，挪開位置，去了廳內。

這會兒，天將要黑了，診客不多，褚璜沒有那麼忙，便去廳裡幫羅禧良燒爐煮水。

羅禧良看著褚璜，笑道：「褚璜，你跟著你念兒姊姊，又長得壯實了，個頭也長高，怕是比你念兒姊姊還高了吧！」

褚璜笑咪咪地說：「昨夜剛量過，比姊姊高出一點點了。」兩指捏著尺寸比劃一下，十分開心。

他就想著，要趕緊長得比秦念高大，這樣才能像韓啟哥哥一樣，好好地保護她。

秦念看診快，不一會兒便看完，診客們滿意地離開了院子。

廳內，炭爐上陶壺裡的水剛剛煮開，秦念按照白米村那樣簡單的法子，給羅禧良烹了一杯茶湯，遞給他。

「羅大哥，這是我從白米村帶來的，還是以前那個味道。」

羅禧良端起茶盞啜上一口，一臉滿足地點點頭。「就喜歡這個味道。」

秦念笑道：「我還以為羅大哥喝慣了京中的好茶，不喜歡我做的粗茶了呢！」京城貴人那套繁複的喝茶手法，她可是極不耐煩的。

羅禧良飲完滿滿一盞茶湯，這才擱下茶盞，淡淡笑道：「念兒，妳做的茶，在我心裡，便是茶中極品，沒有人能比得上。」說罷，目光癡癡地看著秦念，回味自己說的這句話。

其實是妳在我的心裡，便是人中極品，沒有人能比得上。

許久未見，秦念的臉又長開了些，那雙烏黑的大眼睛，配著兩條細細的如墨秀眉，再加上越發挺秀的鼻子，和嬌豔欲滴的紅唇。要說這滿京城的女子，怕也只有宮裡的梅美人才與她有得比。

秦念撞上羅禧良熾熱的目光，連忙挪開眼。「羅大哥想必是餓了吧？」這茶消食，越喝越餓，便起身道：「要不，讓褚瑱來陪你一會兒，我去廚房……」

「念兒。」羅禧良打斷她的話。「我們去對面的福源大酒樓，邊吃邊聊。」

秦念想著，來了客人，自是要請上一頓好的，哪能吃家裡的粗茶淡飯，連忙點頭應下，又喊了豬璜，讓他趕緊去淨手擦臉，與他們一道出去吃。

近來事多，秦念每日早上吃過飯，就開始坐診，忙到連喊餓的工夫都沒有，到了天黑，早已不曉得餓。日子久了，發現胃隱隱作疼。

他們剛到福源大酒樓的三樓包廂坐下，秦念便暗暗捂著胃，強顏歡笑。

羅禧良可是太醫，一眼就發現了秦念的不對勁。

「念兒，妳是犯胃疼了吧？」

「沒、沒有的事。」

「唉，醫者不自醫，說的就是妳這樣的。」羅禧良自懷中拿出一顆藥丸遞給秦念。「快吃下吧，先止住痛，待會兒我再去幫妳熬點藥湯。」

秦念吞下止痛丸。「不必，等會兒回去，我自己弄點藥湯喝就成。」

羅禧良肅起俊容。「這事妳得聽我的。」

秦念尷尬一笑，不好再說什麼。

接著，羅禧良點了幾道菜，皆是滋養胃的清淡菜，另外再給豬璜點了幾道肉菜。

飯間，羅禧良仔細叮囑豬璜。「你念兒姊姊接的診客太多，怕是連水都沒有工夫喝，你得多注意點，隔三差五就得幫她倒水，要熱水，不能喝涼水。到了午時得加餐，可不能像在白米村那樣，一日才吃兩頓，哪有力氣幫人看診。別到時你念兒姊姊把別人治好了，自己的身子卻垮下來，便不好了。」

褚璜聽著這些話，心裡十分愧疚，連桌上一道道好吃的肉菜都不想吃了。

秦念吃過止痛丸後，胃不痛了，連忙夾了一筷子炙羊肉到褚璜碗裡。「褚璜快吃，這些日你也跟著我受累了，忙前忙後，自己連口水都沒工夫喝，哪能顧著我。」

羅禧良是太心疼秦念，這會兒也覺得剛剛對褚璜說話太重，忙把一塊銅牌遞給褚璜。「往後你們若是有事要找我，便拿著這個去宮門口，交給衛兵，他們自會進去尋我出來見你。」

褚璜拿著銅牌，仔仔細細看過，這銅牌如此厚重，刻的字也十分規矩大氣，還能憑此去敲宮門，心情便好了不少。

羅禧良輕拍褚璜的肩。「褚璜，快吃吧。多吃些，才能長得又高又大，往後你念兒姊姊才能依靠你。」

「嗯。」褚璜咬唇看著羅禧良，重重對他點頭，在心裡起誓，往後他定要把姊姊照顧得妥妥當當，定不能再讓她渴著餓著。

接著，羅禧良說了一件事，讓秦念小心京城的魏家。

「魏家，是哪家？」

秦念看著羅禧良嚴肅的表情，心道這魏家一定是大有來頭。

羅禧良道：「是當今皇后的母家。」

秦念蹙眉。「我連皇后是誰都不知道，怎麼會惹上皇后的母家？」

羅禧良往門外看了一眼，低聲道：「太醫令便是皇后的親哥哥，太醫令在妳之前為沈季看過病，妳說呢？」

太醫令可是宮廷醫者最高等級，他剛入宮沒多久，不過是小小太醫，只負責備藥。

秦念聞言頓悟，同時心中駭然，不經意間，她竟是得罪太醫令，還得罪了皇后。

她嚇得趴倒在桌上。「羅大哥，我是不是在京城待不下了？」她還沒有找到韓啟，她不想走呀！

羅禧良搖頭。「那倒未必。如今有大公主護著妳，目前魏家不敢對妳如何。再說了，若是魏家對妳下手，豈不是更丟了太醫令，甚至是皇后的臉面。」

秦念聽罷，心下一鬆。

可羅禧良又加了一句。「但妳在京城待久了，往後魏家還是會為難妳的。」

秦念急起來。「那我該怎麼辦？」

羅禧良道：「妳就好好在妳的院子裡幫人看病，別亂去其他地方。」

秦念擰起眉頭。「可是我……」

羅禧良問：「妳想去找楚鏡啟嗎？」

秦念聽到這句話，欣喜若狂。「羅大哥，你知道韓啟就是楚鏡啟？」

羅禧良見秦念表情變化如此之大，心底一沈，但面上仍是一副淡然表情，點點頭。「知道一些，並不多。」語氣一頓。「原來妳也知道了。」

秦念神色黯然。「關於楚鏡啟，我知道得很少。羅大哥，你將你所知道的都告訴我好嗎？」她迫切想知道楚鏡啟的一切。

「先吃吧，吃點東西再慢慢說。」

羅禧良說罷，也開始吃了起來，趁這工夫，好好理了理思緒。

秦念喝了點雞湯，夾著菜慢慢吃，一邊吃、一邊盯著羅禧良，生怕錯過他開口說的每一個字。

過了許久，羅禧良才不緊不慢地開口道：「既然妳知道韓啟就是楚鏡啟，那想必妳也知道，他是皇上的養子吧?皇上的養子，便是皇子。」

秦念點頭。「太子也是養子，太子與楚鏡……」不知為何，說到楚鏡啟這個名字，她覺得十分彆扭，便改了口。「他們是堂兄弟的關係。」

羅禧良盯著她。「妳是從大公主那裡打聽來的？」

秦念搖頭。「是在坊間聽說的。之前我在公主府讓大公主看過韓啟的畫像，發現大公主眼神不對勁，後來聯想起來，便去公主府證實此事，結果……」

羅禧良接話道：「結果楚鏡啟就是韓啟。」

秦念黯然頷首。她寧願韓啟只是個庶民，也不願他是高高在上的皇子。

「念兒。」羅禧良突然將聲音壓得很低。「大公主雖然對妳好，但她不值得妳信任。」

第一百一十四章

秦念聽著這句話，抬頭看羅禧良，心情驟然一沈。

「她派了暗衛保護我，對我這麼好，為何不值得信任？」

羅禧良默然許久。「與妳無關。」頓了下。「與黨爭有關。」

秦念不蠢，一聽就明白了。「大公主是太子那一邊的？」

羅禧良不說話，算是默認了。

秦念莫名覺得心底一片荒涼，連大公主都不能信任，那還有誰能信任？

再聯想到韓啟，不，是楚鏡啟。

連大公主都不幫他，還有誰會幫他？

秦念忽然想起一事，問道：「聽說韓啟是靖王的親生兒子，靖王被關起來了？」

羅禧良點頭。「嗯，如今人在詔獄大牢。」

秦念雖然知道這件事，但現在聽見，心情還是沈重萬分，畢竟靖王是韓啟的親生父親。

她想了想，又問：「那韓啟的母親，還有別的家人呢？」她太想了解韓啟了。

羅禧良沈吟。「念兒，楚鏡啟的事情，妳知道得越少越好，不然……會惹禍上身。」

秦念眼眸微瞇。「我不怕。」死過一次的人，還有什麼好怕的。

羅禧良長嘆一聲。「念兒，為了韓啟，妳是不是連上刀山下火海都不怕？」

秦念未經思索便回答道：「就算上刀山下火海，我都不怕。我只想知道，韓啟是不是還活著，他的家人是不是安然無恙。」

羅禧良又沈默許久，才道：「靖王府就在城東西大街，妳去走一趟便知。如今府裡只剩下一位女眷和一個孩子，由一對老僕服侍著，日子過得十分艱難。」

他入宮當太醫也沒有多久，後來打聽到楚鏡啟家中的事，便偷偷買了些糧食，放在靖王府門口。

身為一個在京城還沒有勢力的小太醫來說，他能做的也只有這些了。

秦念愣住。「好歹是自家親人，皇上不管的嗎？」

羅禧良輕笑一聲，知她不懂得皇家無親人，皇上兩位兄長都沒有好下場，兄長的家人，沒殺便是好的。

秦念見羅禧良只是笑笑不說話，知道自己有些愚昧無知了。

但正因為愚昧無知，她才要搞清楚，因為她想幫助韓啟。

不，是楚鏡啟。

於是，她又問：「靖王是怎麼獲罪下獄的？」

她聽說過詔獄，但凡進去的，不是脫一層皮，就是不明不白地死在裡頭，不知現在韓啟的父親是死是活，她極想知道。

羅禧良神情嚴肅，嘴唇微動，又將聲音壓得低了些。「謀反。」

秦念聞言，吸了一口冷氣。

親王謀反，按罪得誅殺，連家人都不能放過，靖王的家眷還能活命，已算是頂好了。

羅禧良又道：「不過，罪還未定下，若是定下，怕是靖王家眷也逃不過一劫。」

這頓飯吃下來，秦念毫無胃口，末了也只喝下一點湯湯水水。

羅禧良見她胃不好，沒有硬勸她吃，只叮囑褚璜，一個時辰後，再弄點粥湯給她喝。

可他還是放心不下，索性在臨走前，向酒樓買了份消夜，一個時辰後送到奚家偏院。

三人出來時，天已黑透，羅禧良送秦念回去後便告辭離開，再度囑咐秦念，如果遇到難事，定要讓褚璜拿著銅牌去宮中找他。

燈下，秦念看著羅禧良修長俊挺的背影，心道，若今日來找她的人是韓啟，那該多好！

進屋後，秦念左思右想，每日看診的人這麼多，實在令她分身乏術。她來京城的目的本就是韓啟，卻被看診之事耽擱了。

要怎樣才能既不會耽擱病人看診，又能讓她有工夫去做自己想做的事呢？

一會兒後，吃著消夜時，她終於有了想法。

翌日，小偏院的門口掛了個牌子，上面寫著：每日卯時正接診，客不過百，每日百票。

秦念也是沒了辦法，才出此下策。

這樣一來，剛開始可能會讓診客難以接受，但她想過，起初通融些，遇上急症，她會接診，不著急的，一概等到隔日。

時日久了，慕名來看診的病人就會知道這裡的規矩，依照時辰過來。另外，有些小病小痛的診客，如果不耐煩了，自會去別的地方診治。

第一日，因為規矩剛訂下，診客還是很多，通融之下，秦念還是忙到入夜。

第二日好許多，到太陽剛西斜之時，便沒了診客。

後來幾日，漸漸地，秦念只消四個時辰左右，即能看完所有診客。

這天午時過後，秦念關了院門，帶著褚璜去了城東的西大街。

靖王府的圍牆很長很長，匾額也很大，門口兩頭雄獅顯得整座府邸威風凜凜，令人不敢靠近。但熟知這裡的人都知道，如今靖王府只是空有其表了。

這幾日，她逢客便問靖王府的事，得知靖王府的女眷生了重病，怕是活不長了。

秦念在門口躊躇了好一陣，才走到門前，敲響厚重的銅鎖。

沈沈的大門被人打開，探出一張滿布皺紋的臉，看起來是位老僕。

「姑娘，妳可是有事？」

靖王府將近兩年無人來訪，昔日的友人們，經過這條大街都要繞道而行，突然來了訪客，老僕崔管家也覺得稀奇。

「我是來替楚瓔看診的。」

據秦念打聽，楚瓔是楚鏡啟的親姊姊。

楚瓔本是嫁給宜平侯府世子，但因靖王謀反入獄之事，宜平侯府找了個理由，把楚瓔和她剛生下的兒子一併送回靖王府，與靖王府劃清界線。

那時，楚瓔跟她兒子還未出月子。

崔管家心道，是誰去找醫工的，還是位女醫，怎麼沒聽說過？

但自家小姐確實病重，崔管家見秦念面容和善，手中還提著藥箱，身上也是一股藥香味，遂顧不得別的，連忙把秦念請進來。

秦念沒想到進門進得如此順利，不由鬆了口氣。

秦念隨著崔管家往後院走，見著偌大的王府裡，花園草木枯黃，一派死氣沈沈之色，心中又是一沈，想起不知所蹤的韓啟，心裡格外不是滋味。

崔管家看到秦念臉上的異色，哀嘆一聲，解釋道：「靖王府家道中落，如今除了老奴及老奴的老妻外，其他奴僕都遣散了，故而無人打理花草。老奴與老妻要照料府中大小事，也沒有工夫收拾。」

秦念聽罷，點點頭，心卻像是被一根刺扎中一樣，十分難受。

王府好大好大，說起來比南頭大街的公主府還要大。但偌大的王府，卻看不到人。

崔管家帶著秦念穿過好幾座花園，才走到一排廂房前，在門前停下。

「這間便是我家小姐的屋子，她正在裡面躺著。」

這會兒，秦念聽到屋裡傳出糯糯的童聲，看來是楚瓔那兩歲的孩兒沒錯了。

崔管家在門外輕輕喚了聲。「老婆子，快將門打開，來了位醫女，是給小姐看病的。」

泛舊的紅漆門被打開，露出一張蒼老的臉，正是崔管家的老妻崔嬤嬤。

門一開，秦念便聞到一股濃濃的血腥味，心猛地一顫，真是大病沒錯。

崔嬤嬤見秦念提著藥箱，來不及疑惑這醫女是從何而來，便如同抓了根救命稻草一般，連忙將秦念請進來，聲音裡帶了哭腔。

「姑娘，我家小姐怕是不行了，您一定要救她呀！嗚嗚……」

秦念走進屋裡，看見一個穿著舊錦衣的兩歲小孩站在榻邊，拉著床上人的衣袖哭喊。

「娘親……」

這可憐巴巴的聲音，聽得秦念心頭一哽，眼淚不小心落下來，忙幾步上前，坐在榻邊的椅子上，看著躺在榻上的楚瓔。

楚瓔面容極美，與韓啟簡直像是一個模子刻出來的，只是她的臉已經沒有半分血色，眼睛緊緊閉著，呼吸也極其微弱。

秦念把楚瓔的手從被褥裡拿出來，指腹探在她的脈上，探過一陣，心中便有了數。

幸虧她來了，不然，楚瓔活不了幾日。

「可否摘下妳家小姐的頭帽，讓我看看？」秦念看向崔嬤嬤。

崔嬤嬤有點猶豫，但還是伸手摘了戴在楚瓔頭上的帽子。

果真，正如秦念所料，楚瓔的頭髮半數脫落，已成斑禿之勢。

崔嬤嬤見秦念把完脈後，就要看自家小姐的頭，與其他醫者皆不同，看來是根據脈象，知道了自家小姐會落髮，渾濁的眼睛中多了些光彩，急急地開了口。

「姑娘，我家小姐的病？」

秦念沒回答，又問：「妳家小姐自生了孩子後，一直崩漏不止，是吧？」

崔嬤嬤忙點頭，臉上現出驚喜之色。「正是如此，我家小姐本就體弱，生孩子時，家中又遭遇變故，沒有將養好，身下便未斷紅。」

秦念微微頷首。「妳家小姐這是血虛不足，無法向上供養，才使頭髮焦黃脫落，好像花草沒有了水分及肥料的滋養一樣。也因不斷崩漏，使得脾虛而不能統血，似水土流失一般，精華不固。」

崔嬤嬤看著秦念。「那該如何醫治？」

秦念道：「先服用歸脾湯，讓她的脾胃能統血，再服用紫河車助腎氣。」說罷便走出門外，交代守在門口的褚璜，讓他去買藥。

在外面候著的崔管家卻是面露難色。「府中早已斷了奉錢，這兩年全靠著變賣府中器物和小姐的嫁妝來度日，如今已是再也拿不出東西來了。」淌下淚來，淒然道：「家中存糧只餘一個月，還是前些日不知道是誰放在門口的，怕是過了這個月，小姐與小公子，還有我們老夫妻倆，都將餓死在王府之中。」

秦念沒想到韓啟的家人已經落到這步田地，心中又是一哽，忙開口道：「老人家無須著急，我那裡有藥，拿來用便是。」

崔管家聞言一愣。「不用小姐出錢？」

秦念點頭，讓褚璜趕緊去拿藥了。

第一百一十五章

接下來幾日，秦念每過午時，就留在靖王府中醫治楚瓔。

她不僅給楚瓔用最好的藥，還拿著這些日賺來的錢，讓薛趙氏的夫君送來糧油，每日想方設法買各種魚肉給楚瓔的兒子楚翊吃，好讓他長得壯實一些。

楚翊本姓安，自從他被宜平侯府拋棄後，楚瓔便將他改成楚姓。這般改姓，就與秦念一樣，無奈之下隨了母親的姓氏。

這會兒，秦念帶著楚翊在後院為楚瓔煎藥，秦念看著這粉團團的孩子，覺得真是好看，這面容與韓啟還有幾分相像呢。

只是一想起楚翊竟被宜平侯府拋棄，便覺得心中像是堵著一口氣，難受得很。

這麼漂亮、像粉團子一樣的孩子，宜平侯府是怎麼狠得下心不要的？

藥湯煎好，秦念一手端著藥湯、一手牽著楚翊，朝著楚瓔的廂房走去。

可就在他們經過一口水井時，楚翊忽然一把抱住秦念的腿，大聲哭喊起來，秦念手中的藥湯還險些潑在他身上。

秦念覺得奇怪，這附近沒什麼可嚇人的呀！

正在廚房準備飯食的崔嬷嬷聞聲跑了出來，見孩子站在井邊，忙跑到楚翊身邊，抱起他往前走。這番動作下來，像極了那口井裡有妖怪一般。

秦念幾步上前，喊住崔嬤嬤。

崔嬤嬤抱著楚翊，緩緩地轉過頭來，對秦念道：「自小姐生了孩子後，三番兩次想輕生，一個月前，她居然抱著孩子要跳井。從此，小公子便怕極了那口井。」

秦念眉目微蹙，她為楚瓔把脈，發現楚瓔有非常嚴重的抑鬱之症。女子生了孩子，本就極易生這種病，更何況楚瓔有崩漏，所以她開的藥方中，有加入紓解鬱氣的藥材。只是沒想到，楚瓔居然還想帶著孩子輕生，此刻她看著小團子楚翊，越發覺得心痛。

楚瓔昏迷了好些天，這幾日吃著藥，身下不再流紅，臉上也有了些顏色。

前日醒轉過來，她看著秦念，神情漠然，除了孩子外，對任何事物都提不起興趣。

秦念送藥湯去餵楚瓔，楚瓔依然是一臉不情不願，但還是喝下了藥湯。

楚瓔將藥湯喝完，冷冷看了秦念一眼，涼涼道：「其實，妳大可不必救我，我這般死了，倒是解脫。」

秦念把一旁的楚翊拉到楚瓔面前，神情嚴肅。「難道就該為了妳的解脫，而不顧孩子的生死？孩子何其無辜，妳既生了他，便有責任養他，不論碰到多大的困難，這都是妳的責任。」

秦念微微一頓，補充道：「為母則強，說的就是妳。」

楚翊適時地拉住楚瓔的手，稚聲喊著娘親，一聲又一聲，在場無人不動容。

楚瓔將頭偏向裡側，咬著唇，終是哭出聲來。哭了好一會兒，扭過頭看楚翊，抬手撫著他的頭，放聲大哭。

崔嬤嬤要去勸楚瓔，秦念讓她不要去，讓楚瓔好好地哭。

楚瓔終於將心中所有委屈發洩出來，這才抱著楚翊，親著他的額頭。「翊兒，是為娘不好，往後為娘一定不再尋死，更不會讓我的翊兒死。為娘要好好活著，為翊兒而活，嗚……」

楚翊聽著母親的話，也是歡喜而泣，還拍著楚瓔的背，一聲一聲地喊著。「娘親不哭，翊兒在這。」

秦念心道，才兩歲大的孩兒，竟能聽得懂母親的話，還會安慰母親，這麼聰明的孩子，就該好好活著。

屋裡這一幕，不僅讓崔嬤嬤落了淚，連秦念都流下淚來。

之後，楚瓔的病情漸好，不過幾日，便能下床走動。

每隔數日，秦念便為楚瓔調整藥方，原先一些極不好的症狀都沒有了，身子骨漸漸好起來。不僅如此，連帶心情也好轉不少。

轉眼一月過去，天氣漸熱。

這天，一直不敢脫帽子的楚瓔將帽子取下，發現頭頂上斑禿的地方生出新髮來，頓時興奮不已，等到午後秦念過來，便讓秦念看她新長的頭髮。

秦念也為她高興。楚瓔五官十分清麗，未脫髮之前，不知是何等的美人。

秦念曾聽說過，當年宜平侯府的世子為求娶楚瓔，可是費了不少心思，後來終於得償所願，卻在靖王府落難時，對楚瓔做出如此落井下石之事，當真可惡至極。

楚瓔一直不知道秦念當初是如何到府中為她診病的，問及此事，秦念思慮許久，才如實將她與韓啟的事說了出來。

楚瓔聽了，著實吃驚，難怪秦念會對她這般好，原來是因為弟弟楚鏡啟。

秦念對韓啟不是楚鏡啟還抱有一絲希望，反覆說著韓啟的各項特徵，但很無奈，楚瓔聽罷一一點頭，這些說的正是楚鏡啟。

秦念又問起韓醫工，也就是她的師父，更是韓啟口中的爹爹。

楚瓔道：「妳所說的韓醫工，的確姓韓，他是府中的醫工，我弟弟鏡啟自小跟著他習醫習武，他是弟弟的師父。府中出事前兩日，父親讓韓醫工帶鏡啟離開京城，並讓鏡啟改姓韓，叫韓啟。從此，韓醫工便是弟弟的父親。」

秦念深嘆一聲。

「原來如此。」

楚瓔道：「我一直不知韓醫工把弟弟帶去哪裡，連父親也不知道，原來是去了長陵縣的白米村，那似乎沒有多遠啊。」

秦念點頭。「是沒有多遠。」

楚瓔目光悠遠。「我還記得年少時，曾與弟弟跟著母親去過那邊的玫瑰莊園。」

秦念應聲道：「嗯，玫瑰莊園的歐陽莊主如今是我哥哥的師父。」

楚瓔看著秦念，輕笑一下。「念兒，妳看我們多有緣分，要是我弟弟回來就好了。」

秦念也輕輕一笑。「是呀，要是他能回來就好了。」轉而又道：「他一定會回來的。」滿臉都是期待。

楚瓔聽著這話，目光中亦是帶著些冀盼。

這時，崔管家跑上前來，說門外有一位姓羅的公子求見，說是宮中的太醫。

秦念歡喜道：「他是羅大哥，也是啟哥哥的朋友。」

楚瓔忙道：「快請他進來。」

秦念看崔管家跑去開門，對楚瓔說：「當初就是羅大哥告訴我靖王府的事。」

楚瓔瞇起眼。「那妳來之前，有人送糧食來，不會是他吧？」

秦念點頭。「就是他。」

前幾日，羅禧良去小偏院找她，她問起這事，羅禧良承認了。

楚瓔遠遠見著有位翩翩公子款款走來，忙抬手正了正戴在頭上的帽子。

原本她戴的是冬天禦寒用的皮毛帽，但現在天氣熱起來，秦念便買了錦布，讓崔嬤嬤幫她縫了頂薄些的帽子。本來秦念想自己縫，無奈她一雙手搗弄藥材還可以，縫補之類的就不行了。

這帽子縫得雖好看，但這般天氣，戴著還是挺怪異的。

楚璎覺得羞人，想起身離開，秦念卻拉住她。

「璎姊姊，羅大哥本就是來探望妳的。」

「他來看我做什麼？我又不認識他。」

「你是韓啟的姊姊呀！他早想進府探望，怕不方便，之前才會把糧食放在門口就走。」

「可我……」楚璎抬手摸了下帽子。

秦念看出了楚璎的不自在，微笑道：「不妨事，無論璎姊姊怎樣穿戴，都是京城最美的人兒。」

楚璎聽到這番誇讚，不由一笑，便不打算走了，朝著已然走近的羅禧良行禮。

「楚璎多謝羅公子多次相助。」

羅禧良是第一次見到楚璎，看起來真是與楚鏡啟長得十分相像。

楚鏡啟俊美無雙，楚璎亦有傾城之姿。

他躬身抬手，行了個大禮。「在下羅禧良，見過郡主。」

楚璎忙又還禮。「羅公子不必行此大禮，我如今已不是郡主。」

羅禧良抬臉看著楚璎，正色道：「靖王府還未定罪，皇上也還未下旨奪取您的封號，在下自然還是要稱您一聲郡主的。」

一旁的秦念看著這兩人你一言我一語的，竟是十分和諧，站在一起也極為相配，唇角不由彎起，心中已有了些主意。

第一百一十六章

羅禧良與楚瓔見過禮後，目光又落在秦念身上，肅然道：「今日我在宮中聽到一件消息，不知真假，特來說與你們知曉。」

秦念見他這般神情，便斷定是與韓啟有關，連忙問道：「什麼消息？」

楚瓔也擰著眉頭盯著羅禧良。

羅禧良道：「聽說漠北有一小將，帶著幾千騎兵與匈奴數萬騎兵對戰十數次，每次都能以少勝多，後被授予中郎將。接著又是幾次大戰，逢戰必勝。一個月前，皇上命人帶著授印前往漠北，要封那小將為鎮北將軍，結果那使者去後，發現那小將像極了楚鏡啟。昨日皇上得知消息後，立時派人去查。」

秦念和楚瓔聽著這番話時，幾乎屏住了呼吸。

等羅禧良說完，秦念興奮道：「他還活著。」

楚瓔卻是滿面擔憂。

羅禧良看著楚瓔。「郡主可是擔心太子？」

楚瓔點頭。「嗯，皇上知道了，那太子也一定會知道。皇上會派人去，那太子也一定會派人去。」

秦念對於這兩黨相爭，完全是一知半解，此刻只能安安靜靜地聽著兩人說話，好從他們口中聽出些東西來。

羅禧良道：「皇上想必是會保護楚鏡啟的。」

楚瓔亦覺得如此。「嗯，皇上雖對我家不聞不問，對我父親無情無義，但他需要制衡兩黨，自不會讓太子一黨獨大。」

秦念聽著這席話，才算是聽出些道理來。

羅禧良說：「我能知曉的，也就是這些了。」將捧在手中的錦盒遞給秦念。「這是一株千年人參，妳熬進藥湯裡給郡主服用。」

秦念打開錦盒，看著裡面的千年參，又抬頭看羅禧良。「這株人參好眼熟。」

羅禧良彎唇笑道：「昨日有人送了這株人參到我家縣城的醫館，讓醫館夥計務必送到我手中。夥計以為這人參是宮裡貴人要的，昨日夜裡便送過來。」看著錦盒裡面。「我在盒子裡看到一張字條，這是韓醫工讓我轉交給郡主的。」

秦念聽到這人參是韓醫工託人送到京城的，欣喜不已，起碼他人還好好的。只是，他現在是在長陵縣？還是京城？還是漠北？卻不能知曉。

楚瓔有些疑惑地看著羅禧良，又看著秦念。

秦念解釋道：「我剛跟師父學醫時，與韓啟一道去深山老林，採到了兩株千年人參，一株給我母親服用，另一株則送給師父。沒想到，師父竟一直留著這株人參。」

羅禧良又將揹在身上的小包袱遞給秦念。「這裡面有一些滋腎養髮的好藥材，那株何首烏也有上千的年頭，是頂頂好的，妳把它熬給郡主吃。」

秦念接過包袱，點點頭，轉念一想，又問：「這千年何首烏，是從宮中而來？」

羅禧良搖頭。「是從我家醫館拿來的。」

楚瓔看向羅禧良。「羅公子，千年何首烏，如此貴重……」

羅禧良抬手打斷楚瓔。「郡主不必客氣，妳是楚鏡啟的親姊姊，楚鏡啟又是我的朋友，這般關係，我定當要為他照拂妳才是，不然便是我無情無義了。」

楚瓔聽得這番話，美眸之中盈起淚花。「若不是念兒與羅公子，我與我兒怕是……」說著，眼淚已然掉落下來。

秦念忙撫著楚瓔的肩，安慰道：「一切都會好的，都會過去的。」就像她，曾經被康家人坑成那樣，最終她贏了，成為一位名醫，短短時日便能立足於京城。

羅禧良見楚瓔哭起來，頓時亂了方寸，忙道：「那在下便不打擾郡主養病，若有楚鏡啟的消息，我自會再來。」對楚瓔躬身拱手，又看了秦念一眼。「告辭。」

其實楚瓔很想留羅禧良坐一會兒，但見羅禧良轉身便要走，不好再留，於是抹去眼角的淚水，與秦念一道將羅禧良送到門口。

待羅禧良走後，秦念去廚房將那株千年人參和千年何首烏切成片，打算明日拿來煲。

秦念切著藥材，想著韓啟在漠北之事，心中激盪不已，一時喜，又一時憂，怕真如楚瓔所說，太子也派了人去，會殺了他。

怎麼辦？怎麼辦？

此刻，秦念真巴不得自己有雙翅膀，能飛去漠北。

可她對軍中之事一無所知，漠北這樣大，她不知韓啟會在哪裡。

這夜，秦念臨走之前，楚瓔見她一副心神不寧的樣子，知她是在擔心韓啟，便道：「妳放心好了，皇上會護他周全。再說我弟弟本就是極聰明之人，定然知道皇城中人已知曉他的所在，必會有所防範。」

秦念聽著這些話，終於安下心。回想方才她要去漠北的想法，現在只覺得那是蠢。正如楚瓔所說，韓啟必會有所防備，若她去了，豈不是添亂？還是在京中等候消息吧！現在她需要做的，就是替韓啟照顧好他的姊姊和姪子。

秦念回到奚家小偏院，瞧見褚瓚帶著個女孩在院裡候著她，她定睛一看，正是翠枝。

這時，李二叔也從藥房裡走出來，看到秦念，忙道：「念兒，我把從味園拿來的藥都歸置藥房了。」

秦念知道李二叔今日會送貨來，便把褚瓚留在家裡。

秦念忙問褚瓚。「給李二叔烹茶喝沒有？」

褚璜點頭。「烹了。」

李二叔走到翠枝身旁，笑著對秦念道：「念兒，今日我過來，還有一件事。」看了翠枝一眼。

秦念也看向翠枝。「你是想讓翠枝留在京城？」

李二叔點頭。「我這閨女也是個聰明伶俐的，留在妳這裡，也好與妳學點本事，長點見識，總比待在白米村要強。」

秦念秀眉卻是微蹙。「可是……」

之前她想讓翠枝過來，跟著褚璜一起幫她打下手，但後來一想，她在京城危機四伏，雖有酒離保護，也怕有個萬一，是以後來捎信回家時，並未提及此事。

李二叔見秦念沒有很爽快地答應，以為是不想收下翠枝，便忙打著哈哈道：「念兒這裡若是不差人手，就當我剛剛的話沒說過。」

秦念搖頭。「李二叔，你誤會了。其實我很需要翠枝在這裡幫我打下手，只是如今我的處境十分危險，剛到京城就得罪了不少人，而且還……」得罪了皇后。但這句話她沒敢說出來，怕嚇著李二叔。

李二叔一聽，原來是這個原因，想了想，低頭問翠枝。「妳想待在這裡嗎？」

翠枝嘟著小嘴。「爹爹，我想跟念兒姊姊一起識字讀書。」

李二叔道：「傻丫頭，念兒姊姊在村裡建了學堂，還請了先生，在村裡讀書也是一樣的。」剛聽秦念這般說，出於私心，他怕翠枝會有危險。

翠枝見要回白米村，頓時哭了起來。「不，我就要留在這裡跟著念兒姊姊，我要同念兒姊姊學醫，成為像念兒姊姊一樣的醫女。」又扯著秦念的袖子。「念兒姊姊，我很勤快的，我能做飯給妳吃，還能打掃，妳讓我留在這裡好嗎？」

秦念撫著翠枝的頭，笑著道：「念兒姊姊也很想讓妳留在這裡呀，但這裡真的很危險。剛剛妳也聽到了，姊姊在這裡得罪了貴人，怕連累到妳。」

翠枝又嘟起嘴。「我不怕，我都十一歲了。爹爹經常帶我進山打獵，我會射弓箭，箭術十分好，每次上山都能獵到小動物。」

這一點秦念是知道的，翠枝自五、六歲就跟李二叔上山打獵，小小年紀，箭術的確十分了得。不僅如此，翠枝的性格也不錯，像她娘一樣能幹，像她爹一樣會處世。

李二叔見女兒十分想留在這裡，只好跟秦念說：「念兒，妳就留下翠枝吧，也算是讓她歷練一番。」

他實在不想讓女兒像別家閨女一樣，到了嫁人的年紀就嫁出去，伺候一大家子，還要生兒育女。

生兒育女雖是應當的，但要看在什麼人家。翠枝在這天子腳下待著，或許哪一天會遇上貴冑少年，就算沒有這樣的機遇，嫁給小商小戶，也比留在山溝裡強。

至於秦念說的危險，反過來一想，富貴險中求，人活一世，人命在天。他覺得秦念很有本事，定會護女兒周全。

秦念見李二叔都這般說了，不再拒絕，以免顯得她小氣，讓李二叔誤會，於是攬著翠枝的肩，向李二叔保證。

「如果翠枝不怕，便跟著我，往後我定會盡力護著她。」

李二叔聽著秦念這話，欣慰地點點頭。

接著，秦念又問了些母親的事，母親的肚子越發大了，但日子好過，繼父也照料得好，只等秋日時生產。

第一百一十七章

這夜，李二叔留宿在小偏院，與褚璜同住一個房間。

秦念則將那間閒置用來當藥房的房間整理出來。那間房很大，秦念想著，到時找人多隔出一間房來，便可以當成小房間來用，這樣與藥房分開，也不會顯得那麼雜亂。

不過，小房間給翠枝一個小女孩住，太委屈她了，於是她與褚璜商量，等李二叔明日走後，便讓他搬到小房間，讓翠枝住他現在的地方。

褚璜自然是沒有意見的，很爽快地答應了。

次日，李二叔臨走前，秦念再三囑咐，萬萬不能將她在京城的處境告訴母親，免得母親擔心。

李二叔自然知曉其中的道理，滿口答應，只報喜，不報憂。

秦念又讓李二叔回家後與母親說，入秋後她會回家一趟，照料母親生產。再將鎮上買不到的零嘴和一些小玩意兒放在馬車上，讓李二叔帶回去。

這些東西裡，還不乏上好的胭脂水粉，是送給村裡那些待嫁姑娘的。

自此，奚家偏院醫館因為有了能幹的翠枝幫忙，秦念輕鬆了許多。

秦念發現，翠枝真是比她想像的還要能幹。

有了翠枝在，院裡屋裡，不管哪個角落都是整整齊齊，她做的飯菜也很可口。

另外，現在小偏院已成了正正經經的醫館，診客們不用在外面買藥，小偏院的藥非常齊全，而翠枝也堪稱抓藥小能手。這樣一來，秦念看診的動作也能加快了。

由於秦念的名氣越來越盛，來找她看病的人越來越多，於是她將每日的看診人數從一百增加到一百五，大概能在中午看完。

這些日子，秦念一直在等羅禧良的消息，可羅禧良來過靖王府幾趟，都只是送些滋補品給楚瓔，並沒有提到韓啟的事。

時間一晃，入了秋，到了秦氏臨產的時日，秦念還回了趟白米村，幫助她生下個大胖小子來。

原本秦念還想在白米村伺候母親坐月子，但秦氏知道，京城的醫館跟靖王府少不得她，生下孩子隔天，便讓她回了京城。

秦念又等到八月中旬，羅禧良才送來關於韓啟的消息。

不，應該改口叫楚鏡啟了。

為此，秦念一百個一千個不願意，她只希望啟哥哥還是以前的韓啟，是韓醫工的兒子，而不是皇帝的養子楚鏡啟。

皇帝的養子，不論處境如何糟糕，都是皇子。而她，不過是一位身分卑微的醫女。

靖王府前院廊下，羅禧良朝楚瓔作揖行過禮後，才道：「在下聽到消息，楚鏡啟領著十萬大軍，已經到了城外駐紮，明日便會進京面聖。」說罷，看了楚瓔身旁的秦念一眼。

「這麼快。」楚瓔興奮之餘，也非常意外。「之前一直沒有鏡啟的消息，怎麼明日忽然要進城了？」

秦念咬著唇，急得巴不得現在就跑到城外去找楚鏡啟，但她得忍耐，畢竟這裡是靖王府，身旁站的是暫時未被奪去封號的郡主楚瓔，她不想失了自己的體面。

更何況，明日將要進京的是楚鏡啟，而不是原先的韓啟。

羅禧良聽著楚瓔的問話，低下頭。「在下不過是一介小小太醫，能打聽到的，也只有這麼多。」

楚瓔嫣然一笑。「鏡啟能安然回來，已是幸事，又何必去計較那些彎彎繞繞的事。」微微彎身，拱起手。「多謝羅公子送消息過來。」

羅禧良道：「郡主不必客氣，在下還有事，先走了。」

秦念心裡裝著事，也向楚瓔告辭。

羅禧良見狀，立時溫聲說送她回去。

楚瓔仔細觀察羅禧良看秦念時的眼神，心中莫名有點失落。

漫漫青石長街，夜燈之下，羅禧良和秦念的身影被拉得老長。

「念兒，妳的啟哥哥終於回來了，妳不必再日夜思念。」羅禧良這句話裡，是滿滿的酸楚味。

此刻秦念的心情仍十分激動，但也很怕即將真正失去她的啟哥哥，望著遠處街頭的盞盞燈籠，喃喃道：「只可惜他是楚鏡啟，不是韓啟。」

羅禧良側目看著她，燈火將她精緻的面孔蒙上一層淡淡的光華，深吸一口氣。「一樣的，韓啟就是楚鏡啟，並無區別。只是……」

秦念迎視羅禧良的目光。「只是什麼？」

羅禧良道：「他此番回京，怕是還處於險境。方才不敢跟郡主說，聽聞他這一路上，多次遭到埋伏，幸好皇上派了一隊暗衛護他。但到了京城便不一樣，人多眼雜，他自保且難，更何況要護著妳。」語氣微頓。「念兒，我很擔心妳的處境。」

秦念長吁一口氣。「且等他回來與我見面再說吧。」

今後的事情，誰又能說得清？倘若啟哥哥還是原先的啟哥哥，她與他一道赴湯蹈火，又有何不可？

這夜，秦念輾轉難眠。

翌日，秦念要看診，便讓褚璜天剛亮就去城門口守著。

褚璜想讓她關門一日，與他一道去城門，但她不願失信於診客，更不敢耽擱這些診客的病情。而最根本的是，她不敢面對現在的楚鏡啟。

將近午時，小院還有三三兩兩的診客，褚璜忽然衝進小院，氣喘吁吁。

「姊姊，啟哥哥死了。」

秦念一怔，手中毛筆掉落黃麻紙上亦不知，直到翠枝跑到她身旁來，衝著褚璜罵。

「阿璜哥哥，你瞎說什麼呢！」

褚璜不懂掩飾，是個直腸子，道：「是真的，鎮北將軍進城，走在前頭的確是一副棺木，並未看到啟哥哥。人家都說，那棺木是鎮北將軍的。」

小小的翠枝十分有主見，忙揮手。「你再去探探消息，探清楚一些。」

秦念道：「不必了，我趕緊看完病人，再一起去。」她要親自去瞧瞧，那棺木到底是不是楚鏡啟的。

片刻後，連接城東與城西的橋邊，秦念遠遠見著一列軍隊，自城西慢慢向東走來。

正如褚璜所說，走在前頭的，是六位士兵所抬的棺木。

這棺木很平常，不夠豪闊，卻像足了韓啟的性子。

橋頭眾人議論紛紛，多數人都在掩面而泣，說著鎮北將軍是戰神，死得可惜之類云云。

秦念卻不懂得哭，她不信，不信她的啟哥哥就這樣死了。

棺木領著軍隊從秦念身邊走過，秦念的確未見到楚鏡啟的身影，心中十分不安。

正當秦念思量要不要想辦法去求證一番時，便見楚瓔牽著楚翊跑過來，崔管家與崔嬤嬤跟著跑得氣喘吁吁。

「阿弟，阿弟……」楚瓔衝到棺木前面，攔下軍隊。

「這棺中，當真是我的阿弟楚鏡啟？」

一位列於棺木之後、騎著大馬的小將下馬，走到楚瓔前面，先是恭敬地行禮，才道：「郡主，棺中之人，的確是鎮北將軍楚鏡啟。」

楚瓔聞言，身子一軟，倒了下來，身後的兩位老僕連忙扶起她。

此刻，秦念如同挨了當頭一棒，腦子一片空白。

她就這樣在橋頭杵著，看著老僕們帶走楚瓔，看著軍隊從她的視線漸漸消失。

「姊姊，啟哥哥當真死了。」褚璸抹起眼淚哭出聲，像個小孩子。

翠枝也忍不住哭起來。「啟哥哥那麼好一個人，竟就這樣歿了，嗚……」

秦念的腦子轟轟作響，完全聽不明白旁人在說什麼，只知道挪著步子，一步一步地往家的方向走，每一步沈得如注了千斤鐵。

待回到奚家偏院，秦念讓翠枝掛了個牌子出去，說醫館歇業。

接下來，秦念便躺在床上，腦子裡亂轟轟的，但出現最多的，便是她與韓啟在一起相處時的片段。

這些片段令她時笑時哭，笑起來整個小院都能聽得到，哭的時候，則是一聲不吭，默默流淚，偶爾發出幾聲低泣，屋外的翠枝和褚璜都知道她是在極度地壓抑自己。

翠枝為了讓秦念開心些，準備很多好吃的，但秦念不飲不食，可把她嚇壞了。

因為秦念一直關著門，不讓翠枝和褚璜進去，褚璜便說要破門，要是秦念不吃飯，他也不吃，跟著秦念一起絕食。

果真，秦念一頓不吃，褚璜就一頓不吃；秦念不喝水，褚璜也不喝水。

這般到了第三日早晨，氣若游絲的秦念起身開了門，對門外橫躺著的褚璜說，她渴了，她餓了。

褚璜是在山裡長大的野孩子，時常一連幾天不吃，在山裡迷了路，找不著水源時，也只就著早晨的露水舔一舔，所以這時的他雖已身體不適，但還是很敏捷地從地上爬起來，忙跑去廚房幫秦念倒溫水，又去翠枝屋裡喊人，讓她做粥湯。

當褚璜端著一碗水給秦念時，秦念卻只抿了一小口，轉而把水遞到褚璜面前。

「褚璜，讓你跟著我受苦了，你喝吧！」

褚璜又把水杯推回秦念面前。「姊姊喝完了，我再去喝。」

秦念見褚璜如此說，吞了吞口水，將水杯裡的溫水慢慢喝下去。

這會兒，翠枝也從屋裡跑出來，見秦念終於開了屋門，也願意喝水，鬆下一口氣。

「姊姊，妳等著，我這就去給妳煮粥湯。」她走了兩步，回頭一看，見秦念披頭散髮，雙眼紅腫，又喊褚璜。「你先打水給姊姊洗臉。」

褚璜道：「容我先喝口水。」他渴呀！

翠枝看著褚璜，也是心疼，不再說話，去了廚房。

第一百一十八章

秦念吃過粥湯，又去床上躺，直至入夜時，翠枝在門外說，有人要看診，說是得了心絞疼，難受得很，問秦念要不要開門？

「去開。我梳洗一下就出來。」

「好，姊姊把衣裳穿整齊些，來人是京中貴人，可別失了體面。」

秦念聽著翠枝這話，心道京中貴人來看病的可多了，怕什麼失體面，再說人家得了心絞痛，更是耽擱不得。

她傷心難過足足三日，今日想通了。

既然韓啟歿了，她得把他的家人照顧好。如今楚瓔孤苦無依，她若是不管，誰還能管。

她洗去臉上的淚水，從衣櫃裡拿出一套素灰色的衣裙穿上，將頭髮稍稍梳直，簡簡單單地用髮繩繫好，便趕緊打開了門。

奇怪的是，門外並沒有診客。

「翠枝……緒瓚……」

秦念喊了幾聲，無人應答，心一緊，莫不是出事了吧！

自她去靖王府幫楚瓔治好病後，便去了公主府一趟，請大公主撤回酒離。

之所以如此，不是她不怕死，而是她覺得，既然大公主是太子一黨的人，那她應該與大公主劃清界線。

大公主待她是極好的，勸說了幾句，見她堅持，就答應了，後來酒離便沒有在奚家小院的屋頂上出現過。但之後也平平安安，沒有出過什麼事。

秦念猜想，定是那些想整治她的惡醫們知道大公主在護著她，不敢動手了吧。

院門是開著的，秦念舉步便想往外衝，但因她整整兩日未進水米，頭腦有點發暈，扶著院門，待到暈眩消失後，才提著裙襬往外找去，邊找邊喊。

「褚璸，翠枝……」

她去敲奚家大門，奚平開了門。

現在奚平已經康復，還在城裡找了份替人寫字看帳的活，賺點小錢過日子。這會兒天色已經全黑，他剛收工回家。

「平大哥，你有見到翠枝和褚璸嗎？」

奚平搖頭。「沒有。」雖是治好了病，但他的性格仍是很內向，話少，語氣也是淡淡。

秦念憂心忡忡，扭頭朝巷口跑去。若是翠枝和褚璸被人拐了，定會往巷口走的。

暗夜裡，秦念提著裙襬衝到巷口時，眼前忽然一暗，身子一重，撞進一個溫熱的懷抱內，頓時嚇了一大跳，正想推開，卻發現這人身上的味道有點熟悉。

她猛地一激靈，抬頭看去，卻被此人俯身咬住唇……

「唔唔！」

秦念掙扎兩下，但整個身體隨即鬆軟下來。唇間的味道她雖不熟悉，但此人的氣息，卻是再熟悉不過。

是啟哥哥，是她的啟哥哥。

兩人對於親吻都不是很熟練，但很快便找到感覺，順勢而下，一發不可收拾。

楚鏡啟雙臂環著秦念，臂膀也因為激動而越收越緊，緊到秦念幾乎無法呼吸。

秦念趁勢咬住楚鏡啟的舌頭，含糊不清地呢喃道：「啟哥哥，真的是你嗎？是不是我在作夢？」

楚鏡啟抬手扣緊她的後腦勺，忍不住又是一番親吻，吻過好一陣，才鬆開手，在燈籠的微光下看著她，喃喃道：「念兒，是時候了。」將她打橫抱起，朝巷外走。

秦念瞥過巷外，滿眼的紅，一派喜氣洋洋的樣子，像是滿城都掛了紅燈籠，披上紅綢。

「啟哥哥。」

「念兒，今夜我要迎妳入府，當我的新娘。」

秦念暗掐了下自己的大腿，發現這真的不是在作夢。

她看著朝思暮想數年的韓啟，發現他長得高大許多，又更俊了些，輪廓更深，劍眉星目，多了幾分男人的味道。

此刻兩人這般緊緊抱著，一點都不尷尬，似乎本就屬於彼此。

這會兒，翠枝和褚璜跑過來。翠枝手中還抱著一身衣裳，燈火下，紅豔豔的極為豔麗。

楚鏡啟放下秦念，讓翠枝將她手中的紅嫁衣套在秦念身上。

秋意寒涼，嫁衣一上身，秦念便覺得溫暖不少。

她抬眼一看，天上月亮正圓。

楚鏡啟循著她的目光往上看。「十五的月亮，十六圓。念兒，今日是妳的生辰，也是妳我的大喜之日。」

秦念看著如玉盤般的月亮，淚水流淌下來，哽咽道：「原來今日是我的生辰。」

他們身旁有輛大馬車，亦被裝飾得格外喜慶，大紅綢子罩著車頂，連車簾都是紅色的。

楚鏡啟把秦念抱上軟香的馬車，馬車緩緩啟程。

秦念突然大喊一聲。「停！」

馬夫勒住韁繩。

楚鏡啟問：「念兒，怎麼了？」

秦念眯起眼，盯著楚鏡啟。

馬車內的四角各安放著四盞燈籠，燈火下，秦念怔怔地看著楚鏡啟出神。

「念兒，怎麼了？」

「不，你不是韓啟。」

「念兒，我是妳的啟哥哥。」
「不，你不是。」
秦念猛地掀簾跳下馬車，卻因身體虛軟，一跳下車便腦子空白，陷入混沌，昏了過去。
待到秦念醒轉過來時，發現自己躺在一間典雅寬整的屋子裡，翠枝正趴在床沿打瞌睡。
「翠枝。」
翠枝被這聲呼喊嚇得從夢中驚醒，見秦念醒了過來，連忙歡喜地喊著。「念兒姊姊，妳終於醒了。」
秦念側頭打量廂房，問她。「這是哪裡？」
翠枝道：「靖王府。」忙去倒水給秦念喝。
秦念喝了水，又問：「我睡了多久？」
翠枝回答。「足足一日一夜。姊姊，妳是因為之前餓壞了，身體不支才暈倒的。」
秦念突然想起她暈倒之前的事，尤其是她出巷口的那一瞬，她被楚鏡啟抱著親吻，腦子裡又是一轟。
「前夜的那個人，真的是楚鏡啟？」
翠枝忙笑著點頭。「是啊！念兒姊姊，啟哥哥真是太好了，那夜本來他是要娶妳的，當時整個城東十里長街布滿了紅燈籠，氣派得好些人都說從未見過。」說著，嘴一癟。「可惜念兒姊姊暈倒了。妳也暈得太不是時候，原本那夜妳可以與啟哥哥洞房花燭，結果……」臉色即刻從晴轉陰。

秦念從翠枝的神情中看出了不好的東西來。「結果什麼？」

翠枝癟嘴。「妳還是去問郡主吧，我這就去請郡主過來。」

「別。」秦念撐著身子坐起來，她還有好多問題想問，得讓她去找楚瓔才行。

翠枝忙把几案上的參湯拿過來。「念兒姊姊，妳先將這碗參湯喝下去，有了力氣，才能去問這些事。」怕秦念因為氣結，又不吃不喝，身子再度倒下。

秦念乖乖地喝下參湯，裡面的人參許是她之前切出來給楚瓔喝的千年參，一喝便覺身子有了力氣，於是連忙從榻上下來，就要去找楚瓔。

翠枝追上她，替她披了件披風，這才放行。

花園裡，楚瓔正逗著楚翊玩，偏頭見秦念走來，驚喜地起身，迎了上去。

「念兒，妳終於醒了。」

秦念在楚瓔面前頓住腳步，張了張嘴，想說什麼，但一時又不知該從何問起。

楚瓔扶著秦念的手臂。「念兒，妳才剛醒，有什麼話先坐下來再說。」她知道秦念一定會有很多問題想問。

秦念在石椅上坐下來，朝四周環顧了一眼。

楚瓔看穿她的心思。「我阿弟不在府中。」

秦念凝視楚瓔。「郡主，之前那副棺木，是怎麼回事？」

楚瓔一臉正色。「我也是前兩日才知曉，原來我阿弟在從漠北回京城的路上，遭受暗殺和狙擊，十萬大軍亦是不可靠，遂扯了個由頭，帶著幾位屬下與大軍分開行走，一直到大軍駐紮城外。那個時候，大軍裡的刺客還想對他動手，於是他佯裝被刺殺，讓屬下幫他找了一副便宜棺木，棺木入城後，直接抬去太子行宮門口。」

那日，太子從行宮裡走出來，看到那副不入眼的棺木，不禁放聲大笑。

結果，一支冷箭驟然從遠處射來，直入太子玉冠之中。

太子被嚇得魂飛魄散，踉蹌倒地，披頭散髮地大問是何人。

一位身著鎧甲的錚錚鐵漢從棺木後走了出來。

此人正是楚鏡啟。

這時的楚鏡啟雖是弱冠之齡，卻已有了與年紀不太相襯的成熟和剛毅。此刻他鋒芒畢露，絕世無雙的面容下，那副傲睨萬物的姿態令人無法忽視。

他緩步走近太子，指著身旁的棺木，厲聲道：「楚軒，原先懦弱的楚鏡啟已經死了，躲在白米村不敢示人的韓啟也死了。現在的我，是另一個楚鏡啟，是敢與你抗衡的楚鏡啟！」

他說罷，拔起地上那支箭矢，轉身而去，挺拔的背影落在太子眼底，是那樣的刺目，那樣的張狂。

秦念聽著楚瓔將此事娓娓道來，當真驚心動魄，且格外解氣。

只是，楚鏡啟這般公然與太子作對，會不會將他自己置於危險之地？

不過，細細想來，楚鏡啟忍辱負重這麼多年，又何時何處不危險？

秦念猶記得，那年他說他從山上摔下，身負重傷，跑到羅大哥那裡醫治，結果第二日便消失不見。

他離開，是為了不累及她和白米村的村民，如今回歸，還這般張揚，到底又是為何？

第一百一十九章

「對了，念兒。」楚瓔目光深沈地看著她。「有件十分不好的事情，我得與妳說。」

秦念眉頭微蹙。「什麼事？」想必就是剛剛翠枝欲語還休的事了。

「前日，我阿弟籌謀一整天，只為將妳迎娶進府，希望能給妳一個大大的驚喜。」楚瓔低頭一嘆。「可惜妳暈了過去，緊接著我阿弟被召入宮，皇上給他賜了婚，將皇后的姪女魏嫣然許給他。」

哐噹……

茶盞落地的聲音響起，秦念恍神，目光渙散。

楚瓔知道秦念一時無法接受，忙吩咐新來的丫鬟收拾碎了一地的茶盞，又拉起秦念。「妳剛起床，能走動便走動一會兒吧，好活動活動筋骨。」

秦念木然站起，隨著楚瓔在花園裡踱步，腦子裡卻是一片空白。

她不知道自己這會兒該做什麼、該想什麼？她是不是應該要後悔，後悔那時不要暈過去，後悔自己矯情，非得從轎子上下來？

楚瓔解釋道：「念兒，我阿弟本是不想接那道聖旨的，但聖意難違。為此，他與皇上都快鬧翻了，但最終……唉，他沒辦法不接受。」

「魏嫣然？」秦念突然想起羅禧良先前說過的魏家，是皇后的母家，太醫令是皇后的親哥哥。

「魏嫣然是太醫令的嫡長女，我曾在宮中見過她一次，的確如傳聞所說，才貌驚人。」

楚瓔知道此時說這話有些不妥，但她得讓秦念有準備，因為秦念很快便會見到魏嫣然。

「太醫令雖不是高官，但因著皇后的關係，魏家在京城勢力非常大。另外，魏嫣然的哥哥是郎中令，負責皇上和整個皇宮的安全。」

秦念聞言，冷抽了口氣。

魏家人都是皇帝身邊的人，而她，又算什麼？

「念兒。」楚瓔的手從廣袖中伸出來，側了身子面對秦念站著，輕握住秦念的手，柔聲道：「妳是我的救命恩人，我很想幫助妳，但我……」她一個棄婦，哪能幫得了秦念。

秦念深吸一口氣，又將之重重呼出，強作淡然道：「郡主，我沒事，我不需要幫助。」

楚瓔道：「魏嫣然的母親幾年前便不在了，她的父親和兄長長年待在宮中。昨日皇后為她向皇上求恩典，今日午後，她便會搬來靖王府。」

秦念聽罷，心中像是被一顆大石壓著，壓得她喘不過氣。

「既如此，那我這就回去，免得她來看到我，會誤會。」她鬆開楚瓔的手，又喊了翠枝和褚璜。

此刻她待在靖王府，覺得萬分難堪。

往後，她大概不會再進靖王府的大門了。

楚瓔送她到門口，又說了一句。「念兒，我阿弟想必會為妳謀個側妃之位的。」

秦念心中一滯，轉身看著楚瓔。「郡主，念兒謝謝您的抬舉，但我不過一介小小醫女，一無家世，二無功德，怎能入得了靖王府的大門？」對楚瓔行禮。「念兒前日從馬車上下來，便是覺得自己與二皇子不相配。告辭！」

楚鏡啟是皇帝過繼來的兒子，是皇子，她一沒家世二沒功德，怎能入得了靖王府大門？即便入得了，二女共事一夫，她情願嗎？

還是算了吧，她寧願一世一個人，守著那方藥櫃，也不願過那樣的日子。

另一邊，奚家偏院的門口，羅禧良已然等了許久。

秦念走近他。「羅大哥，你怎麼在這裡？」

羅禧良上前一步。「念兒，我有話想與妳說。」看了翠枝和褚瑱一眼。

翠枝頗有眼色地拉著褚瑱進去。

秦念道：「羅大哥，有什麼話就說吧。」

羅禧良問她。「念兒，楚鏡啟要娶太醫令之女的事，想必妳已經知道了吧？」

秦念點頭。

羅禧良看著秦念，默然許久。「妳打算怎麼辦？」

秦念亦是沈默，思來想去，也想不出該怎麼辦。「不知道，或許會離開這裡。」

羅禧良聞言，俊臉上有了喜意。「念兒，我們回鎮上的醫館吧！如果妳不喜歡那裡，妳想去哪，我都願意陪著妳。」終於將心中所想說出來。

秦念微微一愣，蹙起秀眉。「羅大哥，你不打算在宮中當太醫了嗎？」

羅禧良搖頭。「皇城的爾虞我詐不適合我。」

秦念問：「這樣，豈不是會讓你父親失望？」

羅禧良沈吟。「我想我父親會理解我的。」

秦念垂眸。「羅大哥，我現在心很亂。往後的事情，等往後再說吧。」

羅禧良上前，雙手握住秦念的手臂。「念兒，別說楚鏡啟要娶魏嫣然為妻，就說他現在的處境，妳也不能與他在一起。」

「念兒……」

一道熟悉的呼喚貫入秦念的耳膜，她扭頭看去，身著錦衣深袍，頭戴玉冠的楚鏡啟赫然出現在巷口，朝著她翩翩走來。

楚鏡啟走到羅禧良面前，出乎意料之外地拱起手。「羅大哥，我不在念兒身邊的時候，多謝你照拂她。」說罷，長臂伸向秦念，將她撈進自己懷裡。「現在我回來了，今後羅大哥若是有事，可直接來找我。」

羅禧良擰緊眉頭。「楚鏡啟，且不說你要娶別的女人，就說你向太子公然宣戰，還要把念兒留在你身邊，這是要將念兒置於危險之地嗎？」

楚鏡啟淡然一笑。「其實，自從念兒來到京城之後，就已經身處於危險之地了。太子一黨都知道念兒是我的人，你覺得你帶著念兒離開京城，便能安然無恙嗎？」

羅禧良愣住，秦念更是愣住。

楚鏡啟道：「最危險之地，也是最安全之地。我沒得選擇，念兒更沒得選擇。」深吸一口氣。「我會盡我所能，護念兒周全。」深深看秦念一眼。「如若不能，我自不會苟活。」

如若不能，我自不會苟活。

楚鏡啟這輕飄飄的一句話，聽在秦念耳朵裡，卻如驚濤駭浪，心中始終無法平靜。

這是一句承諾嗎？

於秦念來說，這不僅是一句承諾，更是一句生死相依的示愛。

羅禧良無力地垂下頭。「好吧，我回宮了。」轉身朝巷口走去，走了幾步，又頓住腳，似是想說什麼，但最終還是快步離開了這裡。

秦念窩在楚鏡啟懷中，怔怔地看著巷口。

「念兒。」

這一聲喊，讓秦念將神遊的思緒拉回來，將楚鏡啟一推，和他相對而站。

「啟……」她張口想喊他啟哥哥，卻喊不出來，思來想去，索性抬首問道：「如今我該叫你什麼？楚鏡啟，二皇子，還是……」

「就與原先一樣，叫啟哥哥。」

楚鏡啟蹙眉看著秦念，看出了秦念眸底深深的糾結和痛苦。

秦念搖頭。「不行，那日棺材進城時，我的啟哥哥就已經死了。如今的你是楚鏡啟，不是韓啟。」

楚鏡啟上前一步，將她禁錮在懷裡，任她掙扎也不放鬆半分。

他的下頷抵住秦念的頭，輕喃道：「念兒，我還是妳的啟哥哥，從來沒有變過。妳不要這樣對我，妳知道我在邊疆那般拚命，是為了什麼嗎？就是為了能堂堂正正地和妳在一起，永遠在一起。我每日每夜腦子裡想的都是妳，想聽妳說話，想撫著妳的頭，想牽妳的手。妳不要與我置氣好嗎？我真怕，如果失去妳，我將變得一無所有，連站起來的勇氣都沒有。」

秦念的臉緊緊地貼在他胸口上，聽著他的心臟怦怦跳動，聽著他說的這些表白的話，終是壓制不住，大哭出聲，似是要將這兩年來對他的思念以這般方式全數傾訴出來。

楚鏡啟抬手輕撫著她的頭，就像以前那樣，無論遇到什麼事，他總會這般做，好像在說：念兒不怕，有啟哥哥在，啟哥哥會護妳周全。

兩人不知在院門口抱著哭了多久，直至引來路人觀望，秦念才慌亂地從楚鏡啟懷裡掙脫出來，轉身進了院子。

楚鏡啟連忙跟進去。

小院裡，翠枝與緒璜歡喜地準備茶水，翠枝見秦念進了房間，楚鏡啟卻在房外躊躇著，便上前把楚鏡啟推進門。

小廂房內，秦念倚在榻上，見楚鏡啟進來，又見翠枝從外面關上門，頓時覺得這氛圍格外令她緊張。

楚鏡啟走到床邊，在她身旁坐下。

秦念兩手絞著衣角，垂眸道：「你我不似以前少年那般了，你還是出去吧。」

楚鏡啟這才注意到，秦念與原先大不一樣了。

以前的秦念像塊門板，瘦瘦的，一摸沒有一兩肉。

現在，他的念兒身形凹凸有致，皮膚清透如玉，也長高了，臉長開了，五官精緻。

楚鏡啟看著歡喜，不僅沒有挪開身，反而靠得更緊，莫名地還有些緊張，不經意間，身體某處有了變化。

「念兒，我想親妳……像上次那樣。」

秦念忘了剛剛在門口撕心裂肺般的痛哭流涕，更忘記了在回來的路上，還想著往後要遠離楚鏡啟，甚至要離開京城。

這會兒楚鏡啟挨著她，她感覺像是挨上了一團火，把她燒得渾身熱呼呼的。

楚鏡啟見她不吭聲，便覺得她准許了，於是傾身上前，一把抱住她。

秦念本想把楚鏡啟推開，但無奈身體太誠實，楚鏡啟炙熱如火的唇貼上來時，她滿心的拒絕變成了迎合。此時此刻，幾年的思念只想靠著這般神魂與肢體的親密接觸發洩出來，只想與對方合二為一。

他們全然忘記了，這會兒，魏家大小姐魏嫣然將要入住靖王府……

第一百二十章

靖王府門口，楚瓔牽著楚翊，看著魏家十來輛豪華馬車緩緩停下，排場還真是夠大。

楚瓔心道，雖然楚鏡啟榮勝歸來，得到不少獎賞，但說起來，如今靖王府不同往昔，以前的鋪子、田地全數變賣，府中格外寒酸，怕是會讓魏家人看笑話。

因此，對於魏家這排場，楚瓔心中帶著些不滿，這是來炫耀的嗎？

魏嫣然被一位婆子和一位丫鬟自第一輛馬車扶下來，內裡是一襲丹裳，外披彩錦披風，一對五彩琉璃耳璫，襯得她那張明豔的臉格外嬌美。

楚瓔低頭看了下自己的打扮，已是好幾年前的料子和款式，這幾年她過得辛苦，一直沒有添置衣裳。前幾日楚鏡啟回來，將皇帝賞的綾羅綢緞送給她，讓她去做幾身好衣裳，還沒來得及做。

待到魏嫣然站穩，兩名女子相對而立，一位貴氣十足，一位頗顯寒酸，兩相比較之下，魏嫣然勝過楚瓔這位昔日的京城第一美人。

但楚瓔並不在意這些，客套地對魏嫣然款款而笑，卻不知該如何稱呼。喊弟妹嗎？她喊不出，不由想起了秦念。

魏嫣然完全沒想到楚瓔會如此打扮，往王府裡掃了一眼，發現園子十分陳舊，花草衰敗，再回頭看看身後的豪華馬車，心情有點複雜。

魏嫣然亦是客套地向楚瓔行了揖禮，喊了聲姊姊。她早聽聞靖王府落敗，楚瓔被婆家休棄，差點病死在娘家的事。

楚瓔將魏嫣然請進府中，試著想與魏嫣然說上幾句話，卻不知該說什麼。

魏嫣然進府後，魏家的人便將馬車上的東西抬下來，將靖王府的門口堵了個結結實實，惹得街坊們圍觀議論。

有人說，不是要等到明年開春後才成親嗎，怎麼現在就把嫁妝搬來了？聽說二皇子楚鏡啟還未曾向魏家下聘呢！

也有人說，二皇子楚鏡啟不是要娶神醫秦念，為何又要娶魏家大小姐了？

府內，楚瓔對魏嫣然道：「本來我阿弟有一座府邸，就在皇宮旁邊，但他非得要住在這裡。這裡的情況，想必魏小姐也知道，怕是要委屈妳了。」

魏嫣然忙道：「往後姊姊可不要再叫我魏小姐，不然就生分了。」嫣然一笑。「姊姊叫我嫣然吧！」

楚瓔彎唇，僵笑了下。「嗯，嫣然。」

魏嫣然說：「靖王府的情況，我知道些，卻沒想到會到如此境地。不過沒關係，這回我從家裡帶來的東西多，還帶了些僕人，到時分配了，把府中的花園跟屋子整理出來。不好的地方，也可找人來修整。」

楚瓔又是一聲僵笑。「行。」反正魏嫣然很快就是王妃了，而她不過是個被休棄的外嫁女，這靖王府算不得有她的一席之地。

這會兒，楚翊哭鬧起來，楚瓔便向魏嫣然告辭，回了院子。

另一邊，到了晚飯時辰，楚鏡啟還膩在秦念屋裡，兩人一番纏綿，只忍得最後一層，便要成夫妻了。

「啟哥哥，你的王妃怕是已經在靖王府了，你趕緊回去吧！」

「不去。」楚鏡啟將她抱得緊緊地，似乎是怕一鬆開，就不能再抱了。「念兒，我不會娶魏嫣然的，不過妳得給我時間。」

秦念信他，點點頭。「嗯。」

這時，褚璜在屋外喊：「啟哥哥，你要在這裡吃飯嗎？」

秦念出聲。「不，他馬上就要走了。」

楚鏡啟卻道：「我就在這兒吃。」

外面的褚璜憨憨一笑。「好！啟哥哥，翠枝已將飯菜放上桌，快來吃吧！」

楚鏡啟在奚家小院吃著粗茶淡飯，而靖王府裡，魏嫣然親自張羅的一桌珍饈，直到涼透了也沒有人敢吃。

靖王府的膳廳內，魏家家丁來報，說找到二皇子了，這會兒正在奚家的醫館裡吃飯。

魏嫣然氣得當場摔了茶盞，完全忘記楚瓔還帶著楚翊坐在一旁。

楚翊被嚇得哇哇大哭。

魏嫣然聽見孩童哭聲，雖是十分不耐，但也知道自己還未正式過門，這般實在有點失禮數，連忙哄著楚翊。

可楚翊不買她的帳，一把將蹲得不太穩的魏嫣然推倒在地，大喊著。「妳是壞女人！我要念兒姊姊！」

如今秦念名滿京城，魏嫣然自然知道秦念，父親每回回家都氣著說是秦念壞了他太醫令的好名聲，若非顧忌著大公主，定會出手殺了秦念。

之前，秦念治好了大公主的兒子，太醫令被皇帝一頓臭罵，說他還不如一個小小醫女。

秦念在城東開醫館，每日診治數百人，人都排到大街上，因此魏家在京城的各家醫館無人問津。

還有，前日夜裡，整個城東大街滿布紅妝，二皇子楚鏡啟在奚家那條小巷，把秦念抱上八抬大轎，準備當夜迎入靖王府。

若非秦念暈倒，如今在這膳廳裡張羅膳食的人，應當是秦念。

魏嫣然看著嚎啕大哭的楚翊，氣得咬牙切齒，連這麼一個小幼童也在她面前提秦念。

秦念到底算個什麼東西？她魏嫣然的姑姑可是一國之母！

楚瓔看著情況不對，連忙帶著楚翊出去，整個膳廳只剩魏家的人。

這夜，楚鏡啟當真是賴皮得不得了，夜深了，還抱著秦念不願鬆手。

秦念打著哈欠。「啟哥哥，你說，我們這孤男寡女的共處一室，像什麼呀？」

韓啟將她的頭扣進自己脖頸間。「前夜妳本是要與我洞房花燭的。」天知道他等這一日等了多久，沒想到她竟然下了馬車，然後暈倒，接著他便被召進宮。

現在想起這些事，他還氣悶得不行。

秦念吐吐舌頭，此刻後悔得巴不得搧自己兩巴掌。

但後悔藥是沒得吃的，她對未來也十分迷茫。

今日楚鏡啟與她說了好多話，與她講著那夜他被刺客行刺，為了不傷及白米村的村民，不傷及她，只得選擇離開。

因他重傷，又被追殺，他與韓醫工在山中一座小木屋裡，躲藏了許多日子，才找到機會，喬裝回京城。

回京後，他想方設法混進軍營裡，當了一名小兵。

他知道，馬上就要開戰，他打算攢軍功，把以前虧去的實力一點一點從戰場上贏回來。

漠北真是荒涼呀！風沙特別大，但他想著他的念兒，很快就適應了。

他憑著自己的智謀與凶悍的匈奴騎兵作戰，百戰百勝，終成戰神。

但自從太子得知他在漠北後，他的軍營中就混進了太子的人。

當然，也有皇帝的人幫扶他，讓他避過好幾次災禍。

再後來的事情，秦念便知道了。

楚鏡啟膩在秦念屋裡，雖是一直抱著她，但也不是乾抱，光漠北的事情，他就說了兩個多時辰。

不知為何他會有這麼多話要與秦念說，平日他可是惜字如金的。

夜深，秦念知道自己終是不能與他同宿一室，趕著他走。「你回去吧！魏嫣然那邊，你總歸是要面對的。」

楚鏡啟卻將頭埋進她胸前，又要賴。「就是不回去，以後我就住在這裡。」

秦念使力推開他，正色道：「你必須去面對，你與魏嫣然的婚事，是皇上訂下的，你不能抗旨。」

說到皇帝，楚鏡啟卻是咬緊了牙根。

他多懷念以前一家人和和睦睦的日子，他不想當什麼皇子，只要與父母還有姊姊一起好好生活。就是皇帝令他家生變故，母親抑鬱病死，父親身陷囹圄，姊姊被夫家拋棄，而他，隱姓埋名數年，還險遭刺殺。

這種每日每夜頂著刀尖任人魚肉的日子，他楚鏡啟再也不想過了。

他要反擊，反擊……

楚鏡啟看著窗外的夜色，沈沈出聲。「今夜我睡在褚璜屋裡。」不容秦念再相勸，走出門去。

秦念看著楚鏡啟的背影消失，摸著床榻上剛剛楚鏡啟所坐的位置，餘溫還在，心裡歡喜，亦憂愁。

第一百二十一章

翌日清晨，秦念早起出了房門，聽褚璜說，剛到卯時楚鏡啟便走了，至於去哪裡，他也不知道。

吃完早飯，秦念打算開門應診，想撤去門外歇診的木牌，便見一道既熟悉又陌生的身影出現在院門前。

「念兒。」

秦念看著眼前的康岩，康岩竟比以前要高出了一個頭，面貌俊秀斯文。

許是因為前世種種，秦念對康岩有種自然而然的牴觸，用冷眼瞧著他。

「你來做什麼？」

康岩會知道她在京城的住所不稀奇，畢竟康岩是白米村人，還是繼父的姪子。

康岩難忍心中欣喜，上前一步，熱烈地道：「念兒，許久不見，妳越長越漂亮了。」

秦念對康岩的讚美毫不領情，只斜乜他一眼。「你找我做什麼？」

康岩有點緊張，低頭抿唇笑了下，再抬頭，一臉深情地對秦念說：「念兒，我帶妳去一個地方。」便要牽秦念的手。

秦念嫌惡地將手移開，後退一步。「有話就說，別拉拉扯扯的。」

康岩也不生氣，笑道：「念兒，如今我也在京城安家，置了間大宅院，還買了些奴僕。我想帶妳去看看，如果妳滿意的話，我們就訂下來，在那間大宅院裡成親。」

秦念被康岩這席話驚得冷嗤一聲。「你是不是一直在自作多情，以為我喜歡你？」

康岩更緊張了。「念兒，那年妳到我家來，妳可是很喜歡我的。」

秦念想著，前世時，康家就康岩對她好些，她年紀又小，便對康岩表現得極為依賴。但後來她對康岩的態度十分冷硬，莫非康岩是個大傻子？

「康岩，你收了那門心思吧。不管你在京城買多大的宅院，我都不會與你成親的。」

秦念說完，又後退一步，要將院門關了。

康岩忙伸出雙臂撐著門。「念兒，妳是不是生我的氣了？如今我可是太子的門客，來日太子登基，三公九卿可是任我挑選。」

秦念一聽康岩竟如前世那般成了太子門客，頓時目光一滯，怔怔看著康岩，心情複雜。

康岩以為秦念是聽說他即將迎得高官厚祿，願意嫁給他，臉色沾染著喜意。

「念兒，今日我只是來探探路，待會兒便將厚聘送來，擇日成婚。我康岩可在此立誓……」將右手高高舉起。「今後的人生中，我只娶秦念一人，絕不納妾室，更不會在外養女人，我此生有秦念，足矣！」

若是一般女子聽到康岩這番話，想必會動心，但秦念不是一般女子，也更不是以前的秦念，緩過勁來，對康岩冷道：「你走吧！不論你將來做到哪等高位，我都不會嫁給你。」連大公主她都能斷絕關係，更何況是本就令她厭煩的康岩。
康岩見秦念又要關門，頓時急了，忙道：「念兒，我知道妳喜歡楚鏡啟，但妳要知道，楚鏡啟他不是韓啟，如今連自身都不保，又被皇上指婚，妳與他是沒有結果的。」
秦念心道，康岩居然對楚鏡啟的事情如此了解，根本是算準了她與楚鏡啟沒有結果，才會來這裡找她。
她擰眉，正色道：「不管我與楚鏡啟將來如何，我也不會跟你成親。」將門重重一關，再拴緊。
康岩在門外不停拍門，一聲又一聲的喊著秦念，最後聲嘶力竭。
褚璜被吵得不耐煩了，提起院裡的棒子，就要去開門。
秦念忙拉住他，讓他別管，嫌太吵就把耳朵捂上。
所幸，康岩拍喊過一陣後，便悻悻離去，小宅院才恢復清靜。
這幾日，雖然奚家小院沒開門看診，但每日都會有診客來此。
秦念剛開門時，便見有十多人在外面候著，見康岩離去，立時將外面的診客迎進來。
待到午時，看完診客，秦念對翠枝說，她要去靖王府。
翠枝愣住了。「姊姊，妳還要去靖王府嗎？」
秦念正在收拾筆墨，聽翠枝如此一問，拾筆的手頓住了。

是呀！她差點忘記，如今可不能再像以往那般，看完診便去靖王府。

現在的靖王府，已經不是她能去的地方。

她抬眼看翠枝，盯著翠枝身上的舊布衣，上前拉住翠枝的手。「我們吃過午飯，就去逛街，姊姊給妳和褚璜買幾身好衣裳。」

翠枝到底是少女心性，一聽要買新衣裳，立時樂起來，忙笑道：「飯菜做好了，我們快去吃吧！」

吃完後，秦念帶著翠枝與褚璜上街，雖然她與楚鏡啟的未來十分不明確，但昨夜那般溫存，令她釋然許多。

隨緣分吧！

昨夜楚鏡啟承諾了，讓她給他時間，至於多久，他也沒說，但她知道不會太長。起碼她不會等太久，因為她不想夾在他與魏嫣然中間，令他難做人，也令自己難做人。

若將來她不能與楚鏡啟在一起，她也認了，她會回白米村，用心經營味園，就像以前那樣，還可以去鎮上的濟源醫館看診。

也或許，她可以遊歷天下，成為一位遊醫。

想著這些的時候，翠枝正歡喜地在一個攤子上看著小泥人。

不待翠枝問價錢，秦念便讓褚璜付了。

今日她帶了一大袋銅錢出來，打算盡情給翠枝和褚璜花。

接著到衣鋪，讓掌櫃幫翠枝和褚璜挑衣裳，但他們都不肯穿錦衣，非要尋常的布衣。最後，秦念還是給翠枝添了一套粉色絲綢襖裙，褚璜也有一套雲錦襖袍，打算等過兩個月入冬可以穿。這麼好的衣裳，可是要用金餅才買得到。秦念花費不少，褚璜和翠枝都替她心疼，可她卻覺得，花起錢來，讓她心情舒爽不少。

正當秦念付完錢要走出衣鋪時，翠枝卻拉住了她。

「姊姊，妳也給自己添幾件衣裳吧！」

秦念低頭看著身上顯舊的棉布衣裙，淡然一笑。「不了，我要買，也得等啟哥哥迎娶我過門時，讓他來買。」神情一黯。「如果他不能迎我過門，我穿那些好看衣裳又有什麼用？」說罷，提著打包好的新衣裳走出衣鋪門檻。

翠枝和褚璜對視一眼，癟著嘴，心情沈了下去。

接下來，他們又買了不少東西，譬如鞋襪，還有翠枝的頭飾和褚璜的髮帶。當然也少不了一些家用的東西。

花錢真是令人愉悅，秦念帶著褚璜和翠枝回到家時，天將將黑，楚鏡啟正站在門外。

翠枝見著楚鏡啟，忙像鳥兒一樣喳呼開了。「啟哥哥，念兒姊姊給我和阿璜哥哥買了好多好多東西呢，可她自己愣是一樣都沒買。」

楚鏡啟笑著問她。「妳念兒姊姊怎麼沒買呀？」

翠枝回答。「念兒姊姊說，要等你迎娶她過門時，讓你買給她……」

秦念不等翠枝說完，便打斷了她的話。「翠枝，別瞎說。」

翠枝的話雖才說到一半，但楚鏡啟已聽出意思來，一臉深情地看著秦念，又對翠枝笑道：「相信我，我一定會迎娶你們念兒姊姊過門，到時會給她添置滿屋子的新衣裳。」

他們說笑間，巷子的拐角處露出半個頭來。

這動靜，秦念和褚璝，還有翠枝都不知道，但待到那人將頭縮回時，耳力極好的楚鏡啟扭頭看去，俊美的臉上彎起一個不易察覺的冷笑。

這夜，楚鏡啟又沒有回靖王府。

自魏嫣然住進靖王府後，楚鏡啟就沒回來過。

下午，楚鏡啟的屬下來到靖王府，說楚鏡啟有事，要接姊姊和小姪子去，到底是何事，卻也不說。結果直到現在，楚瓔和她兒子還沒回來。

魏嫣然派出去盯著秦念的小廝回到靖王府向她稟報時，她氣得險些吐血，當即便將一只從魏家帶來、珍貴無價的玉瓶摔了個粉碎，破口大罵。

「你說什麼，楚鏡啟說他一定會迎娶秦念過門？你到底有沒有聽清楚，我才是楚鏡啟的妻子，是陛下賜的婚。我可是皇后的姪女，她秦念一介平民，算什麼東西？」

屋裡的丫鬟和小廝都被魏嫣然嚇了個半死。

當夜，不說楚鏡啟沒有回府，連楚瓔娘兒倆都沒有回來。

楚鏡啟這是要將靖王府讓給她魏嫣然了嗎？

魏嫣然坐不住了，一夜沒睡，思前想後，越想越氣，腦子裡的殺氣越盛。

「秦念，我一定要讓妳死！」魏嫣然差點咬碎一口珠齒。

這夜，楚瓔母子被楚鏡啟安置在京城的一處小別院，這小別院是楚鏡啟在漠北時，就讓屬下買好的。

這幾年，楚鏡啟雖過著逃亡和隱姓埋名的生活，但他身為皇子，而且是與太子抗衡的另一黨派，自然有屬於自己的勢力。只是這股勢力一直隱於京城，他不動，勢力就不動。

朝中有不少大臣明面上是太子的人，暗地裡卻是他的人，所以楚鏡啟想在京城做什麼，稍想些辦法，也不難辦到。

楚瓔母子被楚鏡啟偷偷安置在這小別院，不讓任何人知道，便是要防範太子或魏家人利用他們來要挾他。

這夜，楚鏡啟又像昨夜那般，在秦念屋裡待到夜深，訴說著對彼此的思念，少不得又親熱一番，真恨不得交付了自己才是，但仍恪守著最後的防線。

末了，楚鏡啟又深吻秦念許久，才戀戀不捨地回了褚璜的屋裡歇息。

第一百二十二章

接下來幾日，一切安然無事。

這天一大早，秦念忽然被一位診客喊出去，說是家中老父得了急病，老父年邁不能親自過來，只好讓秦念跑一趟。

秦念本著救人的心情，無暇顧忌太多，便提著藥箱，帶翠枝離開了醫館。

當時褚瓚去了市集買菜，等他回來時才知秦念和翠枝都出去了，還是候診的診客告訴他的。但診客並不知道秦念是去哪一家，或是哪條街巷。

褚瓚就這樣在忐忑不安中等著秦念和翠枝，結果這一等，過了午後也沒有等到人。

診客們不耐煩，陸續離開，還有幾位遠程來的，被褚瓚留下來用午飯，再打發回去，讓他們明早再來。

其實，秦念是被騙了。

她和翠枝隨著那診客走過兩條街巷，到達一處十分偏僻的巷子時，被人蒙住口鼻，暈了過去。

待秦念醒來，發覺身體被繩索綁得嚴嚴實實，眼睛被一塊黑布蒙著，嘴巴裡也塞著一條還泛著點迷香味的布巾，身旁一片寂靜。

她嗯嗯幾聲，終於等到翠枝的回應，兩人循著對方的聲音挪到一塊，互相挨著，但除了嗯嗯聲，都沒辦法說話。

不知道等了多久，一道吱聲響起，這動靜像極了先前被沈駙馬關在柴房時的樣子，但那會兒她沒被綁住，身體是自由的。

恐懼瀰漫心頭，秦念是死過一次的人，並不怕死，但她怕翠枝會死。

翠枝還未長大成人，李二叔把翠枝託付給她，結果卻要同她一道赴死，光是想想，她都覺得無法接受。

「把她臉上的東西拿掉，我倒要看看，這位神醫秦姑娘到底是何等美人，竟會讓楚鏡啟對她如此念念不忘。」

是個女子的聲音，聲音輕柔動聽，卻又透著一股戾氣。

緊接著，秦念臉上的布被人扯開，一道微光照入眼瞳，她瞇起眼，不敢睜開。嘴上的布也被人扯下來，頓時覺得呼吸暢快不少。

「倒是個模樣好看的姑娘，但京城裡像妳這樣好看的姑娘多了去。」魏嫣然冷哼一聲。「在京城，不僅僅是拚美貌，還得拚家世。」

秦念睜開雙眸，眼前終於清明起來，抬頭看著站在面前的女子，衣著華貴，嬌美的臉上妝容精緻，頭上梳著高高的髮髻，髮髻上戴著數支金玉釵，顯得貴氣十足。

「妳是魏嫣然？」

「哈哈……」魏嫣然笑聲清亮。「妳居然能猜到是我，看來對我了解不少。」

秦念心沈至谷底，魏嫣然能出現在她面前，便沒想要給她生路。不然，魏嫣然無法對楚鏡啟交代。

她死不打緊，但翠枝不能死。

怎麼辦？

恐慌充斥著心頭，秦念卻一點辦法也沒有。

「妳想怎樣殺我？」秦念單刀直入地問。

魏嫣然明眸微瞇，又是一聲輕笑。「倒是聰明。」目光瞥向一旁的兩位大漢，陰笑道：「自然是要在妳死前，讓他們好好伺候妳，也讓他們嚐嚐妳的身子到底甜不甜，哈哈哈……」

秦念想著辦法，覺得應該先拖延，於是一臉無所畏懼地對魏嫣然冷笑。「妳不想知道楚鏡啟為何會喜歡我，而不喜歡妳嗎？」

魏嫣然表情一沈，目光銳利地盯著秦念，盯了好一陣，恢復鎮定，輕笑兩聲。「其實我一點也不想知道妳和楚鏡啟的故事，我只要妳死。妳死後，楚鏡啟便是我的。」

「哈哈……」秦念譏誚一聲。「妳以為我死了，楚鏡啟就會喜歡妳嗎？」

魏嫣然目光驟然森冷，咬著牙，一字一句道：「時間可以證明一切，待我和鏡啟成婚，他會知道我的好，還會疼惜我，與我一生一世一雙人，白頭到老。」

她突然蹲下身，掐手掐緊秦念的下巴，迫使秦念將臉抬高。「秦念，鏡啟的處境很危險，妳不僅幫不了他，還會連累他。而我可以護他周全，護他全身而退。」

秦念卻是冷笑。「妳太天真了。魏家本是太子一黨的人，太子是皇后進言冊封的，而皇后又把妳嫁給楚鏡啟，明顯是腳踏兩條船。魏家不確定太子和楚鏡啟最終誰勝誰負，所以行此一棋，卻沒有想過，將來太子贏了，必會清算楚鏡啟這一派的人，妳進了楚鏡啟的門，便是他的人，也代表著魏家。你們以為太子會念舊情嗎？錯了，人只會看到眼前，太子會忘記自己當年是被皇后舉薦的，只會以為是魏家倒戈。再退一步來說，倘若是楚鏡啟贏，妳殺了我，楚鏡啟會放過妳？」

魏嫣然沒想到秦念能想得那麼深，但這些東西她並不懂，也不在意，只在意如今她已經成了楚鏡啟的未婚妻，楚鏡啟只能娶她。

「秦念，沒有人會知道是我殺了妳，所以，楚鏡啟不會對我不好。」

「哈哈哈，魏嫣然，妳太小看楚鏡啟了，妳不清楚他有多聰明，更不清楚他的手段。妳想一想，他能回到京城，便是做了萬全的準備，不然，妳以為他是回來送死的？」

這話說得魏嫣然心底一沈，底氣少了一半。

因此，魏嫣然心慌了，不耐煩聽秦念再說，一揮廣袖，厲聲對身旁的兩位大漢道：「她就賞給你們了，你們可得『盡情』些玩。」說罷，對秦念冷冷一笑，領著丫鬟走人。

離開時，丫鬟回過身，將門重重關上了。

翠枝一直安靜地聽他們說話，這時聽著人走門關，頓時被嚇得不輕，不停地掙扎著朝秦念靠近。

「翠枝，別怕。」

秦念安撫著翠枝，心裡卻像長了毛一樣恐懼。

「哈哈，小美人，讓爺們來好好伺候妳！別怕，我們會很溫柔的。」走近秦念腳邊的大漢說著，從腰上抽出一根鞭子，猛地朝地上一抽。

「我先來扒她衣裳，鞭子抽在皮肉上，肯定好看得不得了。」另一位大漢搶在前頭。

秦念縮著身體，這種感覺太壞了，比當初康震對付她時，更令人害怕。

正當那大漢的手要伸到秦念胸前，來撕她的衣襟之時，只聽得轟隆一聲巨響，門被人從外踹倒在地，飛起一陣灰塵，迷了秦念的眼睛。

兩位大漢被嚇得一怔，轉身一看，只見破敗的門框上站著一名持劍的俊美男子，正是楚鏡啟。

秦念心中一喜，忙喊一聲。「啟哥哥！」

「念兒別怕。」楚鏡啟安慰一聲，立時提劍朝兩個大漢揮過去。

楚鏡啟是何等人物，他可是怒斬匈奴騎兵的戰神，兩個大漢沒在他手下過一招，便齊齊殞命，當真是還未嚐到甜頭，便去見了閻王。

束縛著秦念的繩索被楚鏡啟一劍揮下斬斷，且未傷及秦念一根毫毛，又切斷了綁著翠枝的繩索。

秦念忙取下翠枝的蒙眼布和塞住嘴巴的布巾。

接著，楚鏡啟彎身將秦念抱起，他身旁的侍衛則扶著翠枝，一齊走出了小黑屋。

原來這裡是一座荒廟，魏嫣然被兩位侍衛持劍拘在神像底下。

待楚鏡啟抱著秦念從破廂房裡走過來，兩位侍衛才挪開手中的劍。

此刻，魏嫣然還在愣怔中。

剛才，她帶著丫鬟準備通過大殿走出廟宇，卻見楚鏡啟從屋頂一躍而下，落在她跟前，嚇了她一跳。

楚鏡啟未曾與她說上一句話，狠狠剮了她一眼，令她背脊如被寒芒刺入，全身冰寒。

她看著楚鏡啟飛身一腳踹上那道門，一劍劃開兩名大漢的咽喉，緊接著，他抱著秦念，緩步走到她面前。

「魏嫣然，妳這惡婦，何以能成為我楚鏡啟的王妃？哼，妳等著退婚書吧！」

楚鏡啟連一句多餘的話都不願與魏嫣然說，抱著秦念走出了破廟。

魏嫣然則被楚鏡啟的屬下架著雙臂，跟在他們後頭，準備扭送去廷尉府。

上馬車時，秦念鬧著要下來，楚鏡啟卻道：「妳受如此大的委屈，哪能讓妳下來。」抱著秦念上去，魏嫣然則上了後面一輛馬車。

馬車裡，楚鏡啟又將秦念抱進懷中，秦念掙扎著要出來，他卻不讓，秦念索性用雙手環住他的脖頸，低聲笑著開口。

「啟哥哥，莫非你一直在等這一天，讓魏嫣然綁了我，好讓你尋到對付魏家的破綻？」

楚鏡啟低頭，用自己的鼻尖頂了下秦念的小瓊鼻，寵溺道：「我的念兒真是太聰明，什麼事都瞞不過妳。」

第一百二十三章

待到廷尉府門口，楚鏡啟把秦念抱下馬車，上前敲響了廷尉府的大鼓。鼓聲陣陣，廷尉府的大門打開，吸引了不少百姓圍觀。

因為早有準備，這次魏嫣然被押送到廷尉府，並無他人知道，再加上綁走秦念之事，是她瞞著魏家人做的，唯有她的丫鬟和貼身小廝知情，直到魏嫣然進了廷尉府大堂，也沒有魏家的人來幫她解圍。

另外，楚鏡啟早安排了人暗地向太子透露消息，他深知太子因為魏家腳踏兩條船之事，對魏家十分憤怒。

太子早已忘記魏家對他的恩情，此刻只巴不得給魏家一點顏色。而廷尉府又是太子那邊的勢力，有太子授意，自然不會對魏嫣然留情。

接下來，大堂之上，楚鏡啟向廷尉大人狀告魏嫣然綁走他的未婚妻秦念，且殺人未遂。

對於未婚妻一事，楚鏡啟的解釋是，他早已下聘，以十里紅妝迎娶秦念，這件事，城東的百姓皆可作證，只是因秦念身體不適而耽擱，是以秦念才是他的未婚妻。而魏嫣然雖被皇帝指婚，也是他的未婚妻，但魏嫣然因妒生恨，對秦念做下此等傷天害理之事，實該按當朝律法論處，且因品性惡劣，不堪成為王妃。

按當朝律法，魏嫣然要被關押大牢三年之久。

廷尉大人心想，魏家是棋差一著，因看不準太子和二皇子誰勝誰負，便腳踏兩條船，一邊向太子示好、一邊又將魏嫣然嫁給二皇子。這樣一來，魏家不僅得罪太子，還因魏嫣然做下此事，得罪了二皇子。他若將魏嫣然治罪，不僅兩派不得罪，更討了喜。

只是，皇后也是不能得罪的，但皇后那邊自有太子和二皇子周旋，他只是按律法行事，到時皇后問責，他再見機行事，與她方便就是。於是將刑具一擺，打算嚇唬嚇唬魏嫣然。

果然，魏嫣然一見刑具，便嚇得全招了，在供詞上畫押，當即被押進廷尉府的大牢。

緊接著，楚鏡啟差人送秦念和翠枝回去，而他則拿著魏嫣然的認罪書和剛在廷尉府寫下來的退婚書，快馬去了皇宮。

當日入夜前，楚鏡啟成功與魏嫣然解除婚約。但皇后出面求情，魏嫣然被她哥哥魏明從廷尉府裡接出來，被皇上罰在家思過半年，不得出魏府大門。

當夜，魏家一眾人馬從靖王府退了出去，只留下一片狼藉。

但即便如此，楚鏡啟也沒有讓楚瓔母子回到靖王府，打定主意，在他大業未成之時，不會讓他們露面。於是，偌大的靖王府被荒置了，而他索性將奚家小偏院當成了他的家。

安然度過數日，一切看起來風平浪靜，暗地裡卻是風起雲湧。

這日，楚鏡啟安插在太子府的人來報，太子意欲暗殺身陷詔獄的靖王，也就是楚鏡啟的親生父親。

楚鏡啟得知後，心中大駭，立時領人前往詔獄。

靖王謀反的案子一直被壓著，未被宣判，便是因為楚鏡啟這邊的人暗中相助，竭力保住靖王。

可當楚鏡啟一行人到達詔獄時，卻見詔獄內一切如昔，看不出異樣來。

「糟了，太子的目標是念兒！」

楚鏡啟心中一驚，立時令手下們守在詔獄，以防萬一，他則獨自去了奚家小院。

他到奚家小院時，秦念已經不在，翠枝說秦念接到一封信後，便一個人出了門……

半個時辰前，有一位陌生的小男童進了小院，將一封信遞給秦念。

秦念正在為人看診，當她看完信上內容，猶豫半晌，交代翠枝幫忙勸退診客，她有件人命關天的大事，必須出門一趟。

信上是太子親筆所書，若她想要康岩活命，便親自到太子府一趟。且此事機密，不得讓他人知，不然，康岩小命不保。

雖然秦念很討厭康岩，但康岩是繼父的姪子。即便不管這層關係，醫者父母心，康岩也是活生生的一條命，她知道太子想要的是她的命，不能見死不救，更不能讓康岩因她而死。

太子府的馬車就在巷子口候著，秦念一出來，便被一位身著錦衣的青年請上了車。

這青年自稱是太子府管家。不過是管家，便能穿著如此好的衣袍，不愧是太子府的人。馬車十分奢華，純白色高頭大馬，車廂內外裝飾華麗無比，廂內還充斥著一股淡淡的龍涎香味，行動起來，秦念坐得穩穩當當，一點都不震。

太子府並不遠，幾里路程，不到半個時辰便抵達。

太子府的宅邸便不用說了，自然氣派壯觀，比起靖王府來說，要好太多了。

秦念被管家請入府內，管家一路對她格外客氣，實在令她有些摸不著頭腦。

太子府的花園內，伴著一方池塘，有一座雅致的涼亭。

時值秋日，池塘中荷葉已敗，但池塘邊的奇花異草依然繁盛。

「念兒姑娘，請。」

管家往涼亭方向做了個請的手勢，便離開了。

涼亭裡，一位身著白色錦袍的公子正盤坐在茶案邊，秦念遠遠看去，心道太子倒是位清雅公子。她走近涼亭，看著太子面容，覺得他與楚鏡啟有幾分相像，亦是十分俊美，只是楚鏡啟歷經漠北風霜，顯得剛毅，而太子則顯得陰柔許多。

太子抬臉，對秦念淡淡一笑，示意秦念在他對面坐下。

秦念可沒有閒情與太子在此飲茶聊天，冷著臉問：「不知太子殿下讓小女過來有何事？」

太子輕笑一聲。「一般人見著孤，都得先行禮問安。」

秦念是來赴死的，沒好氣道：「我不過一介平民，不懂得太子府上的規矩，太子若要責罰，還請自便。」

太子本以為來的女子見著他，定會唯唯諾諾，向他求饒，孰料秦念竟有如此硬的風骨，倒是令人不可小瞧。

「沒想到妳還能將康岩的生死放在心裡，說明妳對康家倒也不是無情無義。」

秦念蹙眉看著太子，心道太子能以康岩相挾，想必是對她的身世和處境，以及近幾年來的事情，都了解得十分通透。

「康岩的生死，我並未放在心上，只不過是不想康岩因我而死。」

太子笑著對她微微頷首。「不錯不錯，倒是有些性格。可惜妳是位女子，不然，倒是可以納到孤身側來。」

秦念早已聽坊間傳聞，太子好男色，沒想到這事是真的，太子還在她面前親自說起。將來若是太子成了皇上，那後宮豈不是佳男三千，而不是佳麗三千了。光是想著這些，便覺得渾身起了一層雞皮疙瘩。

「小女既已來此，殿下要如何處置，還請明說。」

太子從席上起身，緩步走到她面前，又朝候在涼亭外的侍衛使眼色。

侍侍衛轉身離開，太子溫聲道：「前幾日孤與康岩一道閒坐，見他心情煩悶，問他有何心事，他便將想求娶妳之事告訴了孤。」唇角彎起一抹笑意。「康岩雖不是十分聰明的人，但為人真誠，也能為孤排解憂愁，做事情有條有理。孤向來對手底下的人很好，不想看他整日為妳而憂愁，這才使了些歪招，將念兒姑娘請過來。」

秦念心中有種不好的預感，也不問為什麼，只等太子把話說完。

太子接著道：「昨日孤便令管家為康岩與念兒姑娘佈置了一套院子，安排好喜堂，待會兒念兒姑娘去梳妝一番，便可與康岩拜堂成親。」

「哈！」秦念忽地一笑。「太子殿下是在開玩笑吧？」

太子頭微一歪，微笑道：「當然不是開玩笑。」

秦念面色微肅，朝太子拱手。「太子殿下，恕小女無法遵從，小女寧死不嫁康岩。」

太子陰戾一笑。「這可由不得妳。」

他話音剛落，便見後院拱門走出一列人。

這一列人皆是身著粉裙的少女，個個手中端著盤子，盤子裡的大紅色之物，正是婚慶所穿戴的物件。前面領頭的，是位頭戴大紅花的嬤嬤。

接著，兩位侍衛站到秦念身後，看來他們是打算用強的了。

秦念瞇起眼，心裡想著對策。她不能就這樣不明不白地死了，她還要嫁給楚鏡啟呢！時間過去那麼久，說不定楚鏡啟已經知道她失蹤了。

太子一臉玩味地看著秦念。「念兒姑娘，是妳自己去換裝呢？還是讓我的人來幫妳？」

秦念抬眼，目光淡定無波。「我自己去。不過太子殿下……」

太子淡淡揮袖。「念兒姑娘有何事，請說。」這會兒語氣倒有些客氣。

秦念唇角扯出一抹笑。「太子殿下，小女不才，是位醫女，可看得出太子殿下身體不適，或可為殿下醫治一二。」

太子擰眉。「哦，妳能看出我的病症？」

秦念微笑。「當然。」

與此同時，楚鏡啟帶著幾個屬下，騎著馬，往太子府的方向趕。

就在他們即將到達太子府時，楚鏡啟忽然勒住馬，身後的幾位屬下同時拉緊韁繩，令馬停下腳步。

「二皇子，您為何要停下來？」其中一位屬下問。

楚鏡啟看著前方不遠處太子府的簷角，目光一緊。

「我安排在秦念院裡的幾位暗衛沒了蹤影，極有可能已經被太子挖出來，多半性命不保。而我們安排在太子府的人，來告訴我們的卻是個假消息，可見太子整頓過他府裡的人，我們若是貿然前去，也找不到念兒。」

屬下聽著有點急，皺眉道：「那怎麼辦？」

楚鏡啟突然將馬頭一轉，雙腳朝馬腹一夾，大喝一聲。「走！」

第一百二十四章

醉仙居的醉花樓裡，一如既往的熱鬧非凡。

金碧輝煌的廳堂築著高高的舞臺，此刻舞臺上數位只著寸縷的美豔女子，正圍繞著最當中的琴師，盡興跳著優美的舞蹈。

舞臺上最引人注目的，並非那些舞姿妖嬈的舞姬，而是盤坐於席上、專注撫琴的男子。若非那男子穿著一襲罩著柔紗的月白色錦袍，頭戴白玉冠，長身玉立，不知道的還以為他是個女子。

正當廳堂內眾客官看得屏住呼吸，恨不得將眼珠子都奉到臺上去之時，忽見高臺上凌空躍下一位執劍公子，玉姿翩翩，將客官們的目光吸引過去，以為這是醉花樓安排的驚喜。

孰料，那人腳尖點地，穩穩落在琴師面前，寶劍卻朝琴師怒斬而下，不僅將那千年古琴從中間劈斷，一分為二，還將琴師嚇得臉色煞白，直捂著褲襠處，還以為胯下命根子要如那古琴一般碎裂了。

琴師抬眼，愣愣地盯著來人，顫顫出聲。「二皇子。」

「左少白，得罪了，請隨本王走一趟。」

不過一眨眼工夫，便見楚鏡啟一把抓住左少白後衣領，腳尖輕輕一點，拎著左少白騰空而起，腳尖在幾位看官們頭上借了點力，便帶著左少白離開廳堂，揮劍劈開擋道的護衛，順利地離開了醉仙居。

醉仙居的圍牆底下，楚鏡啟將左少白朝馬背上一丟，跨上大馬，一抽韁繩，快馬朝太子府奔馳而去。

與此同時，太子府中，秦念身著紅衣，頭戴紅蓋頭，雙手卻被繩索禁錮著，由頭戴大紅花的喜婆和幾位丫鬟在前面引路，將她帶往喜堂。

遊廊中，喜婆絮絮叨叨地說：「我說念兒姑娘，妳也太不識時務了，本來太子殿下是不想綁著妳的，但妳非要下手謀害太子，若非太子心善，不與妳計較，怕是當場便身首異處，哪還有當新娘，做女人的機會？」

一個時辰之前，秦念與太子待在涼亭之內，秦念說要為太子醫病，卻拿一根銀針朝太子死穴刺去，孰料太子對她早有防備，且早知她使得一手好銀針。

秦念失手，沒能替楚鏡啟殺了太子，但太子並未當即殺了她，而是派人把她押送到一間屋內，令喜婆和一眾丫鬟為她梳妝打扮。

秦念心道，太子不讓她死，必是想看著她嫁作他婦，讓楚鏡啟傷心欲絕，當真是比殺了她還要可惡。

那些丫鬟也不是一般丫鬟，都是通曉武功的高手。

秦念蓋著紅蓋頭，在兩位丫鬟暗中使力的押送下，穿過一道遊廊，邁入高高的門檻，走進屋內。

看來是要拜堂了，拜堂這種事情，人生只有一次，她哪能這樣由著他們來決定。

「念兒，我終於等到與妳成親的那一天了。」

這是康岩的聲音，秦念聽著，只覺得火冒起了五、六丈，猛地將剛剛蓄起來的力道使出來，一頭扎下，直衝康岩胸前，並朝喜堂頂過去。

康岩對秦念沒防備，秦念身側的丫鬟也沒想到，秦念會用頭去頂康岩。

康岩被秦念頂到佈置燭火的案桌邊，燭火點著了康岩的衣袍，喜堂頓時大亂，幸好丫鬟們立即壓住發了瘋似的秦念。

坐在上位的太子也險些被另一支燭火燒著衣袍，怒道：「不必拜堂，直接將這潑婦扭送到房間，讓她與康岩洞房！」說完便拂袖離去。

秦念被扭送到隔壁的喜房內，丫鬟們為避免她作亂，用繩索將她綁在床上，只等著康岩過來，好對她下手。

康岩被燒著了衣裳，火還灼傷他的手，此刻正讓太子府的醫工為傷口抹藥，準備待會兒換身好衣裳，再去與秦念洞房。

秦念被綁在床榻上動彈不得，頭上的蓋頭經她幾番亂搖，終於搖了下來。

她盯著那扇紅漆木門，心想康岩性子軟，等他進來，看能不能與他好生商量。若是不成，她便是咬舌自盡，也不會讓康岩碰她一下。

不過一會兒，外面的門鎖響動，門被推開，進來的卻是一身侍衛服的男子。

秦念細細一看，卻是被嚇得不得了。

她總以為今世許多事情都發生了改變，會與前世不一樣，而今看來，有些事情，是宿命，是她無法改變的。

正如前世一樣，在她與康岩的「喜日」，康震闖進了新房。

康震長高長壯不少，臉上多了幾道疤痕，也添了不少匪氣，看起來這些年沒少為自己的「前程」拚命。

「念兒妹妹，哈哈，妳沒想到是我吧？幾年過去，妹妹越長越水靈了。」

「康震，你知道你在幹什麼嗎？這裡可是太子府。」

康震走到床邊，搓著手，一臉猴急地坐在床沿。

「念兒，如今我可是太子府的帶刀侍衛，而且，我來這裡也是太子授意的。呵呵，康岩就是個文弱書生，沒有幾分力氣，妳剛剛那麼一撞，便把他撞得火燒屁股，還險些燒到太子。太子被康岩的無能氣壞了，這才選擇我當妳的良夫。」

「哈哈，就你那三腳貓的花架子，還能成為良夫？」秦念想拖延工夫。

康震笑嘻嘻。「念兒，妳別小看我，現在我與以前不一樣了。兩年前我在山裡跟了位大哥，那大哥教我功夫，後來我功夫超過他，便將他殺了，成了山寨的老大，後來被太子殿下收攏。太子殿下可看重我了，往後妳跟著我，定能成為將軍夫人，榮華富貴享用不盡。」

秦念心裡一直在想著辦法，前世她之所以會被康震掐死，就是因為性子太急，又太剛硬，才會惹怒康震，讓他下了毒手。這一次，她定要圓滑些，盡可能拖延，若到最後實在沒有辦法，再與康震拚命也不遲。

於是，她深深地嘆了口氣，目光變得柔和。「事到如今，看來我注定是你的人了。」

康震聽她這般說，頓時喜上眉梢。「念兒，妳終於想通了。」

秦念的目光掃過康震的衣裳。「不過，洞房花燭夜，你穿著一身黑色侍衛服，也太不吉利了吧！」

康震忙將手伸到自己衣襟前。「無礙無礙，我脫了衣裳，直接扔到外面就是。」

秦念搖頭。「不成不成，你得穿套大紅色喜服，與我吃盞交杯酒，這樣才能長長久久，百年好合。」

康震瞇起眼。「這樣呀！那成，妳等等，我去找人拿身喜服來。」起身走到門前，打開門，叫門口候著的丫鬟去幫他拿套新郎服。

當初為康岩準備喜服，本就備下好幾套供康岩選擇，所以喜服都是現成的，並且就放在隔壁，不一會兒丫鬟便拿了過來。

康震當著秦念的面，喜孜孜地在丫鬟幫助下，脫了外面的侍衛服，將喜服穿上，再令丫鬟倒好酒水。

丫鬟退出門，秦念看著康震一手拿一杯酒盞到床邊，道：「你不將我的手鬆開，我如何與你喝交杯酒？」

康震忽然從秦念的眼神中看出些什麼，呵呵一笑。「念兒，妳可別對我耍性子，在圓房之前，我不能鬆了妳。我另一隻手就算是替了妳的手，用一隻手與妳交杯便成。待我們喝下交杯酒，就可以圓房了。」說著，將酒杯湊到秦念嘴邊。

秦念還想與康震周旋，但康震不再給她機會，而是直接把酒往秦念嘴裡倒。

秦念知道不成了，她能拖的只有這一會兒，看來唯有一死，才能保全自己。

於是，她朝康震啐了一口，大罵道：「康震，你休想！」蜷起綁得嚴嚴實實的雙腿，朝康震的膝上一踹。

康震冷不防被她踹中，頓時怒火中燒，手中兩盞酒水盡數潑在床上，酒盞往地下一扔，惡臉一橫，朝秦念欺身而上。

但康震永遠都沒有那麼好的運氣，每每在關鍵時刻，便被人壞了好事。

這一次，不僅僅是壞了好事那麼簡單。

一柄長劍從格窗穿窗而入，直刺康震背脊，一劍穿心。

康震圓瞪著眼睛，瞳孔漸漸縮小，見楚鏡啟破窗而入，一腳將他踹翻在地，才絕了氣。

「念兒，是我來遲了。」

楚鏡啟深情而羞愧地看著秦念，從康震身上拔出劍，再揮劍斬斷秦念身上的繩索。

「啟哥哥，我還以為今世會和前世一樣……」秦念看著正在替她解繩索的楚鏡啟，哽咽得說不出話來。

楚鏡啟盯著秦念。「前世？」

秦念緩過氣來，忙轉移話頭。「啟哥哥，你是怎麼找過來的？」依太子的謀劃，一定不會這麼容易就讓楚鏡啟找到她，還把她救出來。

楚鏡啟將秦念抱出這間充斥著血腥味的喜房後，才道：「待會兒妳便知曉。」

第一百二十五章

一路上，秦念看著太子府的侍衛手握長劍，卻不敢動楚鏡啟，只由著楚鏡啟把她抱到太子府的前院。

前院的花園裡，楚鏡啟的兩位屬下將兩把長劍架在一名錦衣華服的俊美男子脖頸上。

太子一臉緊張地站在他們前面，直到看見楚鏡啟過來，才大聲道：「楚鏡啟，還不放了少白！」

楚鏡啟抱著秦念，對屬下們使眼色，屬下們才放下手中的長劍。

左少白忙朝太子奔過去，還抱著太子哭起來。「殿下……」

太子輕撫左少白的背，鬆下一口氣，望著楚鏡啟抱著秦念，帶人踏出高高的門檻，便覺得心中那根刺越刺越深，刺得他喘不過氣來。

太子府外，已安然坐在馬背上的秦念抱著楚鏡啟緊實的腰腹，問清了緣由。

原來，醉花樓的琴師左少白是太子的摯愛，這件事在京城，已經算是家喻戶曉了。

早在進京前，楚鏡啟便盯住左少白，只要太子不動秦念，他就不會去動左少白。

當然，太子也一直在提防楚鏡啟，但再怎麼防，左少白是醉花樓風華絕代的琴師，不甘被太子圈於府內，而醉花樓又是個敞開大門做生意的地方，楚鏡啟要拿住左少白並不難。

「啟哥哥，你這樣明擺著與太子作對，就不怕他？」
秦念覺得，楚鏡啟與太子如今的狀況已然不是暗鬥，而是在明面上撕破了臉皮。
楚鏡啟沒有回答她，而是反問道：「那妳出手想用銀針取太子性命，就不怕他？」
秦念輕笑。「我邁入太子府的大門，就沒有想過能活著出去，倘若能在死前為你做點事情，便不枉我白死了。」
楚鏡啟聽著這些話，心中一滯，緩了好一會兒才道：「念兒，妳要記住，只要我活著一刻，就不會讓妳去死。將來，就算要死，也得我死在妳的前頭。」
秦念心中感動，粉拳卻是朝他堅挺的背上招呼一下，嗔道：「不許你死。」
楚鏡啟微微側頭，唇角彎起笑，先前心裡被陰霾蒙住的鬱悶，全然消散。
「念兒，接下來的境況會越發危險，我要把妳藏起來。」
「不，啟哥哥，我要與你並肩戰鬥。」
「念兒，聽話。」
「這回我不會聽你的話，定要同你一起。不然，若你死在我前頭，我不會獨自苟活。」
「念兒……」
既有此想法，秦念自然不能讓自己成為楚鏡啟的負累，當夜回到家中後，便掛出醫館歇業的牌子，並在家中做了些布防。
她本來想把翠枝送回白米村，但楚鏡啟說，白米村是他們的牽掛，所以白米村也不一定安全。不過他已讓韓醫工回到白米村，並安排了不少暗衛。

兩天後，秦念收到一封信，是康岩寫來的。

康岩離開了京城，要去外面遊歷，天南地北，想去長長見識。太子並沒有為難他，放他走了。

他為那日在太子府的事情向她道歉，其實他並不想強娶她，是太子非要他如此。他恨自己沒能護得住她，讓她身陷險境，是他配不上她。末了，他祝福她與楚鏡啟能百年好合。

秦念看著康岩寫的信，回想少時康岩還在家的那一年，時常為了護著她而跟楊氏爭吵，時常將自己的飯食偷偷分一大半給她吃，時常去地裡幫著她幹活。其實她不應該厭惡康岩，因為康岩並無錯處，他是個好人。

兩個月後，今年的第一場冬雪落下，秦念讓褚璜和翠枝穿上她之前為他們買的冬襖。

楚鏡啟要幫她買襖裙，她不肯，說等他迎娶她時，讓他給她買一屋子的新衣裳。

這段時日看起來很平靜，但楚鏡啟很忙，經常要到很晚才回小偏院。

楚鏡啟鮮少與秦念說起朝堂之事，怕她擔心。

轉眼又將冬至，宮中突然傳來軍報，說漠北又有匈奴在邊境一帶燒殺擄掠，還攻克了三座城池。

楚鏡啟臨危受命，立時整軍，啟程前往漠北與匈奴交戰。

冬至那日，宮中正為冬至準備宮宴，皇親國戚以及朝中大臣皆在宮中。

漠北戰事並未影響宮中人的心情，因為他們堅信，楚鏡啟可以打贏匈奴。

秦念出城送走楚鏡啟後，回到小偏院，與褚璜、翠枝一起做嬌耳。

冬至吃嬌耳，這可是楚鏡啟還是白米村的韓啟時教她的。

那年冬天，韓啟做的是羊肉餡的嬌耳，這回除了羊肉餡，秦念還做了豬肉和牛肉的。她手快，做得多，便讓褚璜各送一份給隔壁常有來往的大嬸們，而她則拿了一份去給奚伯。

自楚鏡啟住在小偏院後，便替奚平安排了一份好的差事，月俸比以前高了不少。

其實，楚鏡啟也是後來才知道，當年皇帝立儲之時，奚伯主張他來當太子，才會得罪楚軒。後來楚軒成為太子，便給奚伯安了個罪名，罷了奚伯的官，抄了奚伯的家，讓奚家落得如此田地。

秦念將嬌耳送到奚伯家時，見奚平不在，奚伯一個人在家，便將嬌耳擱在奚伯家的廚房裡，把奚伯攙扶到小偏院來，讓奚伯跟著他們一起過冬至。

入夜時，小偏院裡雖然少了楚鏡啟，但亦是其樂融融。

只是，秦念心裡記掛著楚鏡啟的安危，一直心神不定。

吃過嬌耳，秦念請奚伯喝了一盞茶，再送奚伯回去。

這時，天已經黑下來，褚璜和翠枝在廚房裡收拾著，秦念則打開門，坐在院子門口的臺階上。

小院被暗衛保護得滴水不漏，她不用擔心自己會被太子的人擄走，就這樣看著巷子口，想著楚鏡啟要何時才能歸來。

這才剛走呢，就在想著他的歸期了。

夜漸漸深重，寒氣越發逼人。

翠枝從褚璜屋裡拿了楚鏡啟平日裡穿的豹裘出來，披在秦念身上，還將她替秦念做的絨帽戴在秦念頭上。

「姊姊，如果妳不肯回屋裡，就多穿些，免得受了寒。不然，等啟哥哥回來，還得責罵我們。」

秦念笑道：「妳啟哥哥才沒那麼凶。」

翠枝癟嘴。「啟哥哥心疼妳，嘴上不說，心裡肯定會責怪我們沒把妳照顧好。早上啟哥哥啟程，可是與我和褚璜說過好幾次，要好好照顧妳的。」

秦念起身撫著翠枝的頭，笑道：「妳這麼小，該是我照顧妳呢！」

「姊姊妳看。」翠枝忽然仰頭，指著被映紅了的夜空，一臉驚訝。

秦念循著翠枝的目光看去，起初還以為在放煙火呢，仔細一看，卻見宮城那邊火光沖天，心中大駭。

「不好，宮中出事了！」

這時，暗衛自屋頂躍到她面前。

「念兒姑娘，宮城定是出了大事，你們進屋好好待著，沒有我們的安排，不可出門。」

暗衛說罷，轉身投入夜色中。

秦念剛進屋內，便聽到外面傳來各種不絕於耳的慘叫聲，很是吃驚。

「趕緊將門拴好，拿長棍來頂住。」說罷，她將門拴緊，想起隔壁的奚伯，又將門打開，跑到隔壁去拍門。

奚伯和奚平正好在門口聽著動靜，秦念一拍門，便將門打開。

這時，秦念已在被火光照亮的街道上看到匪徒乘機作亂，還有人看到她在拍門，往她這邊衝過來。

秦念急急地把奚伯和奚平帶到小偏院。

這時，隱在屋頂上的暗衛們一躍而下，砍殺了那幾個不入流的匪徒，又躍上屋頂。

秦念待在小院裡，心急如焚。

她想著城中的熟人，比如隔壁的鄰居，不知道他們有沒有出事？還有大公主府。

今日冬至，大公主也會帶駙馬和兒子進宮，現在宮城之內火光沖天，他們會不會有事？

沒一會兒，去探聽情況的暗衛來報了消息。

原來是太子趁著冬至宮宴，逼宮造反，如今宮城大亂，死傷無數。

至於裡面情況如何，尚不能完全得知，能知道的就是，早上進去的皇親國戚和朝中大臣及家眷，全都還在宮城之中。

秦念抿唇想著，太子趁著楚鏡啟離京去漠北之日逼宮造反，這是一時起意，還是早就有預謀？

如果說早有預謀，那漠北的軍報是否屬實？楚鏡啟又是否安全？

還有大公主的兒子沈季，孩子還那麼小，他會不會出事？

沈季是她救活的，她沒辦法看著沈季出事。

不過大公主是太子的人，應當會沒事吧！

還有身為太醫的羅禧良，宮中大宴，他一定待在宮中沒有回家。

秦念的心很亂，一直仰頭看著被火光照亮的夜空。外面的街道越來越亂，慘叫聲連連，似乎就在她耳邊一樣。

她不想看著這些事情不管，但她一個弱女子，在這種非常時刻，又能有何作為……

第一百二十六章

宮城之中，太子用長劍直頂著皇帝楚湛的胸膛，逼迫他寫下退位書，並交出傳國玉璽。此刻楚湛後悔不已，他以為放任太子與楚鏡啟交惡，便能制衡太子，卻沒想到竟令太子狗急跳牆，做下逼宮造反的惡事。還有，當初他為何沒選楚鏡啟！

楚湛知道，一旦交出傳國玉璽，他和宮中一應人等，定會性命不保，於是極力拖延。剛剛他試圖讓人送消息出去給楚鏡啟，卻未成功，送消息的人當即被太子的人斬首。

這時，楚鏡啟已離開京城數十里，怕是看不到京城的火光沖天了。

「父皇，只要你交出傳國玉璽，我便放了宮中眾人，包括你的三個女兒和她們的家人。不然，我不要那玉璽也成，我是太子，只要你死了，就能光明正大地登基為皇。」

「哈哈，楚軒，朕豈能信你會放過朕的女兒們。你逼宮造反，即便坐上皇位，位置坐得不正，也就坐得不穩。今日你能逼宮造反，他日定會有別人對你逼宮造反。」

後面一句不用明說，太子也明白，別人指的就是楚鏡啟，頓時大怒。

「胡說！」他一劍揮下，在楚湛胸前劃開一道深深的血痕。

鮮血染紅了金色的龍袍，魏皇后抱著楚湛，痛哭不止。

太子聽著魏皇后的哭聲，覺得甚煩，劍尖指向魏皇后，嚇得魏皇后將哭聲收回去，雙目瞪得圓圓的盯著太子，不敢動彈。

太子身後的魏明著急道：「太子殿下，你說過不動魏家人的！」

太子扭頭看著魏明，目光狠戾。「那魏皇后是不是也說過只認孤是太子？可魏家後來做了什麼蠢事，竟將魏嫣然許給楚鏡啟！你們是不是怕孤當不成太子，想替魏家留一手，到時無論孤與楚鏡啟誰勝誰負，都能保全魏家。哈哈哈……真是愚蠢至極！」

他收回目光，怒瞪魏皇后。「此等愚婦，留著又有何用？」居然一劍直刺魏皇后心口。

魏明一怔，沒想到自己努力補償，以郎中令之便助太子逼宮，竟使太子對他姑姑動手。

太子不等魏明反應過來，猛地將魏皇后身上的劍拔出，再反身一劍刺向魏明。

魏明是武藝高手，自不是那麼容易便被刺中，於是奮起反抗，與太子打了起來。

但何以要讓太子動手，只見他手一揮，侍衛們便圍攻魏明。

此番逼宮造反，楚軒選在身邊的侍衛，可不是一般高手，武功都是頂尖的。

奈何魏明身為郎中令，掌控羽林軍，待到此時卻只能單打獨鬥。

而魏明的手下，素日裡稱他為大哥，跟著他賣命的羽林軍，此刻根本不敢上前相助。他們看得明白，天下馬上就要成為太子楚軒的，怎敢與太子作對，最終只能眼睜睜地看著魏明被數柄長劍刺入身軀，倒地而亡。

太子當場清算魏家人，魏皇后的哥哥，也就是太醫令亦在其中，未能倖免。

而魏嫣然因為被禁足在家，躲過了此劫。

太子在宮中殺魏家人殺紅了眼，在他授意之下，他的人繼續在宮中大開殺戒，後宮嬪妃，還有宮女和太監，殞命無數。

而朝中大臣及其家眷，則被太子派人關在偏殿之內，一個都不許出去。

有些平日裡假意奉迎太子，實際上卻是向著楚鏡啟的大臣們心中都有數，待到太子清算完皇家人，接著便是他們，都已經做好了赴死的準備。

這時，大公主抱著兒子沈季，在沈駙馬的保護下跑到偏殿，把偏殿內的官員和家眷嚇了個半死。

這時，太子持著染血的劍，雙目赤紅、表情扭曲地闖進殿內，衝大公主一家揮劍而來。

沈駙馬連忙將大公主和兒子往旁一推，自己的手臂被楚軒劃傷。

大公主驚慌大呼。「夫君！」沈季則被嚇得大聲哭叫。

大公主大罵道：「太子，本宮待你不薄，你與楚鏡啟，本宮一直是站在你這邊的。」

太子輕笑。「以前妳站在我這邊，但自從秦念救活妳兒子後，就站在楚鏡啟那邊了。」

大公主啞口無言，心裡明白，今日他們一家三口怕是要成為劍下之鬼了。

沈季一直在哭，太子被哭聲吸引，朝沈季走去，大公主和沈駙馬連忙將兒子護在身後。

太子臉上泛起一抹陰狠的笑容，朝大公主一劍揮下——

叮鐺！

太子手臂一麻，手中長劍被羽箭射中，長劍落地。

他扭頭一看，一名英俊男子手握大弓，弓上立時又上了一支羽箭，身旁有兩位侍衛已倒在血泊中。

太子發現，此人與秦念長得有幾分相像。

此人正是秦正元。

這時，偏殿裡的所有人都聽到殿外傳來另一批人的聲音，利刃交接的脆響立時伴著慘叫聲響起，像是有人在與太子的人抗衡。

太子發現大事不妙，顧不上大公主一家三口，先命兩位侍衛上前殺了秦正元。

秦正元手微鬆，羽箭飛出，箭尖沒入其中一位侍衛胸前，接著把弓往旁邊一扔，拔出腰間所佩的寶劍，與另一位侍衛纏鬥在一起。

這時，偏殿內有些人自格窗瞧見外面的情形，大喊著是楚鏡啟回來了。

那些太子派的大臣們立時驚慌起來。若真是楚鏡啟，萬一太子事敗，他們便活不成了。

殿外，楚鏡啟揮著長劍，沿路劈開擋道的太子侍衛，飛身直入大殿之內。

大殿內一片血腥，皇帝楚湛亦是中了一劍，他聽到偏殿之內的打鬥聲，便朝偏殿跑來，見秦正元正與一位太子侍衛打鬥。

秦正元和太子侍衛見狀，一掌相擊，各自跳開，停止了打鬥。

楚鏡啟伸臂，將劍尖指向太子。

太子立時後退幾步，身側的侍衛擋在他身前。

見楚鏡啟長劍逼近，太子大喊：「殺了他！」

侍衛們想上前，卻被楚鏡啟勇猛的氣勢所懾，竟是畏畏縮縮，不敢上前。

太子怒得一腳將一名侍衛踢過去，那侍衛只得與楚鏡啟對打，結果楚鏡啟一劍下去，便要了他的命。

其他侍衛見狀，不敢上前了。

太子氣得一腳又踹另一人上前，但那侍衛卻是個硬漢子，逼急了，反身朝太子怒喝一聲。「我們的命不是命嗎？」反朝太子一劍揮下。

太子急急擋下那一劍。

其餘侍衛見情勢不變，加上平日太子並不看重他們的性命，這時又逼著他們送死，也是惱了，索性豁出去，把劍揮向太子。

太子沒想到最親近的侍衛會對他揮劍，惱怒不已，顧不得楚鏡啟，與自己人拚殺起來。

但太子畢竟是太子，平日養尊處優，雖有練武習慣，但到底比不上每日都要操練數個時辰的侍衛。

楚鏡啟看著這一幕，倒是樂得自在。

不一會兒，太子便被一劍刺中腹部。

太子看著面前的楚鏡啟，再透過格窗看著外面烏壓壓的軍隊，那些是今早啟程前往漠北的二十萬大軍。

他明白，大勢已去！

偏殿突然安靜下來，太子口吐鮮血看著楚鏡啟，目中落下不甘的淚水。

「並未有人出宮送信給你，你如何知道宮中有大變？」此時此刻，他只想死個明白。

楚鏡啟唇角微抽，冷道：「我早就知道漠北的軍情有假，不過是順了你的意，讓你在宮中有所作為罷了。」

太子擰緊眉頭，嘔的一聲又吐出一口鮮血，染血的唇角微動。「本以為可以算計你，沒想到，反被你算計了。」說罷，直挺挺地朝後倒下，頭一歪，斷了氣。

最後那一刻，太子才想明白，楚鏡啟為何有膽子出現在京城，並在明面上挑釁他。楚鏡啟的目的，就是要讓他為自己的處境著急，狗急跳牆，等不到皇帝百年後駕崩，便會逼宮造反，這樣楚鏡啟才能坐收漁翁之利。

楚鏡啟緩步走到太子身邊，蹲下身看著不能瞑目的太子，伸手覆下太子的眼睛，喃喃道：「原本，你我是最為親近的堂兄弟，最終卻只能成為敵人。」

他說罷，抬頭看大公主一眼，見大公主正在用帕子包紮沈駙馬受傷的手臂，沈季也不再哭喊，只是怔怔盯著他看。

楚鏡啟對沈季笑了笑，便轉身走出偏殿，去了大殿。

皇帝楚湛正半臥在龍椅下方，胸前還在湧血。

楚鏡啟走到皇帝面前，目光銳利得像把刀一樣，直直盯著他。

楚湛知道楚鏡啟恨他。

是他設計將他的二哥，也就是楚鏡啟的父親靖王，以謀反之罪打入大牢，過了幾年的非人生活。

是他讓楚鏡啟的母親抑鬱而終。

是他害楚鏡啟的姊姊楚瓔被夫家拋棄。

楚湛將手握在龍椅的扶手上，龍椅的兩邊扶手頂端，正是兩個含著龍珠的龍頭，將龍頭一扭，便見龍椅下方，也就是他腳踏之處，露出一塊暗格來，暗格裡有一個盒子。

「阿啟，玉璽就在那盒子裡。你拿上它，皇位便是你的了。」

楚鏡啟怔怔地看著楚湛，心情複雜。

楚湛本是他嫡親的叔叔，他卻恨之入骨。如今看著傷重，且已是半頭白髮的楚湛，又覺得心疼。

他吩咐身側侍衛。「叫太醫來。」

「不必了。」楚湛虛弱出聲。「朕已不成了。」

他撐著身體往前，看著龍案上太子早為他準備好的筆墨，以及還未及寫下的聖旨，顫抖著無力的手，拿起硯臺上的毛筆，親自寫好聖旨，又拿起暗格裡的盒子，將玉璽蓋下。

末了，楚湛身體一軟，毛筆掉落龍案，人也隨之滑倒在地。

楚鏡啟喚來太醫，來人正是羅禧良。

楚鏡啟看到羅禧良還活著，大大鬆了口氣，對羅禧良道：「幸好你還活著，不然，念兒一定會很傷心。」

羅禧良笑看楚鏡啟一眼，而後將手探向楚湛鼻下，又拿起楚湛的手腕把脈，道：「還有一口氣，應當能救得活。」

接下來，宮中餘火仍需撲滅，楚鏡啟命秦正元去辦。

另外，這場宮變，歐陽莊主手底下的弟子也盡數過來幫忙，包括沐青、闞九，還有歐陽千紫也跟來了。

歐陽千紫不僅僅是來救駕，更是來認親的。

楚鏡啟讓歐陽千紫守在楚湛的寢宮。

因為，歐陽千紫正是楚湛最小的女兒。

第一百二十七章

其實，楚湛有四個女兒。

大公主是楚湛還未當上皇帝之時的夫人所生，而後夫人去世，楚湛續娶魏氏，也就是在宮變中死去的魏皇后。

魏氏嫁給楚湛之後，又接連生下兩個女兒，皆已成年嫁人，太子還來不及殺她們。

至於歐陽千紫，是梅美人所生。

梅美人是楚鏡啟母親的親妹妹，當年楚湛在家宴上看中美若天仙的梅美人，便娶回家做妾。依著梅美人的身分，當妾是非常虧的，無奈梅美人也愛上了楚湛，只得這般行事。

可是，魏氏一直無法容下梅美人，之前梅美人本懷有一子，都被魏氏害死。

後來梅美人悄悄生下女兒，託付給經常到家中來的歐陽莊主，偷偷帶出去，並讓歐陽莊主認下她。

但此事還是被魏氏知道了，後來魏氏當上皇后，安排殺手守在玫瑰莊園附近，只要歐陽千紫出來，便令殺手除去她性命。

因此，雖然歐陽莊主十分寵愛歐陽千紫，卻不准她離開玫瑰莊園。

楚湛陷入昏迷之中，歐陽千紫坐於龍榻旁，秦正元守在她的身側。

歐陽千紫看著榻上這張陌生的臉，感覺一點都不真實，她更願意相信，自己是歐陽莊主的親生女兒。

「正元，我們走吧。」歐陽千紫起身，一把拉住秦正元的手。

秦正元疑惑道：「千紫，妳想去哪裡？」

歐陽千紫瞥了榻上的楚湛一眼，表情淡漠。「他不是我的父親，我不認識他。」

秦正元抬手撫著她的肩，柔聲道：「他就是妳的父親，血脈相連的父親。」

歐陽千紫搖頭。「不，一個連自己女兒都保護不了的父親，又怎能稱之為父親？我不會認他的，我們走。」便拉著秦正元往外面走。

歐陽千紫剛走出寢殿，來到外廳，便瞧見一名面容清麗、臉色有些蒼白的布衣女子，正站在廳內。

站在布衣女子身邊的羅禧良道：「千紫公主，她是您的親生母親，梅美人。」

被魏皇后設計打入冷宮的梅美人，因得了風寒之症，請羅禧良前去醫治，這才保全了她自己和羅禧良一命。

歐楊千紫看著眼前這張與自己有八分相像的臉，愣了許久，眼睛一眨也不眨地盯著梅美人，越看，越覺得哽咽。

「您是我的娘親？親生的娘親？」

梅美人早已落淚失聲。「是，妳是我的孩子。」上前一步，抱住歐陽千紫，忍不住哭了起來。

歐陽千紫慢慢抬手，輕輕抱著這個她覺得很陌生，心裡卻十分想親近的女人。她回想著父親，也就是歐陽莊主告訴她的那個悲慘又無奈的故事。故事裡的母親是那麼無助，偷偷生產，捨不得剛出生的女兒，卻不得不把女兒送給別人。

歐陽千紫的淚水模糊了雙眸，抱緊梅美人，終於哭著喚出一聲。「娘親。」

秦正元看著這一幕，不禁為她們落下歡喜的淚水。

待到母女倆哭過一場，梅美人的目光移到秦正元身上。「他是？」

歐陽千紫忙跑到秦正元身邊，一把牽住他的手，對梅美人笑道：「娘親，他是我的未婚夫，我們兩個月前已訂親。」

梅美人看著秦正元這般儀表堂堂、英俊不凡的模樣，臉上泛起笑意，不過瞬間又沈下臉，抹起眼淚。

歐陽千紫見她哭了，忙又跑回她面前。「娘親，您怎麼了？您不喜歡正元嗎？正元待我十分好，娘親放心就是。」

梅美人邊哭邊搖頭，哽咽道：「不是，為娘不過是心酸，沒能看妳長大，連妳有了未婚夫，為娘也是剛剛才知曉。」

歐陽千紫聽到這裡，心頭也是一陣酸楚。

這時，歐陽莊主和夫人齊氏走進廳內，向梅美人行禮。

待在冷宮多年的梅美人，許久未受過這種大禮，一時還有些不習慣，而且十多年未見歐陽莊主，一時沒認出來，只愣愣地看著歐陽莊主夫婦。

歐陽莊主上前一步。「梅美人，十多年了，您怕是不記得我了吧？」

梅美人瞇起眼想了一會兒，開口道：「你是歐陽莊主？」

歐陽莊主笑道：「正是。」又看向歐陽千紫和秦正元。「本來我想將千紫交到您和皇上手上，再去議親，畢竟她是公主，身分尊貴。可千紫都這麼大了，而宮中之事，誰也無法料得準，既然他們兩情相悅，非得在一起，為了不耽誤千紫，只得自作主張為他們訂親，婚期訂在年後的上元節。」

梅美人聽了，又笑又哭地點頭。「如此甚好，好歹此生還能親手將女兒交到女婿手上，看著她嫁為人婦。」

歐陽莊主笑道：「這樣也算是苦盡甘來了。」

此時此刻，廳內氣氛一片祥和。

一會兒後，天色已然大亮，晨曦透過薄薄的霧照下，整座宮城像是灑滿了金子一樣，燦爛無比。

偏殿裡的大臣們，全數被楚鏡敔放了。

那些太子黨的大臣們，他已放話，過往之事一概不究，但往後若是犯事，定不會輕饒。

正因楚鏡敔的寬以待人和大度包容，在場的所有大臣皆下跪，懇請他即刻登基為皇。

楚鏡敔卻道，皇帝還活著，他怎能擅自上位？

即位聖旨在手，又豈能說是擅自？大臣們勸了楚鏡敔一番，但楚鏡敔堅持要等皇帝甦醒。且宮城大亂後死傷無數，還有許多事未辦妥，需收拾殘局。

此刻，楚鏡敔很想見一個人。

宮城外的街道上一片凌亂，昨夜的匪徒皆已被本該前往漠北的士兵斬殺。

躲在家裡的百姓們，現在都出來幫士兵們整理街道，慶幸大軍折返，不然，他們定會遭逢大難。

秦念一大早便從屋裡出來，去隔壁鄰居家探聽情況，幸好這一整條巷子都有暗衛保護，加上昨夜的動亂很快便被壓制，並沒有造成太多傷亡，鄰居家中平安無事。

在秦念帶頭下，幾位大嬸將家裡的糧食貢獻出來，在巷口支了幾口大鍋，把煮好的粥分給街頭上的傷患和正在做事的士兵、百姓們吃。

秦念則在大街上醫治那些昨夜被砍傷的百姓和士兵，褚璸和翠枝，包括奚平，都在她身旁幫忙。

秦念帶動身邊的人，身邊的人又帶動了他們身邊的人，做好事的人便越來越多。在百姓們的齊心協力下，原本凌亂的街頭，很快便清理得乾乾淨淨，受傷的人也得到及時的救治。

冬日的午後，陽光照暖了街上的人。

秦念幫最後一名受傷的士兵包紮好，剛起身準備回醫館，一抬臉，卻對上一雙熾熱又溫情的目光，淚水立時滑下，從昨夜到現在的擔憂，終於在此刻化解。

楚鏡啟上前一步，將秦念擁進懷中，染著鮮血的戰袍充斥著一股腥甜的血腥氣，但此時此刻，這些都無法阻止他們相擁相抱，親暱無間。

周圍的百姓看到楚鏡啟，齊聲大喊：「感念二皇子救命之恩，感念二皇子救命之恩！」

有人說，皇帝已寫下退位書，如今二皇子就是皇帝，百姓立時撲通跪下，伏地大喊。

「皇上萬歲！感念皇上救命之恩！」

一日一夜後，皇帝楚湛在羅禧良的醫治下，醒轉過來，身邊圍繞著十多位大臣、三公九卿，一個不落。

楚湛深知，自己雖保住性命，但因傷及肺腑，已無法應付諸多國事。

另外，他感念楚鏡啟在太子劍下救了他，還未在他傷重之際即位，而是等他甦醒再作打算，覺得楚鏡啟才是值得託付國家社稷的明君，於是下令，按照先前所寫下的聖旨，就近擇吉日，安排楚鏡啟登基。

這日，大臣們在奚家小偏院找到了還窩在秦念屋裡的楚鏡啟。

其實楚鏡啟是不想當皇帝的，當皇帝是件很累人的事，看起來是一國之主，卻是極為不自由。若非太子逼得他無法生存，他定然不會殺進京城，與太子一爭高下。

可楚湛的身體不行了，這個皇帝，由不得他不當。

大臣們擇好吉日，就是明日，臘月十二。

十二十二，雙十二。

這個日子不光是字面上吉利，以黃曆來算，也是個大吉大利之日。

楚鏡啟心想，既然不得不當皇帝，便將登基日當成大婚之日，算得上是雙喜臨門。

可是，秦念成為一國之母，卻讓大臣們不服。

這兩天，大臣們早將秦念的身世查得一清二楚，秦念的母親身為被發配的罪奴，後來又賣給商戶，商戶即賤戶，秦念的身分擔不起國母之貴。

但楚鏡啟心裡清楚得很，什麼身分不身分的，不過是這些大臣們心裡打著算盤，想把他們的女兒嫁給他而已。

不過，想讓秦念安安穩穩地當上一國之母，自然要把大臣們的嘴封住才行。

第一百二十八章

聽完大臣們所述，楚鏡啟命屬下召來在廷尉府任小吏的趙奇。

這個趙奇，正是白米村附近鎮上首富趙家的公子。

當年，秦念醫治好趙家主母的病，趙奇便一心求娶秦念，後來還因為在京城打探，而暴露了楚鏡啟在白米村的行蹤。

那日，楚鏡啟帶著秦念在廷尉府狀告魏嫣然，遇到在堂下抄錄的趙奇。

之後，趙奇去找楚鏡啟，向楚鏡啟低頭認錯。秦念於他有救母之恩，他卻害得楚鏡啟洩漏行蹤，被太子一黨追殺，自責不已。

後來，趙奇聽說秦念來了京城，但因顧忌這件事，一直未曾去找秦念。

魏嫣然的案子結束後，楚鏡啟便令趙奇在廷尉府尋找記錄當年戰亂之時，秦家謀反一案的文書。

秦念的母親名喚秦蓮，十五歲時正逢諸侯之亂，三位叛亂的諸侯為分散乾漢國軍力，便設計陷害她祖父秦大將軍謀反，當場殺害，並抄沒家族。

這件案子不必深查，便能從後續的戰亂中得到答案，秦大將軍是被陷害的。

楚湛登基後，曾令廷尉府清算戰亂之時所造成的冤案，當時還特意提起過秦家的事，但因廷尉大人一心只想撈錢，尋歡作樂，便耽擱了此事。

趙奇雖只是小吏，卻是能說會道，將秦家一案的前因後果講述得清清楚楚，令眾大臣無話可說。

其中有兩位官員，一心支持楚鏡啟，且恰好知道秦大將軍一案，便也在旁作證。

由此，楚鏡啟決定今日便為秦大將軍平反，並歸還秦家家產，另對秦家一族做出厚重的補償。

明日登基大典，也是他與秦念的大婚之日，秦念將被封后。

當夜，楚鏡啟命屬下去白米村接回秦氏一家，以及他的師父韓醫工。

榮耀來得太急，被接到皇宮的秦念恍若在夢中。

皇宮的血腥氣已散，只餘下一些淡淡的煙火味，但秦念很明白，前幾日這裡的腥風血雨，有多麼恐怖。

她自小聽著母親講述宮城的故事，知道妃嬪之間的明爭暗鬥可怕至極。

明天開始，楚鏡啟便是一國之君。

將來，他會有後宮三千佳麗。

將來，他不會再專屬於她。

秦念突然渾身起了雞皮疙瘩，這種感覺太不好，她不想當皇后，她只想當醫女，養尊處優不屬於她，治病救人才是她該做的事。
正為明日一早的大婚和封后大典試穿大紅金絲龍鳳袍的她，突然從椅子上起身，沈重的鳳冠和厚重的袍子勒得她透不過氣，遂伸手取下頭上的冠釵，這舉動嚇壞了身旁的宮女。
「皇后娘娘。」
「別叫我皇后，我不是皇后。」
秦念說罷，又抬手脫身上的袍子。
「娘娘，再過幾個時辰，大典就要開始，這袍子千萬不能脫呀！」
宮女急得要哭。深宮之中，事情若辦得不妥，可是要問罪殺頭的。
其他宮女見情況不妙，急忙出了寢殿，去大殿向楚鏡啟稟報。
不一會兒，楚鏡啟急匆匆地趕過來時，秦念已經穿回她脫下的布衣裙，頭髮因為鳳冠拆得太急，顯得十分散亂，又用帕子胡亂抹掉剛塗上去的妝粉，臉上看起來紅一塊、白一塊，模樣實在有些滑稽。
楚鏡啟盯著秦念的花貓臉，寵溺地握著她的纖纖細肩，笑問：「念兒，這是怎麼了？」
秦念一臉緊張地搖頭。「啟哥哥，我不要當皇后。」
楚鏡啟蹙眉。「為什麼？」
「當皇后太可怕了，天天要跟一大幫子的女人明爭暗鬥，在宮裡混吃等死，我不要過這樣的生活，我要出宮，馬上就出宮。」

秦念說罷，想推開楚鏡啟，楚鏡啟卻用雙手扣住她的肩，令她移動不了半分。

「念兒，先別緊張，妳聽我說。」楚鏡啟語調柔和，手上的力氣卻不減，就是不肯讓她離開。

秦念安靜下來，她倒要聽聽，楚鏡啟會對她說什麼。

「念兒，妳知道嗎？我愛妳，愛到再也容不下任何一位女子，所以早在我打算與妳共度一生之時，便在心裡起誓，這輩子，我只會娶妳一人。」

楚鏡啟說到這裡，鬆開右手，指著天道：「我楚鏡啟這輩子不會再娶第二個女人，若違背誓言，將會天誅地滅，不得好……」

「別這樣！」秦念抬手捂住楚鏡啟的嘴巴。「你是皇上，不光要打理國事，還要為楚家繁衍龍子龍孫，我可不能做楚家的罪人，更不能做國家的罪人。」

楚鏡啟放下手，衝她笑道：「還繁衍龍子龍孫呢！說起繁衍這事，不是有妳嗎？就算妳不想生，那也沒有關係，古來有禪位美談，倘若妳不替我繁衍龍子，那我便效仿賢帝，選擇賢人來當皇帝。」

這番話讓旁邊的宮女、太監嚇了一大跳。

秦念亦是擰起眉頭。「啟哥哥，你這是說什麼話呢！」

楚鏡啟淡然道：「只要百姓能安生，誰來當皇帝都行，並非一定要是我的兒子。」

秦念低下頭，心裡還有些猶豫。

楚鏡啟繼續說：「另外，妳剛剛說什麼會在宮裡混吃等死，那是不可能的事。我已令人去收拾一座宮殿，就在太醫院旁邊，命名為醫學院，並對外招收學生，男女不限，往後這件事情便交給妳。妳身為皇后，沒辦法出外治病救人，但可以教別人去治病救人。」

秦念盯著楚鏡啟那雙如星辰般的眸子，感動不已。

不娶別的女人，還為她成立醫學院。

這個皇后，她還不當，那便是矯情了。

楚鏡啟見秦念一言不發，只怔怔地看著他，以為她還不願意，忙又道：「念兒，那我現在就書寫一份誓言，並按下血印。我要寫明，我楚鏡啟這輩子不娶其他女子，若是違背，將接受上天對我的懲罰。」便要去吩咐宮女，準備筆墨紙硯。

秦念卻拉住他。「不用，我可不想成為別人眼裡的妒婦。你是皇帝，有著天大的權力，如果真愛我，即便天仙站在你面前，你也不想娶；倘若將來變了心，看上其他女子，就算有這份白紙黑字的誓言，也沒有用。」

她說著，把臉埋進楚鏡啟懷裡，輕輕地說：「我信你就是。就算有一天到了無法信你的時候，也只能走一步看一步。命運如何，唯有走過才知道。」

楚鏡啟抱緊她。「念兒，妳要信我，信的不是一時，而是一輩子。」

他明白，說再多也是無用，讓他用一輩子來證明。

次日卯時，天還未全亮，新帝登基大典和新后冊封大典，以及帝后大婚，三喜臨門。

這一日的熱鬧和喜慶自不必說。

到了夜裡洞房之時，紅豔豔的寢殿內，秦念戴著高高的鳳冠，臉被一張鑲著金絲線的喜帕蓋著，楚鏡啟進門時，只能看見她那微翹的下巴緊緊抵在衣領處，不敢抬頭，顯然是過於緊張和羞澀。

楚鏡啟揮手屏退宮人，寢殿內只剩下他們倆。

他挑開秦念的紅蓋頭，看著一張俏生生的臉因微醺而更顯嬌媚動人，不由笑開俊顏，親手除下她的鳳冠，再褪去厚重的鳳袍，只留一身薄如蟬翼的大紅色中衣。

寢殿內，爐中炭火燒得正旺，室內暖意融融，熏爐裡的合歡香冒出裊裊輕煙，更令這對新人春意大發。

楚鏡啟將秦念覆在身下，咬著她的耳垂，低聲喃喃道：「念兒，聽說第一次會疼，待會兒我自會輕些，妳須得忍著。」

秦念早已呼吸急促，聽得這句話，不由嗔道：「啟哥哥，你怎麼這般清楚？」

楚鏡啟鬆開她的耳垂，目光緊緊盯著這雙冒著春火的明眸。「莫非妳不清楚？我記得，我們還住在白米村的時候，我在妳屋裡翻到了幾張避火圖（注）。」

「啊？」秦念臉上立時羞紅一片，忙解釋道：「那是……我父親還在世時，我去書肆買書，結果回來卻看到書裡夾了幾張避火圖。」

「那妳沒看？」

「我……」

「反正我看了，我懂……來，念兒，該辦正事了。」

有道是：殢雨尤雲帳帷內，兩情繾綣至天明。

注：春宮圖的別稱。

番外

一個月後，上元節，皇宮為嫁千紫公主而大擺宮宴。

秦正元在楚鏡啟登基為帝後，便被賜官，任郎中令，主要職掌京城禁衛軍。

歐陽千紫自與梅美人相認之後，便住進梅美人所在的冷宮。

原本楚鏡啟想讓梅美人搬回以前的宮殿，但梅美人不願意，她在冷宮居住多年，已然習慣。楚鏡啟便安排工匠重新翻修那處，並新置暖閣，又添了不少的什物，如今住起來，倒也十分舒適。

這日，歐陽千紫由梅美人親自梳頭妝扮，穿上紅嫁衣，在親娘梅美人和養母齊氏的陪伴下，一道等著新郎進宮迎親。

婚禮並未按以前皇宮公主出嫁的規矩，而是按著民間規矩。新郎拜見皇帝、皇后及岳父母，在宮裡吃完午宴後，將新娘接出宮，到府裡再開夜宴。

前殿宮宴上，皇族中人及朝臣帶著家眷魚貫而入，紛紛落坐。

秦念頭戴鳳冠，身著紫色曲裾深衣，與楚鏡啟並肩而坐，掃視一圈，見皇姊楚瓔攜幼子楚翊坐於下首，卻不見羅禧良在殿堂之內。

楚鏡啟循著她的目光，看出她的心思，道：「方才我已令人去請羅太醫了。」他與秦念之間，私下仍以「我」相稱。

秦念望向殿堂外，見羅禧良被兩個侍衛領著，匆匆而來。

羅禧良還以為是誰得了急症，上前跪拜後，正想開口問，便見楚鏡啟手一伸，指向楚瓔的位置。

「羅太醫，請坐。」

羅禧良朝楚瓔看去，便見楚瓔垂下眼簾，傾國傾城的臉面若桃花。

小小的楚翊自席上爬起，小短腿往羅禧良跑來，一把拉住他。「羅叔叔，快過來與我們一道坐。」

羅禧良環望殿內眾人，紅了臉，抱起楚翊，走到楚瓔身側坐下，把楚翊放在兩人中間。

楚翊見狀，又爬起來，跑到羅禧良另一邊，將羅禧良往楚瓔那邊推，惹得殿內眾人哈哈大笑，都覺有趣。

這般下來，幾乎所有人都明白了，經過這段日子，羅禧良和楚瓔配成一對，不久又可以參加一場喜宴了。

此時，內監來報，新郎已到，樂工和舞女們各司其職，舞女聞歌起舞，喜氣洋洋。

秦正元在宮娥的引領下，接了千紫公主過來。一對新人先是參拜皇上、皇后，再參拜岳父母。

千紫公主的生父楚湛與梅美人坐於殿堂上首，楚湛因劍傷難癒，臉色格外蒼白，看著便知時日無多，此刻看著小女兒，臉上露出欣慰的笑意。有生之年能見到這個他從來不知曉的女兒，也算是老天厚待他了。

行完禮，宮宴開始，一道道美食佳餚被宮娥們捧上案桌，坐於龍案邊的秦念聞到這味道，卻捂著嘴想吐。

楚鏡啟無時無刻不關注著秦念，見她表情有異，扶著她，柔聲問道：「念兒，怎麼了？」

秦念道：「近兩日開始不思飲食，平常愛吃的東西，如今聞都聞不得。」

楚鏡啟表情微動。「妳是醫者，可知自己犯了什麼病？」

秦念輕嘟著嘴，有點不敢說。

楚鏡啟見她不說話，便扶著她退出殿堂，進了內殿，又命內監將羅禧良喚過來。

羅禧良奉命前來，在內殿替秦念把了脈後，連忙起身，對楚鏡啟行禮。

「恭喜皇上，皇后娘娘這是喜脈！」

楚鏡啟聞言，俊顏笑開。「羅太醫，你是說，念兒她有孩子了？」

羅禧良作揖。「正是如此。」如今，他已不敢再對秦念抱有任何幻想，唯願她與楚鏡啟和和美美，白頭偕老。

楚鏡啟興奮得像個孩子一樣，一把將秦念抱起，原地轉了好幾個圈，又見秦念臉色不好，忙又小心地將她放下，令她好生坐在椅子上，不許她動彈。

秦念覺得楚鏡啟太大驚小怪了，笑道：「以前在白米村，婦人懷了孩子，還得下地幹活呢，我可沒那麼嬌貴。」

楚鏡啟道：「別人的娘子我管不著，但我的娘子我得護著，別說下地幹活，往後醫學院那邊，妳也不用去了。」又看向羅禧良，吩咐道：「這幾個月，你先替念兒教那些學生。」

羅禧良連忙應下。

秦念卻道：「我可不願悶在宮裡，大門不出，二門不邁的，我還是要去醫學院。」

這一個月來，她在醫學院看著那些孩子和少年，心情十分好，很喜歡他們。

楚鏡啟深知秦念性子倔，想了想，道：「那往後我陪同妳去，不過妳得少教些，待會兒我派人將義父請來，讓他幫妳的忙，再加上羅太醫，妳便不用那麼操心了。」他口中的義父，自然是韓醫工了。

自楚鏡啟登基後，韓醫工便在京城郊外尋了一處山水之地，造了三間茅舍，一來替附近村子裡的百姓醫病，二來也好在那裡避世養老。

秦念想著，如今她懷的是龍種，事關國家社稷，便不再多說了。

此事說定，楚鏡啟扶著秦念又回到殿堂，向眾人宣告這件喜事，一時之間，恭賀之聲、跪拜之聲，不絕於耳。

接下來，秦正元接了千紫公主出宮，皇帝、皇后親自送嫁。秦家夜宴，邀請白米村的村民，秦念在秦府見到了鄉親，自是高興不已，全然沒有皇后的架子。

九個月後，秦念產下龍子，取名楚懷仲。

——全書完

2021年4月出版

迎妻納福

文創風 942～944

齊家之道在於和，小庶女也能有大福氣！
嘴甜心善，好運自然上門來～～

人好家圓，喜慶滿堂／月舞

出身相府卻軟弱好欺，成親後遭外室毒死，腦子進水才會活得這麼慘吧？
她穆婉寧雖是小小庶女，也明白錯一次是苦命，再錯一次就是犯蠢的道理，
如今重生可不能任誰搓揉，她決定改改脾氣，當個討人喜歡的小姑娘，
除了跟兄弟姊妹和樂相處，亦要承歡長輩膝下，靠山總是不嫌多嘛～～
原以為歲月就此靜好，孰料考驗又至，她上街買串臭豆腐竟捲入刺殺案件，
被路見不平的大將軍蕭長恭救下後，得他青眼，低調日子從此一去不回頭啊……
蕭長恭的示好讓她心動又失笑，送把刀給她防身，居然想請戒殺的和尚開光！
夜探閨房更是理所當然，難道戴著獠牙面具、霸氣無雙的他真是個二愣子不成？
不過要權有權、要錢有錢的蕭長恭乃貴女們的佳婿人選，現在沒了機會豈能甘休，
但她已非昔日的軟柿子，還有宰相府和將軍府撐腰，誰敢算計她，定加倍奉還！

2021年3月出版

福運莽妻

文創風 940～941

她覺得自己還是挺有福氣的，
這不？本來今天只有一小把韭菜能煮，
突然有條傻蛇送上門來加菜了～～

真情至純，不拘繁文縟節／山有木兮

「與其逆來順受，被欺負到死，倒不如同歸於盡！」
舒燕對著苛刻的二叔一家放狠話，儘管她不願走到這步。
原主父母雙亡，只剩個需要保護的弟弟，卻被親人搓磨致死，
這才輪到她面對要被賣進窯子、替堂哥抵債的境地。
幸而村裡的封景安，在最後關頭伸出援手，
那可是他要前去考童生的盤纏呀？!
分明封家前幾年也遭逢巨變，他家就只剩他一人了……
不管怎麼樣，現在他們已經是一家人，
無論是為報恩情、為盡妻子的義務，她都得好好擔起責任。
可、可同床共枕這件事，她還沒做好心理準備呀！
結果人家沒碰她，反倒是她睡覺不老實，一直靠著他，
尷尬下，她提出自己睡地上的提議，結果他居然說：「可。」
這傢伙，到底懂不懂什麼叫憐香惜玉呀？
算了，這書生如玉，她皮糙肉厚的，就睡地上吧！

2021年3月出版

牛轉窮苦

文創風 937～939

她自小就走路一步三喘，吃了很多藥，也看過很多大夫，都治不好，
而且在投奔叔嬸的路上還意外跌下山谷，臉上滿佈樹枝劃傷的滲血傷口，
叔嬸怕她會晦氣地死在自家裡，因此一門心思想盡快把她嫁出去了事，
他們甚至還放出話，說只要幾斤酒肉、一身衣裳就能帶走她！
莫非她的一生將葬送於此？她不甘心，都說天無絕人之路……不是嗎？

世間萬物，唯情不死／一曲花絳

卜卦的人曾說過，如果遇見有緣人，她病弱的身子興許就會好起來，
安寧發現，她的夫婿沈澤秋就是那個人，她確實不藥而癒了！
初次見面時，她臉上的傷口可怖猙獰，就連她自己都覺得醜，
可他卻完全沒看見似的，毫不嫌棄，且待她極好，令她安心不少，
甚至在帶她就醫後，還認真安慰她，說就算臉上留下疤了，仍是好看。
即便要每天走街串巷的賣貨，像牛一般辛苦工作，他都甘之如飴，從不喊累，
不過夫妻本該禍福與共，既然他主要是賣布疋的，那她就在家開裁剪鋪子吧！
說來也巧，畫新穎的花樣、裁剪並設計衣裳是她從前下過苦功學的，很拿手，
酒香不怕巷子深，隨著生意漸好，兩人因一筆大訂單而接洽了錢氏布坊的掌櫃，
雖外頭傳得繪聲繪影，都說錢家人要搬走是因為開了多年的布坊近來鬧鬼，
甚至錢掌櫃本人也跟安寧夫妻證實半夜有敲門聲、腳步聲，並感覺被窺伺，
最可怕的是，就連獨生愛女也常自言自語，說是在跟一個紅衣姊姊說話！
可安寧夫妻不信這個，且兩人進過那店鋪及內宅，並沒有任何不舒服的感覺，
於是，在慎重考慮過後，他們與錢掌櫃達成協議，決定接手布坊，幫忙出清存貨，
倘若這回能順利站穩腳跟，那他們扭轉窮苦、邁向富貴人生的日子便不遠啦！

2021年3月出版

無顏福妻

文創風 935～936

一個是名聲敗壞的醜媳婦，一個是命裡剋妻的粗漢子，老天爺偏將他們湊成一對，搬演「負負得正」的逆轉人生！

在這人皆愛美的世道，醜妻也能出頭天！／柴可

在現世遇人不淑，穿越到古代農村卻成了聲名狼藉的醜女，
不僅未婚夫嫌棄她而毀婚，連後娘想強嫁她還得倒貼銀子，
活得人緣奇差無比，歸根究柢還不都是長相問題……
只不過，在這愛美惡醜的世道，偏偏就是有人逆著行，
好比眼下這個現成的丈夫，雖然是打獵維生的粗漢子，
但對著她這副「尊容」親得下去，同床共枕也睡得下去，
還百般許諾要對她好，把她當作寶來疼，這肯定是真愛了！
當她貌醜時，他都如此厚待，等她變美時，更是愛妻如命，
他曾為了從山匪手中救下她，孤身一人涉險就端掉整個山寨，
這般膽識放眼鄉野絕沒有第二人，可以說這個丈夫真沒得挑。
夫妻做些買賣低調地在山裡發家致富，小日子過得正愜意，
孰料，病情告急的太子登門認親，懇請丈夫從獵戶改行當儲君？
明明是羨煞旁人的榮華富貴，他們夫妻倆卻是千百個不願意啊……

文創風
960

藥香蜜醫 3 完

國家圖書館出版品預行編目資料

藥香蜜醫 / 榛苓著. --
初版. -- 臺北市 : 狗屋出版社有限公司, 2021.06
冊 ; 公分. --（文創風 ; 958-960）
ISBN 978-986-509-217-7（第3冊 : 平裝）. --

857.7　　　　110007280

著作者　榛苓
編輯　安愉
校對　吳帛奕
發行所　狗屋出版社有限公司
地址　台北市104中山區龍江路71巷15號1樓
電話　02-2776-5889～0
發行字號　局版台業字845號
法律顧問　蕭雄淋律師
總經銷　知遠文化事業有限公司
電話　02-2664-8800
初版　2021年6月
國際書碼　ISBN-13　978-986-509-217-7

本著作物由北京晉江原創網絡科技有限公司授權出版

定價260元
狗屋劃撥帳號：19001626
網址：love.doghouse.com.tw　E-mail：love@doghouse.com.tw